诗词中的女儿心

马超 著

中国财富出版社

图书在版编目（CIP）数据

诗词中的女儿心／马超著．—北京：中国财富出版社，2018.6

ISBN 978－7－5047－6648－9

Ⅰ.①诗… Ⅱ.①马… Ⅲ.①诗歌欣赏—中国 Ⅳ.①I207.22

中国版本图书馆 CIP 数据核字（2018）第 103985 号

策划编辑	宋　宇		责任编辑	宋宪玲			
责任印制	梁　凡	责任校对	孙会香　张营营			责任发行	张红燕

出版发行	中国财富出版社		
社　　址	北京市丰台区南四环西路 188 号 5 区 20 楼	邮政编码	100070
电　　话	010－52227588 转 2048/2028（发行部）	010－52227588 转 321（总编室）	
	010－68589540（读者服务部）	010－52227588 转 305（质检部）	
网　　址	http：//www.cfpress.com.cn		
经　　销	新华书店		
印　　刷	北京京都六环印刷厂		
书　　号	ISBN 978－7－5047－6648－9/I·0280		
开　　本	710mm×1000mm　1/16	版　次	2018 年 6 月第 1 版
印　　张	16.5	印　次	2018 年 6 月第 1 次印刷
字　　数	222 千字	定　价	48.00 元

版权所有·侵权必究·印装差错·负责调换

【序】

  中国是一个诗词的国度，而女性诗词作家的作品，犹如诗林词海中的送爽清风，又如绚丽星空中的皎皎月光。但是，在旧时代，女性的才华反而是一种负累，即便一时获得喝彩，也多是为了陪衬男性。女性诗词作家是一个很有意思的群体，这其中既有身份尊贵的后妃（比如萧观音、左棻），也有被命运捉弄而流落在烟花巷的烟花女子（比如严蕊、柳如是）。虽然她们身份有别，秉性天赋不同，可有一点却归于同一：她们都为女性文学创作留下了闪亮的瑰宝。

  春秋战国时期，女性文学创作已进入人们的视野，许穆夫人、庄姜便是其中的佼佼者；明清时期，女性文学创作的群体更是日趋庞大，黄峨、方维仪、柳如是、吴藻、贺双卿等更是其中翘楚。这些女性作家的诗词作品，涉及范围颇广。以往，有些狭隘的观点认为，女性作家的诗词作品，反映的内容不过是闺阁幽思、深宫愁怨；但是，当我们深入了解后会发现，不仅生活中的方方面面都在她们的笔下被细致地描摹下来，就连人物内心的情绪思想，也逃不过她们灵秀传神的笔端。

  虽然，在过去很长的历史岁月中，女性诗词作家处于文学创作中的从属地位，但时间并没有堙没她们的才华和情思。通过她们留下的诗词作品，我们可以再次走进她们的内心世界，走进她们记叙的历史事件里，走进曾有过的血雨腥风和春江唱暖。

　　本书只是选取了在中国文学史上比较有代表性的女性诗词作家的代表性作品，其实，未能出现在书中的女性诗词作家和诗词作品岂止百千！每一位女性诗词作家，每一首出自女性作家笔下的诗词作品，都是一颗明珠，其光芒照耀三千世界，跨越古今。

目 录

【春秋战国时期】// 001

许穆夫人（见于记载的第一位爱国女诗人）// 002
载驰 // 002

竹竿 // 005

泉水 // 007

庄姜（被朱熹认为是中国历史上第一位女诗人）// 010
燕 燕 // 011

【两汉时期】// 015

班婕妤（被后世称为妇德的化身）// 016
怨歌行 // 017

卓文君（西汉时期蜀中四大才女之一）// 019
白头吟 // 020

怨郎诗 // 022

诀别书 // 024

徐淑（为亡夫毁形不嫁，哀恸伤生）// 026

答秦嘉诗 // 026

蔡文姬（博学多才的流亡女诗人）// 030

悲愤诗 // 031

【魏晋南北朝】 // 041

左棻（身为妃嫔的宫廷女诗人）// 042

啄木诗 // 042

感离诗 // 045

谢道韫（风韵高迈的名门才女）// 048

泰山吟 // 049

鲍令晖（断绝清巧，拟古尤胜）// 053

题书后寄行人 // 054

拟青青河畔草 // 055

拟客从何方来 // 057

【唐代】 // 059

江采萍（创作惊鸿舞的梅妃）// 060

一斛珠 // 060

薛涛（大唐孔雀女校书）// 063

谒巫山庙 // 064

送友人 // 066

题竹郎庙 // 067

杜秋娘（唐代最具传奇性的平民后妃） // 069

金缕衣 // 069

刘采春（风靡一时的女艺人） // 072

啰唝曲（其一） // 072

啰唝曲（其三） // 073

啰唝曲（其四） // 074

鱼玄机（唐代四大女诗人之一） // 077

赠邻女 // 078

江陵愁望有寄 // 080

情书（一作书情寄李子安）// 082

冬夜寄温飞卿 // 084

李冶（中唐诗坛享誉盛名的女冠诗人） // 088

寄朱放 // 089

送阎二十六赴剡县 // 091

【五代十国】// 095

花蕊夫人（以诗补史） // 096

述国亡诗 // 096

宫词（第二十三首）// 097

宫词（第一百二十二首）// 099

【两宋】// 101

李清照（有"千古第一才女"之称） // 102

如梦令·昨夜雨疏风骤 // 103

如梦令·常记溪亭日暮 // 105

声声慢·寻寻觅觅 // 106

一剪梅·红藕香残玉簟秋 // 108

朱淑真（唐宋以来留存作品最丰盛的女作家之一）// 111

江城子·赏春 // 111

减字木兰花·春怨 // 114

梨花 // 116

海棠 // 118

秋夜 // 120

严蕊（风骨气节，不输男儿，凛然不屈，颇有侠心）// 123

卜算子·不是爱风尘 // 123

如梦令·道是梨花不是 // 126

鹊桥仙·碧梧初出 // 128

【辽】// 131

萧观音（女中才子却背负冤案）// 132

回心院（其一）// 132

回心院（其二）// 133

回心院（其三）// 133

回心院（其四）// 134

回心院（其五）// 134

回心院（其六）// 135

回心院（其七）// 135

回心院（其八）// 136

回心院（其九）// 136

回心院（其十）// 137

【明】// 139

郭真顺（中国历史上最长寿的女诗人）// 140

渔樵耕牧四咏（其一）// 141

渔樵耕牧四咏（其二）// 142

渔樵耕牧四咏（其三）// 142

渔樵耕牧四咏（其四）// 143

张红桥（为爱痴狂，为情断肠）// 145

其一 // 147

其二 // 149

其三 // 149

其四 // 150

其五 // 151

其六 // 152

其七 // 152

黄峨（蜀中才女，以诗词寄情）// 155

寄外 // 155

庭榴 // 158

罗江怨·闺情 // 160

卷帘雁儿落 // 161

谢五娘（工于言情，绰有宋人风格）// 163

辞父受二聘 // 163

初夏 // 164

春日偶成 // 165

春暮 // 166

方维仪（明末女诗人、女画家） // 168

旅夜闻寇 // 168

死别离 // 170

柳如是（明末"秦淮八艳"之一） // 174

金明池·咏寒柳 // 175

江城子·忆梦 // 180

杨白花 // 182

【清】 // 185

徐灿（明末清初开拓词风的人物） // 186

青玉案·吊古 // 187

满江红·柳岸欹斜 // 188

念奴娇·黄花过了 // 190

满庭芳·寒夜别意 // 192

金逸（从梦中获取灵感） // 195

闺中杂咏（一） // 196

闺中杂咏（二） // 198

晓起即事 // 200

吴藻（博采众长的女词人） // 202

酷相思 // 203

浣溪沙 // 205

水调歌头·长剑倚天外 // 206

倪瑞璇（最具批判精神的女诗人）// 210

金陵怀古 // 211

阅《明史·马士英传》// 213

寒夜对雪 // 215

贺双卿（清代最薄命的女词人）// 218

凤凰台上忆吹箫·赠邻女韩西 // 218

惜黄花慢·孤雁 // 221

顾春（最接地气的女诗人，与纳兰容若齐名）// 226

醉翁操·题云林《湖月沁琴图》// 229

早春怨·春夜 // 231

苍梧谣 // 233

秋瑾（近代民主革命志士）// 235

咏燕 // 235

秋海棠 // 238

如此江山 // 239

吕碧城（近三百年来最后一位女词人）// 244

书怀 // 245

琼楼 // 247

浣溪沙·残雪皑皑晓日红 // 249

春秋战国时期

许穆夫人（见于记载的第一位爱国女诗人）

许穆夫人是卫公子顽和宣姜的女儿，姬姓，成年后与许穆公结为夫妇，故称许穆夫人。

许穆夫人在历史上颇有盛名，她不仅是中国文学史上有记载的第一位女性爱国诗人，也是世界文学史上有记载的最早的爱国女诗人。《诗经》中收录的《载驰》《竹竿》《泉水》等诗作，均出自许穆夫人之手。从这些诗作中我们不难看出，在战乱频仍的春秋时期，许穆夫人对故国那深沉的眷恋与热爱以及抗敌复国的决心，直让男儿汗颜，更令后世敬佩。

[原文]

载 驰

载驰载驱，归唁卫侯。驱马悠悠，言至于漕。
大夫跋涉，我心则忧。既不我嘉，不能旋反。
视而不臧，我思不远。既不我嘉，不能旋济？
视而不臧，我思不閟。陟彼阿丘，言采其蝱。
女子善怀，亦各有行。许人尤之，众稚且狂。
我行其野，芃芃其麦。控于大邦，谁因谁极？
大夫君子，无我有尤。百尔所思，不如我所之。

[译文]

（听闻卫国被狄人攻占以后）驾起马车我要快赶路，我要归去安抚慰问卫国侯，吊唁我的故土。驱赶着车马，我沿着悠长的路快快走，只有到了漕邑我才肯停留。但是许国大夫跋涉前来，阻碍我的行程，令我内心忧愁。

许国的贵族们并不赞同我的行为，可我岂能返身回许国？你们的想法，我觉得并不良善，而我对宗国的忧思也难以摆脱。你们不认同我的行为，我无法渡河返回故土。你们的想法，太不良善，我对故土的思恋却难抑制。

登高来到山岗，只能靠着采贝母草来驱赶忧郁。女子心性柔婉，思恋故土，各人心中总有不同的主张。许国大夫却将我责怪，他们实在太幼稚狂妄。

为排解忧思，我在田野缓缓行走，陇上的麦子实在是生长旺盛。想向大国寻求帮助，谁能予我依靠和支援？奉劝许国的大夫们，不要对我生出埋怨。你们考虑的纵然再多，也不如我亲自返回宗国一趟。

[赏析]

公元前660年，赤狄攻打卫国，只知道奢侈度日的卫懿公在战乱中兵败被杀。他是许穆夫人的兄弟，因此他死后，许穆夫人才心急火燎地要赶回宗国，既为哀悼死去的兄弟，也为拯救自己的故国。可惜，她还未到达故国，就被许国大夫追赶上，不得不掉头回许国。

对于故国，许穆夫人是满怀深情的。纵然是卫懿公昏庸误国，可到底也是自己的同胞骨肉，更何况故国面临灾祸，国民流离失所，她岂能袖手旁观？本想借助许国的力量抗击外敌，可许穆公优柔寡断又胆小如鼠，根本无法依靠。许穆夫人只得赶赴漕邑，安抚逃命到此处的卫

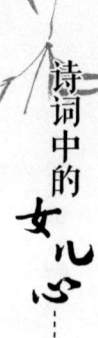

国君臣。

　　许穆夫人并不只是空有爱国之心，她还具有过人的胆识和才干，除了分析敌情，与大臣们商议复国计划，还建议向齐国借兵，希望能借助援军一举击退外敌。

　　正在许穆夫人筹划良策的时候，许国的大夫们却坐不住了，一个个也赶到漕邑，不过他们并非来帮忙，而是来给许穆夫人添堵的。许国大夫们无人肯为许穆夫人献出复国计策，反倒是强烈反对她的种种行为，认为她的这些行为不合大体，而且徒劳无益。

　　面对许国大夫们的指责和嘲讽，许穆夫人并没有丝毫动摇。她毫不留情地斥责许国大夫，坚决表明自己抗敌复国的决心。《载驰》一诗至今读来，依然能够感受到许穆夫人昂扬高亢的斗志，只是这斗志决心中，也饱含着对故土的深切眷怀。

　　当初在择婿时，许穆夫人是一心想与齐国联姻。她认为，齐国与卫国在地理位置上较近，而且在当时来说，齐国国力强盛，万一卫国受到外敌侵扰，那么齐国也可以出一份力量。可婚姻之事，毕竟没有遂了她的心愿。她嫁到许国之后的生活是否幸福，我们现代人很难做出评断，但是通过《载驰》这篇诗作，我们至少能够得出两个信息：第一，许国君臣胆气偏弱，论起文韬武略来还不及一个女儿家，许穆夫人的宗国被人欺负成那样，许穆公居然还能做到置身事外，其胆怯的性格可见一斑；第二，许国大夫目光短浅，并且对许穆夫人也缺少尊重，许穆夫人救国之心和豪迈精神，在这些人的衬托下，反而越发光芒耀眼。

　　在《载驰》这首诗中，既有简明的叙事，也有剧烈的矛盾冲突，现实中的矛盾又引发了许穆夫人内心的纠结。通过之前的铺陈，许穆夫人便将自己的内心活动自然地展现出来。现实中的矛盾，既与外敌侵犯故国有关，也与许国君臣对自己救国抗敌的行为采取否定、反对的态度有关。

接下来，许穆夫人在将强烈的情绪表达完毕之后，心头又被蒙上忧思。自己不能为国出力，内心很焦虑、很忧郁。眼看着故国遭受外敌蹂躏，自己的夫君却完全不能理解自己的心情，这让她更是备感伤怀。而这种伤怀，也反映出许穆夫人强烈的爱国热情。

这首诗作最大的艺术特色还在于寓情于景，借景述情，情景交融。青青麦苗，长势旺盛，眼前的景象又重新燃起许穆夫人对复兴故国的希望。她向齐国等实力强大的国家求助，痛陈卫国被外敌欺凌之事。后来的历史证明，如果没有许穆夫人如此坚决地抗敌救国，卫国很可能再无复兴之日。

朱熹在《诗集传》里写道："宣姜之女许穆夫人，闵卫之亡，驰驱而归，将以唁卫侯于漕邑，未至，而许之大夫有奔走跋涉而来者。夫人知其必将以不可归之义来告，故心以为忧也。既而终不可归，乃作此诗以自言其意。"

如果说，《载驰》一诗表现出了许穆夫人豪迈的情怀以及对故国的忧思，那么《竹竿》一诗便体现出她作为远嫁之女对故土的思念。《载驰》里的许穆夫人就像个英姿飒爽却又因为故国遭辱而心情沉重的女战士，而《竹竿》里的许穆夫人则以对故土恋恋不舍的乖巧女儿的形象出现。

[原文]

竹　竿[1]

籊籊竹竿，以钓于淇。岂不尔思？远莫致之。

---

[1] 此处依魏源之说，《竹竿》作者为许穆夫人。

泉源在左，淇水在右。女子有行，远兄弟父母。
淇水在右，泉源在左。巧笑之瑳，佩玉之傩。
淇水滺滺，桧楫松舟。驾言出游，以写我忧。

[译文]

竹竿生得细长且尖，用它垂钓在淇水边。心中如何不思念你？只是道路遥远，难回转。

泉水清澈啊，它流淌在左边，淇水翻滚啊，它流淌在右边，女孩子长大成人后就要出嫁，远离了父母兄弟和故土。

淇水翻滚啊，它流淌在右边，泉水清澈啊，它流淌在左边，回到故土的远嫁媳妇，只微微一笑便嫣然美好，牙齿如同白玉一般，戴着玉佩的身姿柔美婀娜。

淇水悠悠地流淌着，桧木制成船桨，松木做成舟，划着小船在水中游，借此来宣泄内心的苦恼与烦忧。

[赏析]

在许穆夫人的诗中，"淇水"多次出现。想来许穆夫人未出嫁时，应该和姊妹们常去淇水边游玩、欢饮，那里有她许多美好的回忆，所以在远嫁之后，她才时常忆念起来吧。

远嫁之后的许穆夫人，回忆起婚前在故国的种种，其中既有水边钓鱼的乐趣，又通过回忆垂钓这件事表达出对故土的思念情绪。许穆夫人心中暗想：我的故国啊，我并不是不想你，而是路途太遥远，回来一趟，实在为难！

记忆中的故土，总有那么多欢快的事。除了诗人提到的在淇水边垂钓，我们也可以展开丰富的想象，或许未出嫁的姑娘们聚在一起，正是一边谈论着各自的心上人，一边吃着瓜果、喝着美酒。

　　只是，昔日的姑娘已经成为远嫁的妇人，当她再次返回故土时，往日里那群在淇水边说着体己话儿、垂钓嬉戏的玩伴们已不见踪影，而少女也成了少妇，内心的那份天真萌动早已不在。再次返回故乡后，她难掩心中的激动与喜悦，可是来到淇水边，却深深地喟叹着，往日时光已远逝，只得划着小船，姑且排解心中的烦忧，这种烦忧倒不是为了逝去的青春年华而感伤，而是想到自己出嫁去的地方距离故土如此遥远，能回到故土真不容易，这次回来还没有抚平心中的思乡之情，不知道下一次再回到故土，又会是什么年月呢！

　　整篇诗歌写的全是诗人内心的回忆与怀想，诗作的前半部分，诗人所描述的场景正是记忆中的故乡情味，脑海中那些与故土有关的事情一再浮现，这是一个对故乡怀着浓烈情感的远嫁姑娘才有的情怀；而诗歌的后半部分则是一种怀想，正是因为远嫁他国的诗人故土难回，才怀想返回故乡后的情景。虽然诗人描写的场景欢快清新，可读完此诗之后，我们的心却不禁疼痛起来：昔日无忧无虑的时光再也回不来，而何时重返故乡却又是个未知数，诗人如此眷恋故土，却也只能靠着怀想重归故土后的场景来慰藉自己了。

　　这首诗中传递出的情感，与《载驰》中的那种忧愁苦闷却又昂扬激荡的情感完全不同，但它们却同为表现爱国情怀的名篇佳作，此外，还有一首诗歌也出自许穆夫人之手，表现的依然是对故土的深切思念。

[原文]

泉　水

毖彼泉水，亦流于淇。有怀于卫，靡日不思。
娈彼诸姬，聊与之谋。出宿于泲，饮饯于祢。

女子有行，远父母兄弟。问我诸姑，遂及伯姊。
出宿于干，饮饯于言。载脂载舝，还车言迈。
遄臻于卫，不瑕有害。我思肥泉，兹之永叹。
思须与漕，我心悠悠。驾言出游，以写我忧。

[译文]

　　清澈的泉水汩汩地流，直流入滔滔淇水中。心中怀念自己的故土卫国，没有一时半刻不想着回归故土。家中还有许多貌美如花的未嫁之女，大家将心事细细说来，共同谋划未来的事情。

　　想来，在沛地住宿应该不错，在祢水之滨畅饮美酒。可叹我已嫁做人妇数年，远离父母和姊妹弟兄。向我的姊妹来问候，再向诸位亲友表达问候。

　　回国时经过干地，住宿在此处，在言这个地方畅饮美酒。把马车的车轴上涂了油，重新坐上马车往回走。车马奔跑路过卫国的都城，反正路途又不遥远，我有什么可担心？

　　故国的肥泉，令我思念，为此我长叹息，几乎日夜不休。由于思念须城和漕邑，离情别绪悠悠生起，难以平息。驾着马车我只想速速出城，借此来宣泄我内心的烦忧。

[赏析]

　　诗篇的开头又是淇水，"淇水"这个意象已然成为许穆夫人诗歌中的典型象征，它既象征着少女时代的欢愉时光，也象征着日思夜想的故土。想到那静静流淌的淇水，便忆起了家乡，于是产生了找到要好的姐妹商量事情、排解烦恼的念头。

　　接下来的第二、第三部分，承接上句，既然回趟故土着实不易，那么反复地在脑海里回放着当初离开卫国、远嫁许国时的场景，多多少少也能给自己带来一些安慰。

　　回忆起在故乡时的场景，诗人那想象的闸门就关不上了。她想着，如果有那么一天，果真能够回到故国看看，自己必然满怀兴奋，在车轴上涂满油，这样一来马车就能跑得更快，自己也就能早一些到达故国。虽然心中设想的场景很欢愉，可这毕竟也只是设想而已。现实情况却是，重回故土根本不可能。自己虽然可以把思绪散播到故土的每一个地方，可现实中的情况却只能驾着马车在许国的土地上到处走走以排解烦忧。

　　整首诗全写虚构出的场景，可这虚构的场景却是以深沉的故国之思作为基底，因此读来令人觉得真切感人。明代诗评家戴君恩在《读诗臆评》对此诗进行了精当的点评："波澜横生，峰峦叠出，可谓千古奇观。"

　　是啊，起起伏伏写的尽是虚幻的场景，可这虚幻的场景，却尽显出许穆夫人内心那悠长的伤感忧思。

庄姜（被朱熹认为是中国历史上第一位女诗人）

庄姜本人贵为齐国公主，她并不姓庄，而姓姜，因为与卫国国君卫庄公结为夫妇而被人称为庄姜。据传庄姜乃是姜子牙后人，只是未知真伪。但庄姜命运坎坷，经历了许多人世悲凉，这倒是真的。

历史上的庄姜，有才学且有美貌。《诗经·卫风·硕人》中就有对庄姜的外貌描写："手如柔荑，肤如凝脂，领如蝤蛴，齿如瓠犀，螓首蛾眉，巧笑倩兮，美目盼兮。"

虽然貌美如此，但由于庄姜未能给卫庄公诞下一儿半女，故而长期遭受卫庄公的冷暴力。后来，卫庄公娶了陈国的戴妫，并生养了一个儿子（即历史上的卫桓公）。心地善良的庄姜很看重这个孩子，对他视若己出。可桓公继位不久就惨遭自己兄弟州吁的毒手，州吁后来也没得到好下场，惨死在卫国人的刀下。庄姜在经历了种种变故之后，内心日渐枯萎，昔日的美丽也日渐凋零，她只得在诗歌中寻找内心的一丝慰藉。《诗经》中收录的庄姜的《燕燕》《终风》《柏舟》《绿衣》《日月》等诗作，均属文学质量上乘的名篇。

朱熹在《监本诗经》中认为，庄姜是中国历史上第一位女诗人。还有学者考证，庄姜的诗作，比许穆夫人的诗作要早出现几十年，所以，"中国历史上第一位女诗人"的桂冠理应是庄姜的，而许穆夫人由于创作了多首表达爱国情怀的诗歌，因此被认为是"中国历史上第一位爱国女诗人"。

[原文]

燕　燕

燕燕于飞，差池其羽。之子于归，远送于野。
瞻望弗及，泣涕如雨。燕燕于飞，颉之颃之。
之子于归，远于将之。瞻望弗及，伫立以泣。
燕燕于飞，下上其音。之子于归，远送于南。
瞻望弗及，实劳我心。仲氏任只，其心塞渊。
终温且惠，淑慎其身。先君之思，以勖寡人。

[译文]

燕子啊，飞翔在空中，羽翼参差不齐地舒展着。妹妹如今就要远嫁了，送她来到郊野路边。举头遥望却不能相见，徘徊在路边泣涕涟涟。

燕子啊，飞翔在空中，轻盈的身姿忽上忽下。妹妹如今就要远嫁了，送她出嫁不怕路程长。举头遥望却看不见人影，伫立在那里满面泪水。

燕子啊，飞翔在空中，鸣叫的声音高低变化。妹妹如今就要远嫁了，送她来到南山这个地方。举头遥望却不能相见，实在令人心痛悲伤。

我家妹妹是家中次女，本来姓任她心地厚道又善良。为人性情温柔贤惠，她常以贤淑谨慎为准则修身。妹妹临别时还勉励寡人：心中要常常惦记着父王曾经的嘱托，这些叮咛一直回响我耳旁。

[赏析]

《燕燕》全诗分为四个部分，前三个部分，笔墨在于渲染离别时的愁绪，最后一个部分则通过描写回忆中的事情，着重表现了远嫁他乡的二妹贤淑的品德和美好的情操。

诗歌以在空中飞舞的燕子起兴，这些描述燕子的词语非常具有表现力，将燕子的身姿和鸣叫刻画得活灵活现。只是，燕子双飞时的欢畅并非诗人的描写重点，她是用欢快的场面来衬托出离别时的哀伤悲痛。于是，燕子飞舞时的场景越是令人欢畅，后面写到送别胞妹时的悲伤感受便越是惹人伤怀。

作为一首送别诗，《燕燕》在描写离别场景时使用多种艺术手法，将亲人相送时的凄恻哀伤表现得真实感人。

除了前面说到的托物起兴以增强诗歌意蕴的写作手法外，诗人还慧心独到地描写送别者在送走胞妹之后的言行神态，"泣涕如雨""伫立以泣""实劳我心"这些写作手法刻画出惦念亲人、因别离而悲伤的人物形象。

诗歌的最后描写了送别者对胞妹的回忆，口吻充满怜爱。"我这个妹妹啊，人是那么的温柔贤淑，并且还用各种美好的品行来修正自己，她做事谨慎认真，临别时一再叮嘱我，不要忘记先父王的期盼，一定要成为好国君。"

通过这样的描写，鲜明生动的人物形象立马跃动在读者眼前。

本诗还有一个特点，便是女诗人以男性的口吻来陈述事件、表达情感。所以，诗作的末尾出现的"寡人"二字也就不难理解了。送别者作为当时的国君，对自家小妹多有赞许，一来出于手足间的亲情；二来很可能从一个君主的角度来说，自家小妹这样性情柔和、做事谨慎的女性，能够以品德出众而受人喜爱，这也说明自家的家风良好，并且从一个侧面表现出人们对美好品质的追求。

还需要注意的是，诗歌中并没有详细描写远嫁小妹的相貌如何，反倒是对她的内在美好品质进行了一番描写，女性美德在诗中得到了极为突出的展现和极高的评价。

《燕燕》一诗在中国古代文学史上有着突出的地位。清初诗人、文学评论家王士禛在《带经堂诗话》中称赞其为："万古送别之祖。"《燕燕》一诗中的艺术手法和艺术形象，在后世的诸多送别诗中也能见到影子。诗中"伫立以泣"等艺术意象，更为后世的送别诗创作提供了范本。

秦汉时期

班婕妤（被后世称为妇德的化身）

班婕妤，汉成帝刘骜的妃子，西汉时期以辞赋见长的女诗人。史书中说，班婕妤善诗赋，通史书而有美德，她创作了许多诗文，但流传下来的却仅有《自伤赋》《捣素赋》《团扇歌》（即《怨歌行》）。

《怨歌行》是著名的闺怨诗，选自《玉台新咏》。诗中怨恨的对象并不是寻常百姓，而是一国之君汉成帝。原本，班婕妤因美貌和才学颇受汉成帝宠爱，可是当赵飞燕、赵合德姐妹进宫后，她便渐渐失去了汉成帝的喜爱。为了保全自己，班婕妤退居在长信宫，请求皇帝恩准自己前去侍奉太后。虽然失去了宠爱，却不会再次遭受赵飞燕的陷害。只是，班婕妤如花的模样却在深宫中渐渐凋零，这不得不令人感伤。

想当年，班婕妤可是个受宠的人。有一段时期，汉成帝非常喜爱班婕妤，他命工匠制造了一辆非常精美的辇车，要比平常的辇车略大一些，这样就可以随时带着班婕妤出游了。按照当时来说，这可是身为妃嫔莫大的荣宠，可是班婕妤却很委婉地劝说汉成帝。她说，在古时留下的画作里，经常能看到圣明的君主有贤能的臣子辅佐，而那些昏庸的君主才把宠爱的妃子带在身边，这些昏庸的君主没有一个不是以国破身死为结果的。所以，为了大汉江山，班婕妤坚决拒绝了汉成帝的美意。

汉成帝那时毕竟还是看重她的，不仅没有恼怒，反而夸赞她的贤德在后宫中无人能及。这段时光，班婕妤与汉成帝之间倒也称得上是恩爱。只是，后来赵氏姐妹入宫，汉成帝便一心扑在这对姐妹身上，班婕妤同后宫其他妃嫔一样，被汉成帝弃之脑后了。

只是，班婕妤内心还算比较平静坦然，得宠时没有忘乎所以，失宠后也没有寻死觅活。可身在后宫，总躲不过别人的算计。

许皇后看不惯飞扬跋扈的赵氏姐妹，便在宫中设了个神坛，诅咒赵氏姐妹，即所谓的"厌胜之术"。此事败露后，许皇后被废，无辜的班婕妤也遭到牵连。面对汉成帝的质问，班婕妤平心静气地说："据古时贤德之人所说，人的寿命长短以及祸福吉凶都是有定数的，并非靠着外力能够改变。做善事未必能有好结果，更何况做歹毒的事呢？如果真有鬼神存在，又怎么肯听这些祸害人的话？如果世上根本不存在鬼神，那么诅咒又有什么用？"

汉成帝觉得班婕妤说的在理，便不再追究。《汉书·后妃传》中写道："婕妤初为孝成所宠，其后赵氏日盛，婕妤恐久见危，求供养太后长信宫，作《纨扇诗》以自悼焉。"这里提到的《纨扇诗》便是《怨歌行》。

[原文]

怨歌行

新裂齐纨素，皎洁如霜雪。裁为合欢扇，团圆似明月。
出入君怀袖，动摇微风发。常恐秋节至，凉飙夺炎热。
弃捐箧笥中，恩情中道绝。

[译文]

刚刚剪裁的洁白精致的细绢啊，皎洁得犹如霜雪一般。制成带有合欢图案的团扇，那圆圆的形状，就好比是空中明月一样。炎炎夏日，团扇被人揣在袖中，扇动起来便能产生微风，使人感觉凉爽。但是夏季再

怎么炎热，也总有过去的时候。一旦秋天到来，炎热的天气不在了，这团扇也就没有作用了。曾经出入不离手的团扇，终被放置在匣子里，这就好比，曾经受宠的宫中女子，也会有朝一日被君王遗忘在脑后，所谓的恩情半途断绝。

[赏析]

表面上看，这是一首咏物诗。但细细体会我们便可感受到，班婕妤是借用精致的团扇自比。刚制作好的团扇与明媚美丽的女子有什么两样？不论是团扇还是女子，都曾经受人重视，不离左右，最终又遭人丢弃，这又有什么分别？夏季不会长久地存在，正好比女子美丽的容颜不会久存一样，而帝王所谓的恩情就更难久长了。

班婕妤在诗中自述怨情，以最初被人珍视而最终却遭抛弃的团扇作比，虽然诗人口吻是哀戚的、怨恨的，可是诗歌语言清丽，极富文采。诗中没有新巧的写作技法，读来平平常常但却怨情绵绵。如果班婕妤心中全是对汉成帝的怨恨，或许倒还好过些，可她虽然久居长信宫，心中依然对汉成帝有着丝丝缕缕的旧情。这首诗将班婕妤心中的怨情表现得委婉含蓄，既可见宫中女子的怨恨、感伤，也有恐惧、无奈。进宫之后，命运的祸福便很难自主掌握，相比之下，班婕妤虽然失去宠爱，孤独过活，却再没遭受过宫中纷争的干扰。由于她在宫中颇为注重妇容、妇德等方面的修养，从没有过因为得宠而越轨的行为，因而后世将其认作是"妇德"的典型。

多少光彩夺目、艳丽无双的宫中女子，也曾与君王有过或深或浅的情感，即便恩宠再深，终究也逃不过被弃的命运。此诗一出，堪称宫怨诗的典范之作，而"长信宫"也成为后世对失宠嫔妃的居所的代名词。

卓文君（西汉时期蜀中四大才女之一）

卓文君为西汉时期的富豪卓王孙之女，十六岁出嫁，不久丈夫便病逝，卓文君便回到娘家生活。年轻貌美、精通音律的卓文君在当时颇有文名。在某次家宴上，卓文君遇见了落魄的司马相如，司马相如此人不仅多才而且还很多情。

据说，司马相如当时很主动地以一曲《凤求凰》拨动了卓文君的心扉，唤起了她对爱情的渴望。两人互有爱意，只是文君更坚决、大胆一些。她与司马相如连夜私奔，赶回成都。

司马相如的家庭状况，基本可以用"家徒四壁"来形容。虽然卓文君家里不差钱，可卓王孙听闻女儿私奔之事很是恼火，坚决表示就算是女儿女婿回来，他也不会给予女儿物质上的援助。

卓文君与司马相如干脆就在卓家附近靠着卖酒度日，她每日都操持忙活，与那些靠着卖力气为生的人并没有什么两样。卓王孙知道女儿的情况后，脸上更觉没有光彩，索性闭门不出。而与卓家平素来往的亲友则劝他接纳女儿和女婿，最终，卓王孙还是妥协了。

汉武帝时，司马相如以有才学、善辞赋而闻名，他作了一篇《子虚赋》获得汉武帝的赞赏，后来又因为写了《上林赋》而被封为郎官。司马相如衣锦归乡，卓王孙自觉脸上有光，便分给他们夫妇二人大量的财物和仆从。

司马相如一时春风得意，打算纳茂陵女为妾。卓文君便作了一首汉乐府民歌，以表达自己对婚姻的坚守和不变的初心。这首乐府民歌便是被后世广为流传的《白头吟》。

[原文]

白头吟

皑如山上雪，皎若云间月。闻君有两意，故来相决绝。
今日斗酒会，明旦沟水头。躞蹀御沟上，沟水东西流。
凄凄复凄凄，嫁娶不须啼。愿得一心人，白头不相离。
竹竿何袅袅，鱼尾何簁簁！男儿重意气，何用钱刀为！

[译文]

  我对你的爱情，就好比高山上的白雪那般晶莹纯洁，又像云间的月亮一样明亮皎洁。可是听说你已经对我有了二心，我也只能与你诀别。今日，摆下酒宴，我与你快意畅饮；明早，我与你就在水沟边分手。我缓缓地在御沟边上走着，想到我们就像御沟里的流水，连同往日的恩爱也将如流水一样各奔东西而去。想起往日的恩爱，自然免不了一番叹息，当年我嫁你娶，我并没有像其他姑娘那样啼哭不已。自以为嫁了个有情有义、一心一意的郎君，直到发白齿摇也不会分离。在男女相爱时，男子就像水中鱼竿，情意绵绵；女子就像水中游鱼，姿态妩媚。然而，男子最可贵的品质应该是重情重义，如果做不到这点，有再多的钱财又有何用？

[赏析]

  尽管有人考证后提出异议，认为这首《白头吟》并非出自卓文君之手，但这并不影响我们品读它、赏析它。诗歌的语言铿锵有力，节奏明快稳健，塑造了一个对爱情抱有美好希望，可一旦爱情破碎了又能与过去潇洒告别的女子形象。

在这个女子身上，我们看不到哀哀戚戚和幽幽怨怨。虽然她心中也会因为怀念起往日的恩爱场景而出现情绪的波澜，但她自己就能把这波澜平息下来。

唐代诗人李白在一首诗中写道："相如作赋得黄金，丈夫好新多异心。一朝将聘茂陵女，文君因赠《白头吟》。"且不说古代，放在任何时代，男子似乎总是"好新多异心"的。贪欢的男子，只怕自己享乐的时间太少；而痴情的女子却总是因为追求坚贞的爱情而不得，从而痛苦满怀。

倒是卓文君《白头吟》一诗中刻画的这个女子，既爱得深情，又不会那么执着。爱的时候为对方付出无怨无悔，知道无法挽回爱情时索性断个干干脆脆。伤感归伤感，失望归失望，可不能一辈子生活在痛苦中。

诗歌开头以"山上雪"和"云间月"来比喻爱情的纯洁，这种运用比兴手法的作品，在乐府民歌中还有很多，如《孔雀东南飞》等。《白头吟》开头的比兴手法还有一层深意，是以晶莹皎洁的白雪与明月说明爱情的不长久性。紧接着，作者便道出伴侣对自己已有二心的真相。这种衔接令人觉得猝不及防，但却也贴合现实生活中的情况：每当我们怀着对爱情的美好憧憬时，总免不了遭到一番打击，比如情人变心。我们总希望收获一份纯洁无瑕的爱情，可现实情况却是，自己心里想想就罢了，皑皑白雪与空中明月都是难久之物，而爱情只会比它们变化得更快。

既然"一心人"不可得，那就给他自由，同时也给自己一个寻觅幸福的机会。这对于生活在现代社会的女性来说，并不难办到；但是，对于卓文君那个时代的女子来说，能做到这点，能有如此气度，着实不易。

本诗在叙事的同时，还带有一定的启发性，即诗中女子以一种"过来人"的身份告诉姑娘们：选择伴侣时，应当挑选那种对待爱情专一的男子，如果男人朝三暮四、无情无义，那么即便有再多的钱财，也算不得如意郎君。

作为一首乐府民歌，《白头吟》有着极为浓烈的情感和朴素亲切的口语化倾向。尤其是诗中女子将自己的人生经验分享出来时，读者会产生极为亲切的感受，仿如一位爱情不得志的大姐姐与我们在谈心，纵然她自己寻觅"一心人"的爱情理想落空，却希望能有幸运的姑娘找到那个对待爱情专一坚定的好夫婿。

还有一首诗歌和《白头吟》一样，具有强烈的情感和口语化倾向，也同样遭人质疑此诗并非出自卓文君之手，这便是《怨郎诗》。但不论它出自谁手，至少有一点是不可否认的，这首《怨郎诗》体现出了作者丰沛的情感和巧妙的情思。

[原文]

怨郎诗

一朝别后，二地相悬。只说是三四月，又谁知五六年？七弦琴无心弹，八行书无可传。九连环从中折断，十里长亭望眼欲穿。百相思，千系念，万般无奈把郎怨。

千言万语说不完，百无聊赖，十倚栏杆。重九登高看孤雁，八月仲秋月圆人不圆。七月半，秉烛烧香问苍天，六月三伏天，人人摇扇我心寒。五月石榴似火红，偏遭阵阵冷雨浇花端。四月枇杷未黄，我欲对镜心意乱。忽匆匆，三月桃花随水转；飘零零，二月风筝线儿断。噫，郎呀郎，巴不得下一世，你为女来我做男。

[译文]

　　自从上次分别之后，你我相隔两地，我对你满腹相思，你却对我别有心思。最初说，三四个月之后便能相见，可谁知，你我已有五六年不曾见面。因为实在思念你，我连七弦琴都没心思弹奏，写好的书信也无处可寄，精雕细琢的连环玉也摔断了，我每天都在十里长亭等着你，等到望眼欲穿。我思念你啊，挂念你啊，在万般无奈的处境里，不住地把你埋怨。

　　这心头的苦楚，真是万语千言也说不尽。每一天，我都百无聊赖地倚靠着栏杆，把你想念。九月九日重阳节，我独自一人登高，看着大雁孤单单地飞远，那形单影只的境况，就和我一样。在八月中秋节，天上的月儿明又圆，可惜你我却不能团圆。七月半的中元节，我焚烧香烛问苍天，想知道你到底什么时候才回来。六月三伏天里，人人都嫌热，天天摇着扇子解暑降温，可我呢，却因为等不到你而心寒。五月石榴花开，艳红似火，可偏偏遭遇一场冷雨，花朵零落一地。四月里，枇杷还没成熟，我却对着镜子心烦意乱。岁月啊，急匆匆地流过，看那三月里的桃花，凋零后随着水流流走，就像短暂的青春去了不会再有。早春二月里的风筝断了线，在风中飘零，无依无靠，那不正像如今的我吗？唉！郎君啊郎君，真巴不得在下一世你为女子我为男人，叫你也尝尝这相思的苦楚。

[赏析]

　　整首诗的语言浅显易懂，由于口语化写作手法的运用，使得此诗读来毫无滞涩之感。诗中刻画的女子形象，怀着真挚热烈的情感，一边怨着心上人，一边又惦念着他。爱恨交织，方才见出爱的浓烈与真切。

诗歌中出现的场景颇具生活情味。满怀心事、无心抚琴的少妇，相思难解、音信又断，除了怨恨无情郎，还能怎样？怀着思念，对长亭望眼欲穿；百无聊赖，靠着栏杆数着分别后过了多少日；人家重阳登高图的是节庆喜乐，而孤身一人的少妇，登高只是望着那形单影只的大雁，看它那么孤单，就像自己一样。

女诗人心中炽热的情感，偏用这些寻常可见的生活场景含蓄地表现出来。直到诗歌的最后，诗人才幽幽怨怨地说："哼，真希望来世你做女子，我做男人，让你也尝尝相思是怎样熬人的滋味！"虽是气话、牢骚话，却也表现出了诗人内心的苦闷烦恼。由于诗歌前面以数字铺排，历数自己思念情郎时承受的痛苦，所以最后一句发自肺腑的怨恨，才显得那么沉重有力，却也透露着万般无奈。

据说，卓文君还写过一首《诀别书》，是附在《白头吟》后面的。这《诀别书》的写作手法与《白头吟》很相似，都是以比兴的手法开头，诗中同样表现了诗人对爱情的坚守、对负心人的哀怨。

[原文]

诀别书

春华竞芳，五色凌素，琴尚在御，而新声代故！

锦水有鸳，汉宫有木，彼物而新，嗟世之人兮，瞀于淫而不悟！

朱弦断，明镜缺，朝露晞，芳时歇，白头吟，伤离别，努力加餐勿念妾，锦水汤汤，与君长诀！

[译文]

春季,百花竞相吐艳,那五彩缤纷的色彩将素洁清雅的颜色都遮盖了。琴曲声传来,琴还是以前的琴,只是换了一首新曲子。锦江上有结伴嬉戏的鸳鸯,汉宫里有枝条相交错的树木,这些草木动物,都不曾离弃过伴侣,可是这世上的人啊,却喜新厌旧,总是被美色迷惑了心智。

琴弦已断,镜子已残缺,清晨的露水已蒸发,最美好的时节已过去,写了《白头吟》,原来是为离情而伤悲,希望郎君您每日安心用餐,不必挂念我,妾身我对着滚滚的锦江发誓,此后与郎君再不相见,永远诀别!

[赏析]

诗人以春日里争奇斗艳的百花比喻年轻貌美的姑娘,而以颜色素净的花朵来比作自己,那些花枝招展的姑娘虽然漂亮,可又如何与诗人坚贞的情感相比?琴声换成新曲,表示自己情郎的心上早已住进了别人。第一部分使用的这种比兴手法,营造出痴情少妇面对即将被抛弃的结局时,内心的惨痛与哀怨。第二部分在排列出种种暗示分离的意象后,诗人直接将内心的最后一点期望抖出,只愿自己的爱人能过得好,至于自己过得如何,就不劳烦他操心了。

不论是在影视剧和文学作品中,还是我们的现实生活中,那些被人抛弃的痴情人,多半都是这么个姿态:我成全你,希望你过得幸福,我们从此再无关系,我过得好不好也与你无关。

其实,这又是赌气又是大度的姿态,无非也只是自我安慰,顺便给对方做做样子。如果真的能与那一心一意的人相伴到白头,谁又愿意摆出这样的高姿态,为了遮掩内心的泪水,偏要脸上带着笑?

徐淑（为亡夫毁形不嫁，哀恸伤生）

徐淑，陇西（今甘肃东南）人，诗人秦嘉之妻，善诗文，据《隋书·经籍志》称，徐淑著有文集一卷，但已散佚。

体弱多病的徐淑嫁给秦嘉之后，两人恩爱非常。秦嘉当时担任郡吏一职，后又赶赴洛阳，被任为黄门郎。徐淑因为患病，在母家休养，因此并没有与秦嘉同到洛阳，甚至连亲自话别这个小小的心愿都没能达成。此后，夫妇两人相隔两地，只能靠着互相赠诗来慰藉相思之情。

后来，秦嘉因病死于津乡亭，那时徐淑年纪尚轻，徐淑的兄长便逼迫她改嫁。或许是徐淑始终放不下与秦嘉的感情，便自毁容貌，誓不改嫁。由于过度悲伤，不久后，徐淑也追随亡夫而去。

从留存下的《答秦嘉诗》这首诗中，我们可以感受一下这对恩爱却相离的夫妻之间的那些无奈与心酸。

[原文]

答秦嘉诗

妾身兮不令，婴疾兮来归。沉滞兮家门，历时兮不差。
旷废兮侍觐，情敬兮有违。君今兮奉命，远适兮京师。
悠悠兮离别，无因兮叙怀。瞻望兮踊跃，伫立兮徘徊。
思君兮感结，梦想兮容辉。君发兮引迈，去我兮日乖。
恨无兮羽翼，高飞兮相追。长吟兮永叹，泪下兮沾衣。

[译文]

　　因为身体不好，妾身我居住在母家，经过长时间的医治，也没有痊愈。

　　由于长期在母家调理身体，妾身没能尽好当儿媳的责任，没有照顾好公婆，也没能尽到做妻子的责任，辜负了你的深情。

　　如今，夫君你奉命要去洛阳任职，想来皇都洛阳，是何其遥远！

　　离别在即，情思悠悠，然而你我二人相隔遥远，竟然连诉说离情的机会都没有，这是多么的遗憾、哀伤！

　　我抬头眺望，望着你远去的方向，情急之下，我又跳起脚来。失落又感伤的我，带着满心愁绪久久地徘徊。

　　我是那么思念夫君你，感伤的情绪郁结在心中，久久不能消散。我是如此思念你，以至于在梦里都能梦到你的面容。

　　想到夫君你早就启程远去，以后你与我的距离只会越来越遥远，最终我们将天各一方。

　　只恨我身上没有羽翼，不能飞到你的身边，与你相伴。

　　无法平息心中的思念，我长久地叹息，只要一想到以后再难与夫君见一面，我的泪水便涌流而下，打湿了衣襟。

[赏析]

　　这是一首骚体诗。徐淑在诗篇开头简要讲述了夫妻两人未能话别的原因：秦嘉奉命入洛阳，而当时徐淑因病在母家休养，恩爱的夫妻俩没能见上最后一面。

　　秦嘉作了《留郡赠妇诗》三首，将离情别绪都写在了诗里。徐淑则作此诗赠答。

整首诗歌并不难理解，徐淑既是在叙事，也是在抒情，诸如因患病不能相送等，说的虽然都是家常琐事，可越是如此，越是体现出恩爱夫妻之间的不舍。这些诗句，看起来似乎有些絮叨，可这样满含着深情的"絮叨"，有几个人不为之感伤，有几个人不为之感动？

　　诗歌的前十句，诗人的口吻看似平淡，实则是以平淡的口吻叙说着无奈之事，而读者也能从中感受到徐淑心中的隐忍。诗歌的后半部分，诗人内心强烈的情感一下子喷薄而出。原本，秦嘉派了车马去接徐淑，可徐淑身体不好，拖着病体很难前行。夫妇二人未能见面，秦嘉也是叹息不已，他在临行之际将宝钗等物托人送去，以表自己对徐淑的情深。通过这首送别诗，我们也能感受到徐淑对丈夫的思念与歉意。

　　诗歌中，徐淑以一位多病且深情的妇人形象出现。她对丈夫的爱是深沉而含蓄的，她就像古时候大多数与丈夫恩爱的妇人一样，纵然心中有着烈火般的爱恋，也不能表达得太露骨。但也正是这种含蓄，让心中的情感更增添了一种刻骨铭心的吸引力。诗歌中表达的情感虽以离情为主，却也呈现出诸多变化。徐淑由最初的以事叙情，转为直抒胸臆，诗歌的后半部分尽管情感喷薄，却依然是含蓄的、克制的。而诗人越是隐忍着、克制着自己内心的种种情感，所呈现出的艺术表现力便越是令人心痛惋惜。诗中体现出诗人心中无奈、失望、痛苦、焦虑、急切向往以及平静之后重返现实的感伤。这种种情感和情绪，犹如一张张巨网，网住了读者的心，让读者的心境也随着诗人的情感变化而起伏着。这种起伏，虽不是掀起心海的滔天巨浪，却是唤起我们对日常生活的怀想。

　　这种在平白叙事之中表达深厚情感的写作风格，在历来的文学创作中多有名篇佳作出现。比如，美国当代作家马修·托马斯的处女作《不属于我们的世纪》。他的写作手法与徐淑很相似，他讲述着生活中的琐事，可正是这些生活化的描写，让读者感受到了人物内心的情感变化。

　　徐淑的写作手法也是如此：基于生活的普遍性（在交通不发达的古

代，许多"异地恋"的夫妻、情侣都要承受着莫大的相思之苦），抒发具有个人特色的生命体验与内在情感。个体的生命体验与情感虽然打上了强烈的个人特征，可分离、相思这种普遍存在的矛盾却极容易引起人们的共鸣。

清代诗人沈德潜评论徐淑的诗为"词气和易，感人自深"。徐淑的诗作，好比静静流淌的河水，虽然不见大波澜的起伏，却因为饱含着深情与诚挚，因而具有打动人心的艺术感染力。好诗贵真诚，真正动人的诗作，不需要太多华丽的辞藻。很多时候，人们只是静静地守护着对方、思念着对方，就能感受到莫大的幸福，虽然或许有些遗憾和痛苦，但终归是各自的快乐各人知，有痛苦又有慰藉，总比苍白的快乐来得更深刻。而这种深情，也总是比那些兴之所至的激情具有更为深厚感人的力量。

蔡文姬（博学多才的流亡女诗人）

东汉时期有个大文学家，叫蔡邕。蔡邕在动乱年月里死在了王允的大牢里。蔡邕有个女儿，叫蔡琰，字文姬，她的生卒年已很难考证，但有两件事情是能够确定的：一是她在关中地区的混战中被匈奴人劫掠，献给左贤王，成了夫人并且还和左贤王育有两个儿子；二是她被曹操赎回后再嫁董祀，安定下来后，蔡文姬整理父亲遗留下的书卷文章，为古代文化的保存和传承做出了贡献，这便是"文姬归汉"的故事。

但是，蔡文姬在中国古代文学史上的贡献可并不仅止于此，她创作的长篇自传叙事诗《悲愤诗》以及长篇骚体叙事诗《胡笳十八拍》在古代女性诗词文学中有着重量级地位。

蔡文姬创作的《悲愤诗》共有两首，一首为五言诗，另一首为骚体诗，其中五言体《悲愤诗》被认为是由文人创作的第一首五言长篇自传体叙事诗。

这首五言《悲愤诗》篇幅较长，但结构却非常鲜明，脉络清晰，全诗语言质朴，情感真挚。诗人记录了东汉末年的历史事件，展现出平民百姓的悲惨生活。诗中既有叙述，兼有抒情，善用赋体而多写实。钟嵘在《诗品》中认为，五言诗的写作容易出现"文散"和"芜漫"两种毛病，但蔡琰此诗，绝无此瑕疵。

[原文]

悲愤诗

汉季失权柄，董卓乱天常。志欲图篡弑，先害诸贤良。
逼迫迁旧邦，拥主以自强。海内兴义师，欲共讨不祥。
卓众来东下，金甲耀日光。平土人脆弱，来兵皆胡羌。
猎野围城邑，所向悉破亡。斩截无孑遗，尸骸相撑拒。
马边悬男头，马后载妇女。长驱西入关，迥路险且阻。
还顾邈冥冥，肝脾为烂腐。所略有万计，不得令屯聚。
或有骨肉俱，欲言不敢语。失意机微间，辄言毙降虏。
要当以亭刃，我曹不活汝。岂复惜性命，不堪其詈骂。
或便加棰杖，毒痛参并下。旦则号泣行，夜则悲吟坐。
欲死不能得，欲生无一可。彼苍者何辜，乃遭此厄祸。
边荒与华异，人俗少义理。处所多霜雪，胡风春夏起。
翩翩吹我衣，肃肃入我耳。感时念父母，哀叹无穷已。
有客从外来，闻之常欢喜。迎问其消息，辄复非乡里。
邂逅徼时愿，骨肉来迎己。己得自解免，当复弃儿子。
天属缀人心，念别无会期。存亡永乖隔，不忍与之辞。
儿前抱我颈，问母欲何之。人言母当去，岂复有还时。
阿母常仁恻，今何更不慈。我尚未成人，奈何不顾思。
见此崩五内，恍惚生狂痴。号泣手抚摩，当发复回疑。
兼有同时辈，相送告离别。慕我独得归，哀叫声摧裂。
马为立踟蹰，车为不转辙。观者皆嘘唏，行路亦呜咽。
去去割情恋，遄征日遐迈。悠悠三千里，何时复交会。
念我出腹子，匈臆为摧败。既至家人尽，又复无中外。

城廓为山林，庭宇生荆艾。白骨不知谁，纵横莫覆盖。
出门无人声，豺狼号且吠。茕茕对孤景，怛咤糜肝肺。
登高远眺望，魂神忽飞逝。奄若寿命尽，旁人相宽大。
为复强视息，虽生何聊赖。托命于新人，竭心自勖励。
流离成鄙贱，常恐复捐废。人生几何时，怀忧终年岁。

[译文]

在汉朝末年，王朝权力渐渐失控，奸臣董卓趁机乱了朝政纲常。董卓的目标就是谋朝篡位，他先是陷害忠良，后来又逼迫圣上迁都长安。表面上，他拥护年幼的圣上，实际上，却是挟持圣上，扩张自己的权势。

众多诸侯结成联盟，共同讨伐奸臣董卓。董卓的部下率兵出了函谷关，军士们身上的盔甲，在阳光下闪着金光。中原的民众战斗力不强，根本无法抵挡性情剽悍的北方部族。

进犯的乱兵，毁坏了郊野的农田，踏破了坚固的城池，他们每到一处，便有百姓家破人亡。他们的刀下，不曾留过一个活口，那些死去的人，尸体骸骨相互交叉。无辜的男子，被这些乱兵砍了头，那头颅就挂在战马上。可怜的妇女，被乱兵劫掠，捆绑在马车后面。

驱马向西前进的路上，漫长又颠簸，这遥远险峻的道路上，真是阻碍重重。这些被劫掠的人，回头望着来时的路，但是眼前黑茫茫的一片，由于日夜颠簸，五脏六腑几乎如同烂泥一般。被劫掠的人，有数以万计，但是人们并不被允许聚集在一起居住。

如果有人碰巧遇到了自己的骨肉至亲，哪怕心里有千言万语，也断不敢说上一句话。这些胡羌兵士，只要有一点不满意，就会对劫掠来的人说"杀死你们这些俘虏根本不需要客气，反正现在刀刃正空闲，我们才不想留你们的贱命。"

对于被劫掠的人来说,性命并不值得顾惜,最是无法忍受的,便是胡羌兵士的谩骂。这些胡羌兵士,随手拿起棍棒,对着俘虏就是一顿毒打,口中的怒骂,随着毒打,一起发泄在俘虏身上。白天,俘虏们号哭悲泣,被迫赶路;到了晚上,只能悲哀地坐着,不知明天的命运会是如何。

想求得一死解脱,可是想死也死不成。想着苟活于人世,可活着却也看不到希望。苍天啊苍天,我们为何要遭受这样的罪过?被逼着来到这蛮荒偏远的地方,这个地方与中原完全不同,这里的人缺少礼仪,性情非常粗鄙。

居住的地方,被霜雪长久地覆盖,即便是在春夏季节,强劲的北风也吹个不停。翩翩的北风,吹透了我的衣裳,萧萧的风声,震得我双耳疼痛。每当此时,我内心对父母家乡的怀念就会涌起,哀怨与叹息也就无法止息。

每当听说有远方的客人来到这边鄙之地,我就觉得很是欣慰,急匆匆地上前打听家乡的消息,对方却说,他并不是我的同乡,所以对我的提问也无从说起。庆幸的是,平时的心愿终于能够满足,因为有亲人能够把自己接回家乡。

虽然自己得到了解脱,能够离开这边远的地方,可是不得不把亲生儿子抛弃在此地。母子心意相通,这是天性,一想到分别之后,我们母子再也没有相逢的机会,心中便生起了挂念。从今以后,不论是生是死,我们母子都永远天各一方。想到这些,我便不忍心离开孩子们了。

我那年幼的儿子,走上前来,抱着我的脖子,小心翼翼地问:"母亲,您打算去哪里啊?别人都说您要离开我们,离去之后,难道还会有相见的时候吗?母亲您平日里心肠慈柔,如今怎么对我们这样不慈爱了呢?我们都还没有成年,母亲您为什么不顾念我们呢?"

此情此景，真是让我五脏六腑都崩裂了，整个人神志恍惚，如痴如狂。我号哭着，用手抚摸着孩子们。即将出发时，我又变得犹豫不决，迟迟不肯上路。那些与我一起被掳掠来的同伴们，她们都来送我上路与我告别，羡慕我能够离开这里返回故乡，那哀痛的哭声，真是让人悲恸欲绝。拉车的马儿似乎也感觉到了我们的悲伤，呆立在原地不走，就连那车轮，也为这别离的场景而感到悲哀，因此不再转动。围观的人们唏嘘感伤，路过此地的人们也在呜咽哭泣。

在返乡的路上走啊走，母子亲情就这样生生割断了。疾行的车子，带着我越走越远。这道路啊，漫长悠远，离别之后，我们母子何时还能相见？我的孩子，从我腹中生出，别离之后如何能不让我牵肠挂肚？一想到母子分别，我的心就万分悲痛。

受尽颠簸之苦，终于回到故乡，可我家中已经没有活着的人了，甚至连亲属都没有剩下。不论是城里还是郊外，到处都是一片荒芜，庭院廊下，全都长满了野草。眼前的累累白骨，还没有被人掩埋，那些白骨纵横交叉，却不知这些死去的人啊，叫什么名字，又从哪里来。

走出门外，听不到人们说话走路的声音，却能听到豺狼哀嚎的声音。我一个人孤零零地面对如此景象，不住地哭泣，哭得撕心裂肺。登上高处眺望远方，忽然有一种魂魄出窍的感觉。现在觉得自己，就好比是生命走到了尽头，旁人见我这般模样，便纷纷来宽慰我。我睁开眼，勉强挣扎着活下去。可是，纵然活下去，又有什么可以期望呢？

如今，我只能把余下的生命，交托给再嫁的夫君董祀，竭尽心力苟活下去。自从经历这些祸患之后，我便觉得自己沦为了鄙贱低微之人，常常担心会被夫君鄙视、抛弃。想想人生还能剩下多少时光，我也只能满怀忧伤，一年年地勉强活下去。

[赏析]

诗歌一开头,女诗人就点明了历史背景:奸臣董卓祸乱朝纲、违背天常,并且,女诗人还怒斥他滥杀无辜、屠戮忠良,不仅放火焚烧汉室在洛阳修建的宗庙宫苑,还逼迫年幼的汉献帝成为傀儡。

接下来,女诗人以凝练而沉重的笔墨,讲述了她的不幸遭遇,而东汉末年动荡的历史画卷,也在我们面前徐徐展开。蔡文姬记述了董卓的部下李傕、郭汜等践踏平原地区的惨况:"斩截无孑遗,尸骸相撑拒。马边悬男头,马后载妇女",一股血腥气息扑面而来,这种写实的笔法,让我们深刻感受到动乱岁月里百姓生存之艰难。乱军的疯狂砍杀已使生灵涂炭而百姓遭殃,死人的骸骨,相互交叉,乱作一堆。这些乱军大肆抢掠百姓的财物,并且还劫掠了许多妇女。通过蔡文姬的这部分诗文,我们不难想见,乱世之中女子所承受的不幸,虽然身为女人,有幸躲过杀戮,但是被掳掠之后的生活,却是苦不堪言。

"还顾邈冥冥,肝脾为烂腐"表现的是被劫掠的人们的凄惨境况:两眼乌黑,看不清东西,肝、脾等内脏在一路颠簸中几乎破损至腐烂。被掳掠来的人大概有多少呢?蔡文姬写道:"所略有万计。"这是她亲眼所见,约略计算一下,是这么个数字。况且还有她没有看到的惨况呢?再说,这里的"万计"是极言人数之多,并不一定就是个确指的数字。从这句可以看出,无辜的受难百姓,数量是极多的。

这些被掳掠来的平民百姓处境非常悲惨:动辄遭受侮辱、打骂,甚至被凌虐至死。"欲死不能得,欲生无一可",在这样的境况下,真是让人失去了活下去的尊严和期待,可是,在这种情况下,不论是死还是生,都由不得这些被掳掠来的百姓自己做主。在深夜里,大家蜷缩在一起,不住地哭泣,发出愤懑幽怨的慨叹。"彼苍者何辜,乃遭此厄祸",遭殃的百姓们内心怒骂苍天,诘问老天爷,我们到底做过了什么,要遭

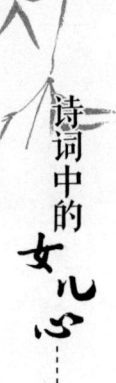

受这样的横祸？可是，这些牢骚话刚说完，很可能就丢了性命。

接下来的内容，记叙了蔡文姬来到匈奴生活的"边荒"地区之后的景象。匈奴地区，不论是风俗习惯还是其他方面，都与中原地区差异很大。蔡文姬说这里"人俗少义理"，此地的人，言行粗鄙而蛮横不讲理，可见她在这里很难找到能够在心灵上与自己贴近的人。"处所多霜雪，胡风春夏起"这句描写的是此地的气候特点，自然条件严酷也就罢了，更重要的是蔡文姬孤身一人思念家乡和已不在人世的双亲。这种凄凉无助的感觉时刻折磨着她的心。

以上这些内容，记叙了董卓之乱给无辜百姓带来的伤害与灾难，也描写出战乱年月里百姓的凄凉痛苦。但本诗的重点部分并不在前面这些，而在于文姬归汉时的心理描写。

每当有远方的客人来到这个边鄙荒凉之地，我听说后都会觉得欢喜，赶紧上前打听家乡的消息。可惜来客并不是我的同乡，从最初的欢喜，转为失落沉默，寥寥数语，诗人内心的失望，便呈现在读者面前。

"邂逅徼时愿，骨肉来迎己。己得自解免，当复弃儿子。"自己想要离开此地、回归汉地的心愿终于实现，但是，虽然自己从这荒凉的地方解脱出去，却要抛下两个幼子，这可真是令人痛心！由此句开始，诗歌的情感被诗人推向了一个高潮。

在蔡文姬看来，母子情深，心心相连，这是人类的天性，"天属缀人心，念别无会期；存亡永乖隔，不忍与之辞"，这一场分别之后，就再没有相会的时候了，今后不论是死是活，母子都被永远地隔在两个地方。只要想到这些，蔡文姬就不忍离开孩子们，可是，她回归汉地的愿望也很强烈。回到汉地，就要与孩子们分开；留在胡地，就再不能回到故乡。这两种矛盾激烈地撞击着蔡文姬的内心。

下面发生的事情，更让蔡文姬左右为难。年幼的孩子抱着蔡文姬的脖颈，一连问了好几个问题：妈妈，你要去哪儿？有人说你要离开我们，你走后我们还能相聚吗？妈妈你一向心肠慈柔，为什么突然这样无情，丢下我们就不管了？我们还没有长大成人，妈妈你怎么能离开我们呢？

在讲述与孩子分别的场景时，诗人笔端下的文字尤其柔情，但在柔情之中，更多的则是为难。由此，我们也感受到蔡文姬面对这种残酷选择时的两难心境：要么，回到故土舍弃孩子，要么，一辈子生活在异乡，到死都再难踏上故土。

想来，蔡文姬很难和孩子们解释清楚她来到胡地的经过以及她对故乡的思念。在诀别的时刻，做母亲的最无助，除了用泪水表达自己的愧疚、伤感和不舍，便再不能说出一个字来。"见此崩五内，恍惚生狂痴；号泣手抚摩，当发复回疑。"此句着重刻画出诗人自己当时的感受和行动，此四句诗读来令人怆然泪下，我们也不难想见蔡文姬在当时肝胆俱裂、似痴如狂的悲痛，她用手抚摸着孩子，心中反复地徘徊、犹豫，不知是要离开还是该留下。

除了描写母子相别的场景，蔡文姬还描写了那些被掳掠到胡地的汉家女子，与自己分别时的场景。这些被掳掠来的女子，纷纷赶来与蔡文姬告别。她们很羡慕蔡文姬能够回归故里，离开这蛮荒之地，同时，她们也为自己无法回归故土而感伤哭泣，"哀叫声摧裂"一句生动体现出流落边地的汉家女子内心的哀痛、苦楚和无助。

蔡文姬笔下的分离场景表现得非常动人："马为立踟蹰，车为不转辙。观者皆嘘唏，行路亦呜咽。"马儿也为这场面感到忧伤，所以踟蹰不前，车轮都不转动了，送行和围观的人都觉得哀伤不已，过路的人见到此情此景也呜咽落泪。此前，蔡文姬描写自己与幼子诀别时的场面，下笔用力，所有的悲痛情感宣泄出来似有千斤重，而这里的分别场面，她并没有直接写自己如何忧伤，而是从侧面描写送行的人、过路的人、拉车的马匹还有车轮等，通过侧面描写，这种离别场景更增添了打动人心的力量。

然而，即便已经踏上回归汉地的路途，蔡文姬还是放不下幼子，割舍不断母子之情。"去去割情恋，遄征日遐迈。悠悠三千里，何时复交会。"脚下路途三千里，其实还是个虚数，是突出表现路途之遥远，同时，也用这遥远的路途形象地表达出自己心中对儿子的思念。在归汉的路途上，蔡文姬的心情反而更加沉重起来，她才离开幼子，就开始想着什么时候母子才能再次相见，此处的描写与上面的诗句遥相呼应。

回到家乡之后，蔡文姬眼前的景象更是催人心肠："既至家人尽，又复无中外。城廓为山林，庭宇生荆艾。"虽然回到家乡，可是一个亲人都不在了，城里城外，变成了荒野山林，庭院里和房檐下都长出了杂草，这种写实性的笔法，再现了战乱之后的惨况。凋敝、破败、荒凉，这景象甚至还不如匈奴那里，匈奴那里自然气候再恶劣，至少还有些人气。蔡文姬朝朝暮暮思念的家乡，在经过战乱的蹂躏后沦落如此，我们可以再想想，其他的地方，也不会好到哪里去。蔡文姬在这首《悲愤诗》里记叙的是自己的经历，可也是战乱年月里百姓苦难生活的缩影。

战乱使得民生凋敝，而妇女所遭受的磨难，则尤为让人心痛。这些被劫掠的妇女，最终的结局都很悲惨。蔡文姬虽然成为左贤王的夫人，看似生活上不缺衣食，可身受屈辱，勉强苟活，这种精神痛苦，谁又能知晓？

"白骨不知谁，纵横莫覆盖。"眼前这一堆堆的白骨，不知是哪些苦命的人，白骨纵横交错，暴露在荒野，都没人为他们安葬。"出门无人声，豺狼号且吠"，出门听不到人们说话的声音，却只有豺狼的嚎叫，极言人烟稀少。老百姓都去了哪里？自然是死于战乱了。曾经热热闹闹的村庄，如今成为野兽聚居的地方。"茕茕对孤景，怛咤糜肝肺"，虽然回到了故乡，可竟然没人可以作伴，蔡文姬孤零零地面对自己的影子，这种形影相吊的日子，真是凄凉无比，想到自己这一生的遭际，不禁泪流满面，然后便号啕大哭，不然，心中的悲痛就无法发泄出来。此处均为写实场景，而诗人的真情则通过眼前的场景自然流露出来，而这些凄惨景象，也让我们见识到战争给百姓们带来的痛苦，有多么深重！

回归故土，这是蔡文姬多年的心愿。她流落在匈奴边地十二年，历尽千辛万苦才终于回到家乡，可是，眼前的荒凉却碾碎了她之前对家乡的美好想象。这再不是她记忆中繁华的故土，经过战火的洗礼，人命如同草芥一般，无数妇女被凌辱，孩童失去依怙变成孤儿。蔡文姬在叙述事件的同时，用带着血泪的文字对战乱进行着控诉。

"登高远眺望，魂神忽飞逝"这两句诗，集中表现出蔡文姬回到故里后的怅惘心情。登高望远，是为了纾解心头的愁苦，可这样一来，思绪又飘飞到更远的地方了。如今，只能挣扎着活下去，不过是勉强维持生命罢了。

虽然后来由曹操安排，蔡文姬再嫁董祀，可她却始终怀着恐惧的心理，"流离成鄙贱，常恐复捐废"，流落匈奴十二载，她认为自己已经成为"鄙贱之人"，所以会担心董祀厌弃自己。但是，蔡文姬也是战乱的受害者，那些被凌辱的女性更是无辜的。相比之下，蔡文姬还算是比较幸运的。她成为左贤王的夫人（也有种说法是，左贤王与蔡文姬之间没有婚姻关系，而是主奴关系），虽然是被迫无奈，可至少有机会回到故土。而其他那些被掳掠的女子，恐怕终其一生都要流落在异土他乡了。

在诗歌结尾处，蔡文姬感叹着"人生几何时，怀忧终年岁"，想来余下的人生也没有多少年了，可我却要怀着忧伤的心情熬过一年又一年，忧伤而无奈，沉重且悲哀，读来令人痛心。

这"忧伤"到底指的是什么呢？既可指她遭受的母子分离之愁苦，也可指她为那些在战乱中死去的无辜百姓怀有的伤痛。

蔡文姬的这首《悲愤诗》明白如话，情感强烈、真挚，诗中精彩之处颇多，比如，描写母子相别的场景，就分外打动人心。但是，这种"精彩"却是蔡文姬人生中最痛苦之处。她笔下记录的人间浩劫有着极强的画面感，那种饱含血泪的控诉具有强烈的震撼力。蔡文姬把叙事和抒情完美地结合在一起，浑朴天然的语言更是带来"无障碍阅读"的快感，全诗虽然字数多，可由于内在的连贯性和文字的口语化，让人一口气读完之后，那种酸楚和悲愤仍回荡在心中，久久不散。

魏晋南北朝

左棻（身为妃嫔的宫廷女诗人）

晋武帝司马炎是个很有意思的人。他后宫佳丽无数，竟不知每天该宠幸哪一个。于是，他每天就坐着羊车，在后宫里四处转悠，看羊儿停在哪个嫔妃门前，就在那里留宿。嫔妃们知道了他的这个特殊爱好，便纷纷想出点子来为自己争宠，比如在自己寝宫门前撒上盐水，据说这样的话，羊就会停下来，舔食地上的盐水。

泰始八年（公元 272 年），他将大才子左思的妹妹左棻召入宫中，封为修仪，后来又晋升为贵嫔。左氏兄妹都很有才华，但相貌丑陋。晋武帝司马炎之所以娶了位丑女，无非就是因为左棻"少好学，善作文"。娶个女诗人安置在后宫，无非是给他自己脸上贴金。左棻相貌不好，身体也很羸弱，长年无宠，但这样一来倒也活得清净，没有后宫争宠的那些麻烦事儿，左棻便可以安心读书作诗了。

左棻留下的作品中，有一部分是应诏而作，还有一部分诗文则属精品之作，如《啄木诗》《感离诗》等。

作为一个久病无宠之人，左棻的生活环境非常清苦，她住着简陋的房子，写着奉命而作的诗文。既得不到爱情，也没有创作的自由。我们在她留下的几篇诗文里，看到她抒发的心声，心中也不免为她痛惜。

[原文]

啄木诗

南山有鸟，自名啄木。饥则啄木，暮则宿巢。

无干于人，唯志所欲。此盖自卑，性清者荣，性浊者辱。

[译文]

南山有一种啄木鸟，饥饿的时候就从树木里啄取昆虫为食，天黑了就在鸟巢里栖息。平素与人没有往来，对人也没有什么求取，它的志向只在能够随心所欲地生活。啄木鸟不过是一种禽鸟，却有自己的操守与准则：以性情高洁为荣，以性情混浊为辱。

[赏析]

这是一首咏物诗，左棻以啄木鸟来比喻自己高洁的品性，以表明自己的志趣和心性。啄木鸟，没有凤凰和孔雀那样五彩斑斓的羽毛，也没有高贵雍容的体态。它以树木里的虫子为食物，栖息的地方不过是简陋的鸟窝。现实生活中，左棻虽然身在宫中，可她的日子却与"荣华富贵"相去甚远。只有特别受宠的妃嫔才有资格住华丽的房屋，吃美味，着绫罗。对于左棻这样一个并没有恩宠的人来说，她不过是在宫里以"御用文人"的身份生活。

当然，她有足够的才华，能够使自己在宫中傲立不群，虽然没有倾城国的美貌，却有倾世人的才华。

啄木鸟体现出左棻的理想人格：性情淡薄、高洁，内心没有那么多复杂的欲望，自然就不必向外求取，吃粗茶淡饭也能安然度日，必然是因为心中有更高的理想和追求。只可惜，高高的宫墙禁锢了左棻的脚步，她整日只能与诗书笔墨作伴，偶尔也会走上大殿，只是为了奉命写一些让皇帝感觉特别有面子的诗文。《晋书》中记载："帝重棻词藻，每有方物异宝，必诏为赋颂。"左棻的这些应诏诗文，或许其中也不乏闪耀着光彩的作品，但与歌女舞女在大殿上献歌献舞，又有何区别？孤零零地

在宫中度过几十年光阴，无非是皇帝宫中的摆设。如果她没有入宫，而是嫁给一位真正疼惜她并且与她才华相当的相公，两人平常互作诗文，倒是比在宫中度过寂寞岁月更好些。

所以说，左棻的遭际实在可怜可叹！也正因此，她留下的那些抒发真实情感和思想的诗歌，才更显得可贵难得。

《啄木诗》虽是咏物诗，但也可以看作是哲理诗。啄木鸟之所以活得自在随心，那是因为它的欲望少，甘于过简单平淡的生活。所以，它才过得那么逍遥自在。内心没有过多的欲望，就不会被欲望控制，就不会为了满足欲望而讨好别人。无求于人，无求于外境，才是真自在。何必被那么多欲望牵绊了自己呢？就算占有再多的物质，享受再多的恩爱，难道生命就真的能独立、自由吗？啄木鸟想得真明白！它只要有食物能果腹，有个住处能安身，就觉得圆满自足了。不希求那么多，身心上就不会有那么多的负累。

诗人以啄木鸟自喻，可见，左棻追求的是独立人格和不同流俗的思想境界。我们看自己身边，那些被过多的欲望牵绊的人，他们何曾有过真正平静自在的时候？一生都在欲望的波涛中打转，一生丢不掉的无非是享乐而已。

左棻与那些明媚艳丽的后宫嫔妃不同。她虽然不漂亮，虽然没有得到过皇帝的宠爱，说不定在后宫女子的眼中，她过得很"失败"，但至少她用诗书灌溉自己的心田，留下情感真挚、隽永可读的作品，即便她已死去一千多年，但她的思想情感却跨越了时间，真正地实现了永生。

明代诗人钟惺在《名媛诗归》中说："咏物诗说性情妙矣！却又以明达语与物理印证，唯杜工部诗独擅其美，不知原本实在此。"

除了这首《啄木诗》，左棻还写有一首宫怨诗，题为《感离诗》，最初载于《艺文类聚》。

[原文]

感离诗

自我去膝下。倏忽逾再期。邈邈浸弥远。拜奉将何时。
披省所赐告。寻玩悼离词。仿佛想容仪。欷歔不自持。
何时当奉面。娱目于书诗。何以诉辛苦。告情于文辞。

[译文]

自从我离开兄长，被召入宫，时间一晃已是两年了。这两年之中，你我兄妹二人竟不曾相见。

兄妹相见的心愿，看来是越来越渺茫，不知何时才能拜会兄长，再续兄妹情谊。

既然与兄长相见的心愿难以实现，为了抚平心头这思亲之情，我便翻阅起兄长的诗文书信，当我看到兄长写的《悼离赠妹》一诗时，我追寻着其中的诗意，玩味着兄长的诗文，从中感受到兄长您对我的亲情。

一遍遍地读着兄长昔日送我的诗文，仿佛见到兄长的面容，就像在我眼前一般。我不由得感慨唏嘘，竟然把持不住内心的思亲之情。

不知何年何月，才能够再次与兄长会面，你我兄妹二人一起在诗书中寻找乐趣，就像我尚未入宫时那样。

不知何年何月，我才能向兄长诉说入宫之后的辛酸生活，能在诗文里告诉兄长，我这满心的苦楚。

[赏析]

左氏兄妹之间感情非常好，诗里的"膝下"并非指父母，而是左棻对兄长的尊称，从"膝下"一词也可以看出，左棻对兄长的依偎，就像小孩子对父母的依赖。左棻在深宫生活，想必是缺少真情，缺少关心，在这样的处境里，左棻便格外思念亲人，况且，左氏兄妹父母去世较早，兄妹两人相依为命，左棻对兄长的眷恋，正是把兄长当做了父母。

左棻在诗歌开头说：自从我离开兄长，时间一晃而过，竟有两年没有见面了。左棻入宫两年后，左思写了一首《悼离赠妹》，左棻的这首《感离诗》写于同一年。

虽然兄妹俩都在京城居住，看似很近，但皇宫又岂能是由得人自由进出呢？所以，即便住得很近，可由于不能轻易见面，也会有一种希望越来越渺远的感觉。左棻不由得发出感慨：真不知道，什么时候才能再次拜会兄长。

诗歌前四句，既透露出左棻对有朝一日兄妹相见的殷切期待，但更多的，则是对现实生活的无奈，"邈邈"一词则在无奈之中，更多了些酸楚。

对兄长的思念之情日益浓重，但是又不知什么时候能相见，只得拿出兄长写来的书信诗文，反复地读着，以此来慰藉自己的思亲之情。"寻玩悼离词"，即是寻思、玩味左思写的《悼离赠妹》。这个生活场景，颇具代表性，因为左氏兄妹均有才学，平日里以诗文互答作为一种交流和游戏，所以，在思念兄长却不得相见的情况下，左棻便取来兄长平时寄送的诗文书信，其实这也从侧面说明，左棻在宫里的生活，过得并不好，一个人只有在极其孤独无助的时候，才会越发思念亲人。

左棻说，自己看着兄长的诗文，感受着这诗文里的温情，心头又重现了兄长的笑貌。种种往事回想起来，泪水悄然流下，不住地感叹着，根本控制不住对亲人的思念。通过眼前的诗文书信，来抚慰思亲之情，继而想起了亲人的面庞，这境况让人感觉到女诗人内心悠长的感伤。

在诗歌结尾处，左棻写道：虽然不知道，什么时候还能见到兄长，但我却期待着，再次拜见兄长时，能够一起读书、作诗，就像从前那样。从"何时当奉面，娱目于书诗"这两句诗里，我们能够看出，诗人的愿望很朴实也很真切，她的心愿并不是获得帝王恩宠，也并非希求兄长在仕途上有什么发展，但她这个朴实的心愿，却很难实现。我们读到此处，内心也生出一些惆怅。

在诗歌结尾处，左棻仍然是满心无奈。"何以诉辛苦，告情于文辞"，我这满心的辛酸苦辣，该怎么表达呢？只能把自己的情感寄托在这诗文里。由此可见，左棻只能把满腔的思亲情感，宣泄于笔端，这思念亲人的愁绪不仅悠长，更是凄凉。

谢道韫（风韵高迈的名门才女）

在某一个足可以冻掉耳朵的寒冬，宰相谢安也不知哪里来的精神气儿，要与子侄们谈论诗文，谈到兴头上，忽然天降大雪，那雪下得又密又急。谢安一时来了兴致，就问他的这些子侄们："你们看，这纷纷扬扬的大雪，像什么呢？"

谢安的侄子说："就像一大把盐撒在空中。"

这时候，谢安的侄女说："倒不如说，像风吹得柳絮漫天飘。"

谢安认为侄女的回答很有想法。他的这个侄女，就是东晋女诗人谢道韫。这个故事出自《世说新语笺疏·咏雪》。从此，留下个典故，人们夸赞某位姑娘有才华时，就会说她有"咏絮之才"。

关于谢道韫，还有一则小故事。

某天，谢安问他的这个侄女："你说说看，《诗经》里那么多的诗篇，哪一句诗最棒？"谢道韫说，她认为《大雅·烝民》里的"吉甫作颂，穆如清风；仲山甫永怀，以慰其心"这一句最棒。为什么呢？好的诗作，应当像清风那样，温煦和暖，给人心灵上的触动，具有慰藉情感的作用。

对于谢道韫的回答，谢安自然很满意，他认为谢道韫喜欢的这句诗歌，正契合当时的审美价值取向：具有感人柔和的力量以及清新和美的风格。

其实，从谢道韫的诗作中，我们也能发现这种艺术美感。比如玄言诗《泰山吟》。

[原文]

泰山吟

峨峨东岳高,秀极冲青天。岩中间虚宇,寂寞幽以玄。
非工复非匠,云构发自然。器象尔何物?遂令我屡迁。
逝将宅斯宇,可以尽天年。

[译文]

东岳泰山姿态雄奇,巍峨屹立在苍茫大地上,壮美的气势无可匹敌,山峰直冲云霄,似乎要刺破青天一般。

泰山上的岩洞,仿佛是带着间隔的空虚院落,终日里寂静无声,深邃幽静。

这样的秀美景观,可并非靠着工匠的雕琢就能得来的,山中岩洞奇观,乃是天然形成的。

山中那变幻莫测的气象,到底从何而来,又是怎样形成的?竟然能使我的心绪起伏波动,生出为了欣赏自然奇景而迁居的想法。

真想远离世事复杂的人间,来到这雄奇俊秀的东岳泰山,在此地乐享天年。

[赏析]

第一句,用"峨峨"形容泰山之高峻。叠字的运用,将高峻的山势生动地勾画出来。而用一个"秀"字又点出泰山不仅气势高拔,而且还有俊秀、灵秀的一面。"冲"字则在视觉上给人一种凌然万物的霸气感觉。在谢道韫的眼里,泰山是雄伟高挺的,而且还有一种秀美、灵气的姿态。

这是一种怎样的秀美灵气呢？谢道韫说，泰山的山岩，就好比天然形成的空间，安静、空灵，颇具典雅和玄妙。"寂寞幽以玄"中的"寂寞"二字，既可以看作是谢道韫对山岩的描述，也可以视为她此刻的心境，不过这种寂寞的心境，不一定是诗人独处时的孤独无助感，而是个体生命面对自然奇观时的内心感受。

泰山的这种空灵俊秀，可不是人间的工匠能够开凿的，而是大自然的鬼斧神工。谢道韫言下之意是说，泰山的玄妙清幽发于自然，也正如此，它才是玄妙的所在。假如是人工开凿的，就失了自然本色，也就没有什么玄妙可言了。所以，谢道韫面对泰山奇景时，才会油然生起对自然的敬畏和赞美。

再下一句，"器象尔何物，遂令我屡迁"，则描述了泰山上那变幻万千的气象，让诗人的思想和心绪，也随着气象的变动而波动不安。此句说的正是外在景象，引发内在心境的变动，既表明了对泰山奇景的赞叹，也表现了谢道韫对自然景观的热爱。

而本诗的最后一句，直接表明了诗人的心迹：既然泰山如此合我心意，那我还留在人间干吗？不如搬来这里居住，过那种恬淡无为的生活，在这个延年益寿的地方生活，才符合天命之道。这种直接率性的表达，也是符合诗人当时的心境的。

先由形容泰山之高峻秀丽、灵气冲天入手，之后说尽了泰山奇景的种种妙处，最后，谢道韫直接干脆地表明心愿：愿离开纷乱的尘世，来到此处，过一种契合天命、逍遥自在的生活。

谢道韫之所以会有这种隐居的想法，并不是因为她矫情，也不是为了逃避。我们先来说说谢道韫所处的时代背景，或许我们会理解她的小心思。

东晋晚期，社会比较动荡，士族之间的矛盾也日趋尖锐。有许多文人士子都向往那种独立于俗世之外的隐居生活。有些是真隐居，理由多种多样，但大环境的驱使是主要原因。有些人是嘴上说着归隐，内心却无比憧憬在朝堂上的显贵，这一类人属于用归隐做幌子，心里想的还是功名利禄。

写作此诗时，很可能谢道韫刚经历过人生的一大变故：丈夫和儿子被杀。既然至亲都不在世上了，那么产生隐居避世的想法也属正常。

这首咏物诗里，有对泰山景色的描绘，有对内心感慨的抒发。景与情浑然相融，诗风雄奇，用词矫健。虽然是出自闺秀诗人之手，可没有半点闺阁气息。这首诗的风格倒也蛮符合谢道韫的性情。

从前面提到的故事里，我们看到的谢道韫是一个聪慧灵秀的女子形象。但在其他的一些史料和故事中，又呈现出谢道韫的另一种性情。

魏晋时期，士人崇尚清谈，并且女子也可参与其中。只是，要设置一个"青绫幕幛"，女子端坐在里面，这样才可以与男子们进行讨论。

某天，王献之正和一个朋友谈论诗文，对方很是能言善辩，几句话就把王献之说得哑口无言。谢道韫正巧经过，她一见这情况，立马走到屏风后面，开始和这个文友辩论。这场辩论的结果，最终以谢道韫获胜而告终。在场的那些男子也对谢道韫赞赏不已。

刘义庆在《世说新语·贤媛》记载："王夫人（谢道韫）神情散朗，故有林下风气。"便是说谢道韫有才华、有风度，既有女性的柔婉之美，又不失巾帼豪杰之大方姿态。

谢道韫不仅情致风度出众，而且还有着爽朗的性子。她的婚事，是由叔父谢安一手操办的。她所嫁之人便是王羲之的儿子，会稽内史王凝之。不过，谢道韫对这婚事似乎并不满意，她对叔父抱怨说，咱们谢氏一门，一个个的都是人中俊杰，怎么天底下却有王凝之这样的呆子！

实际上，王凝之在当时也是个俊秀人物，但就是为人太迷信了。孙恩攻打会稽时，他手下献出多少好计策都被他否决了，根本不设防备，反而向鬼神祈祷。王凝之笃信天师道，认为凭着自己的诚心，定会得到鬼神相助。结果可想而知，孙恩屠了会稽，王凝之出逃时不幸被杀。谢道韫听说此事后，镇定自若，出门举刀杀敌。孙恩反而因为谢道韫的义举放过了她和她的族人。此后，谢道韫在会稽独居，再不曾婚配，最终忧郁而死。

从以上这些事件中我们不难看出，谢道韫不仅有才情，更有豪情。所以，她的这首《泰山吟》既有俊逸风采，也有阳刚之美。虽说结尾表达自己渴望隐居泰山，在此终老，似乎有些落入俗套。但联想一下谢道韫所处的环境以及人生经历，我们便不会觉得她这是无端矫情。

鲍令晖（断绝清巧，拟古尤胜）

南朝的文学评论家钟嵘写了一部古代诗歌评论著作叫《诗品》，以时间为序，介绍从汉代到魏晋南北朝百余位诗人，提到南朝宋、齐两代在诗文上有成就的女性作者，便只有两位，一位是韩兰英，另一位是鲍照的妹妹鲍令晖。

关于鲍照和鲍令晖，《诗品》里还记载了一件事。某天，孝武帝与鲍照闲聊，孝武帝问："鲍照，你和你妹妹相比，谁更有才华？"鲍照就说："臣下的妹妹，才华不如左棻，臣下的才华，不如左思。"

左氏兄妹在当时已有相当的知名度，他们的才华为世所公认。鲍照的这个回答，看起来非常谦虚，实则是说，自己与妹妹的才华，能够与左氏兄妹不相上下。钟嵘在《诗品》里评价鲍令晖的诗作说："令晖歌诗，往往断绝清巧，拟古尤胜。"

确实，鲍氏兄妹与左氏兄妹在很多方面都有着相似性：门第出身皆不高，但都非常有才学；兄妹两人相依为命，感情深厚；都留下了代表性诗文。

鲍照离家之后，与鲍令晖之间多有书信往来。他在《代东门行》里写道：

> 伤禽恶弦惊，倦客恶离声。离声断客情，宾御皆涕零。
> 涕零心断绝，将去复还诀。一息不相知，何况异乡别。
> 遥遥征驾远，杳杳白日晚。居人掩闺卧，行子夜中饭。
> 野风吹草木，行子心肠断。食梅常苦酸，衣葛常苦寒。
> 丝竹徒满座，忧人不解颜。长歌欲自慰，弥起长恨端。

离家时的感伤情绪渗透了字里行间。

鲍令晖见到这首诗后回赠了一首《题书后寄行人》。

[原文]

题书后寄行人

自君之出矣，临轩不解颜。砧杵夜不发，高门昼常关。
帐中流熠耀，庭前华紫兰。物枯识节异，鸿来知客寒。
游用暮冬尽，除春待君还。

[译文]

　　自从兄长你离开家之后，我坐在窗前，就再没有露出过笑脸。夜里，从来不捣衣，怕因此而勾起对兄长的思念；白天，家中的大门常要关闭，因为家中没有兄长，担心会有人上门欺负。帐子中，萤火的光闪动着、流溢着，庭院里的紫兰都开花了。花草等物凋枯之后，才知道时节变了；鸿雁飞来时，便想远方的你一定身处寒凉。只希望，这寒冬快快过去，然后兄长你就能随着春天一起归家了吧。

[赏析]

　　自从鲍照离家之后，鲍令晖的情绪也非常低落，她在诗中连写了几个生活中的场景，从抒发内心的苦闷和思亲情怀，笔力深婉而情感沉重，用词古朴而无藻饰。

　　后来，鲍令晖先于兄长鲍照去世。此事对鲍照打击极大，失去亲人的痛苦令他写下了《伤逝赋》，以发泄积蓄在心中的哀痛。

　　鲍令晖的诗作流传下来的只有七首，其中的《拟青青河畔草》《客从远方来》《古意赠今人》等均为文学史上的名篇。

[原文]

拟青青河畔草

袅袅临窗竹，蔼蔼垂门桐。灼灼青轩女，泠泠高台中。
明志逸秋霜，玉颜艳春红。人生谁不别，恨君早从戎。
鸣弦惭夜月，绀黛羞春风。

[译文]

  临近窗边的竹子，身影袅娜，大门边上的梧桐树，绿荫如盖。一位年华正好的少妇神情凄楚地坐在高台上，向着远方眺望。她有着秋霜一般高洁的情操，她的容颜比春日里的花朵还艳丽美好。人这一生中，怎么会没有别离呢？只恨夫君早早从军远戎，留下她一人虚度年华。弹奏琴弦，期盼着丈夫能早日归来，却惭愧面对皎洁的夜月；梳妆完毕，打扮得娇美无比，却羞于面对和煦的春风。

[赏析]

  翠竹绿荫，美丽端庄的少妇，却不是因为踏春赏花才来到庭院，更不是为了散心看风景才登上高台。原来，这位心志高洁的妇人，她的丈夫戍守边关，已经去了好几年了。少妇是个知书达理的人，知道人总要面对别离的愁苦。但她心里真的很豁达吗？从诗中的"恨君早从戎"一句可知，少妇心里还是有怨恨的。丈夫早年戍边，留她一人在家，那大好的年华都浪费了。几年过去，也不见丈夫归来，以至于少妇都担心自己的容貌禁不起岁月的摧残。这种怨恨、担忧，谁能理解呢？

所以，她只能通过琴声倾诉内心的相思和焦灼。只是，看到月色皎皎，难免会因为形单影只觉得惭愧。这种感受，就像白天梳妆完毕后，羞愧面对春色一样。而这种不分白天黑夜的孤独焦虑，已经成为少妇的生活常态。

其实，少妇的心里虽然有怨恨和焦灼，但也怀着期盼。不然，她为何要打扮好之后，登上高台远望呢？无非就是希望能远远地望到归家的丈夫，等丈夫进家时看到自己娇美的容颜。小女子心思尽在诗里，可这些心思又是多么的感人至深！

鲍令晖所处的时代，战乱较多，不仅留待家中的妇人内心凄苦，就连出征的男子也频频流露出思亲的苦闷。

这首诗中的"思妇"，非常具有典型性。在动乱的年代，无数家庭支离破碎，即便家人眷属都在，也会出现因为男人在外出征而造成大量妇人留在家中的情况。这些思妇，或是担心丈夫的生命安危，或是感叹年华如流水，青春易逝去。这并非是由于妇人贪图欢爱，舍不得丈夫，而是因为她们对自己未来的命运捉摸不定，产生了莫大的焦灼。

一旦丈夫战死，孤儿寡母该怎么办？原本情深意笃的夫妻，却天人永隔，这岂不是人间悲剧？但是，在那样的年岁里，这样的悲剧难道还少吗？

鲍令晖没有点明这位出征的丈夫最终是否平安归来，但是，她塑造的这位深明大义、却也暗藏幽怨的思妇形象却跃然纸上。

这是一首拟古诗，在《拟青青河畔草》中，也刻画了一个思念远行丈夫的少妇形象。但与《拟青青河畔草》相比，鲍令晖这首诗中的怨情含蓄而深致，她笔下的这位容貌秀美、情操高洁的"思妇"形象，似可视为诗人的自我写照。

鲍令晖还有一首题为《拟客从何方来》的拟古诗。

[原文]

拟客从何方来

客从远方来,赠我漆鸣琴。木有相思文,弦有别离音。
终身执此调,岁寒不改心。愿作阳春曲,宫商长相寻。

[译文]

　　从远方而来的客人,捎给我一把以漆涂抹的琴。这是我那出征在外的丈夫托付他捎带过来的。制琴的木头上写有倾诉相思的文字,琴弦上满是倾诉别离之苦的音乐声。我这一生啊,必然会日日夜夜弹奏这琴、这曲调,哪怕时光逝去,我对远方的丈夫的思念也不会改变。愿意作一首抒发两地相思的阳春曲,以乐音与丈夫长相追随。

[赏析]

　　全诗读完,思念远征丈夫的妇人形象跃然眼前。这刻骨的思念,是通过远方来客捎来的"漆鸣琴"而生发的。正所谓见物思人,看到"远客"带来的琴,思念丈夫的心弦便再也收不住了。这琴是丈夫拜托归乡的人带给家中妻子的,想必这夫妻二人也是心意相通,从这琴、这曲中,便能感受到相隔一方的人对另一半的惦念。

　　在中国古典诗词中,"琴"有着极为广泛的象征,它既是个人理想、志趣襟怀的寄托,也是朋友之间情义的见证,更是夫妇、恋人之间深厚爱情的意象。现在,人们一说到感情笃厚的情侣,也多用"琴瑟和谐"来作比。

　　《诗经·周南·关雎》中便有"窈窕淑女,琴瑟友之"这样一句,见到美丽动人的女孩子,用琴声来表达自己的思慕之情。可见,琴充当

了一种表达爱情的媒介，也是美好爱情的象征。

还有《诗经·郑风·女曰鸡鸣》中的"宜言饮酒，与子偕老。琴瑟在御，莫不静好"，也是对美好幸福的爱情生活做出的展望。

鲍令晖的这首诗里出现的"琴"，虽然点明了夫妻之间的深厚感情，但联系到诗人所处的历史背景，可见诗中以"琴"寄托的不仅有夫妇之间的深厚感情，更有生而不得相见、相守的悲情。明明是一段很美好的婚姻生活，却因为连年战争，丈夫不得不去征战而导致夫妇分离。可是，这诗中的思妇至少还有琴作为精神慰藉，很多妇人甚至连自己的丈夫是死是活都不知道，更没有什么慰藉心灵的物件陪伴，她们的悲苦更是可怜可叹。

诗中的这位思妇也是个忠于情感的人，且不论丈夫身在何方，她都愿"终身执此调，岁寒不改心"。这是一种很含蓄委婉的说法，表明这位妇人对爱情的坚守，即便不知道要等到何年何月，才能等来丈夫归家的消息，但她还是选择了坚持。她的坚贞、忧伤，如此打动我们的心，而这满怀的相思，都是借由"琴"这个意象来传递的。

在诗的最后，鲍令晖所描写的内容依然与琴有关。思妇之相思，犹如缕缕不绝的琴音，缠绵悱恻，哀婉动人。这首诗跨越了时间的长河，使现代人感受到一千多年的某天，一位思念征人的少妇那无限的愁思与伤感。

唐代

江采萍（创作惊鸿舞的梅妃）

唐玄宗这一生有过许多重要的女人，比如，我们比较熟悉的杨贵妃、武惠妃。其实，还有一位妃子，她也是个传奇人物，容貌清丽，气质优雅，自不待言；更重要的是，她能作诗文，还通晓歌舞音律，据说《惊鸿舞》就是她所创作。

这位妃子便是梅妃江采萍，福建莆田人氏，因为最爱梅花，所以入宫得宠之后，宫中便种植了许多不同品种的梅花，她的封号也以"梅"命名。

后来，杨贵妃得宠，梅妃则被迁至上阳宫。失宠后的梅妃常以泪洗面，她想到汉武帝的皇后陈阿娇被贬入长门宫之后，以千金求得司马相如的一篇赋。梅妃不需要求别人来写，她自己就有这个才华，《楼东赋》就出自梅妃之手。唐玄宗看了《楼东赋》后，内心也有触动，便派人悄悄地给梅妃送了一斛珍珠。

梅妃要的可不是珍珠，她又写了一首诗，让人把这诗连同珍珠都交给唐玄宗。这首诗便是《谢赐珍珠》，被宫中乐师编成曲子后，更名为《一斛珠》。

[原文]

一斛珠

柳叶双眉久不描，残妆和泪污红绡。

长门自是无梳洗，何必珍珠慰寂寥。

[译文]

　　柳叶一样的双眉，已经许久没有描画，脸上的残妆和着泪水，把红艳艳的丝织物都弄脏了。被皇上冷落之后，我就好像那被废弃在长门的汉武帝皇后陈阿娇，整天都没有心情梳洗打扮，既然您都不肯来看我一眼，又何必差人送来珍珠，安慰我寂寥的心呢？

[赏析]

　　曾经，唐玄宗和梅妃也有过恩爱非常的时光。但帝王的心思总是难猜测，帝王的情意也极少只赋予一人。在后宫里，色衰爱弛的事情自古就不是什么稀罕事，反倒是一心一意地爱着某个妃子才是"千古佳话"。

　　梅妃得宠时，不仅宫里到处种着梅花，经常还有人向梅妃进献一些品种名贵的梅花。某一天，梅妃恍惚听到喧哗声，就问侍女，可是有人送梅花来了。侍女摇头说，是给杨贵妃送荔枝的人。梅妃性情孤高，向来不与其他妃子争风吃醋，但自从被冷落之后，心头难免还是怨恨翻涌。但是，梅妃的这种怨恨是非常克制而隐忍的。且看她在诗中说，自己那柳叶似的美貌已不再描画，并且已经许久不梳妆打扮了。身为妃子，却不再妆扮自己，原因只有一个，那就是已经对帝王失去了期待。既然没了期待，也就不必讨帝王的欢心。再者，既然皇帝的心已经不在自己这里了，那么是不是梳妆打扮，又有什么要紧？

　　一篇《楼东赋》，不过是撩起了唐玄宗的感怀与思念，毕竟，他们恩爱十九年。可就连送几串珍珠，都要让人偷偷来送，生怕被杨贵妃知道后惹出麻烦。既然如此，也就不必费事了。再光洁夺目的珍珠，也无法抚慰冷宫弃妃内心的感伤与寂寞。与其委委屈屈地向君王乞讨爱怜，不如索性一个人安安静静地度过此生算了。

061

自古帝王多薄情，这个道理梅妃自然明白。她从小熟读诗书，并以东晋才女谢道韫自比。她的志向，不在富贵荣华，也不在与人争宠。她真正感伤的是恩爱太短，遗忘太长。迁居上阳宫后，她基本上就没再见过唐玄宗了。安史之乱时，唐玄宗带着杨贵妃仓皇出逃，却把梅妃遗忘在宫中，为避免受辱，梅妃用白绫缠身，投井自尽。

薛涛（大唐孔雀女校书）

有人把薛涛称为"唐代第一传奇女诗人"，但如果我们对古诗词有了更多了解，就会发现，具有传奇性的女诗人不仅薛涛一位。同时，我们还会发现，如果中国古代诗坛少了薛涛，那必然是黯淡无光的。

《嘉定府志》里说，薛涛，字洪度，本是长安人氏，后来跟随父亲来到蜀中。入乐籍之后，成了一名乐妓，"韦皋镇蜀，召令侍酒赋诗，称为女校书，出入幕府，历事十一镇，皆以诗受知"。

薛涛以诗成名，她曾爱过的人也是诗人。一位是唐中期的名臣韦皋，另一位是与白居易齐名的诗人元稹。

恋爱期间的薛涛，自己动手制作了一种桃红色的小笺，用来写诗文，这种艳丽美观的小笺，便是后世所谓的"薛涛笺"。遗憾的是，薛涛的这两段感情都没有什么结果。脱离乐籍之后，薛涛终身未嫁。

唐代女诗人数量不少，但从诗歌创作的数量上来说，薛涛当为其中翘楚。据说，薛涛写有五百多首诗歌，但流传至今的仅有90首左右。薛涛的父亲薛郧本就有着非常渊博的学识，而薛涛又是家中独女，自然从小就受到过良好的家庭教育，她不仅通晓音律，而且在书法绘画上也颇有造诣。与那些早慧的女诗人一样，薛涛在八九岁的时候便能赋诗，显露出极高的天赋。只可惜，薛涛的父亲来到蜀中之后没几年就去世了，因生活没了着落，薛涛才成为一名乐妓。

贞元元年的一次酒宴上，韦皋令薛涛即席赋诗一首，薛涛略加思索后，便创作了《谒巫山庙》。

[原文]

谒巫山庙

乱猿啼处访高唐，路入烟霞草木香。
山色未能忘宋玉，水声犹是哭襄王。
朝朝夜夜阳台下，为雨为云楚国亡。
惆怅庙前多少柳，春来空斗画眉长。

[译文]

乱纷纷的猿啼声中，寻访高唐神庙。越往前走，便越能清楚地看到一片烟霞浮现，草木还散发着阵阵香气。

看到眼前这山色，便能想到宋玉在《高唐赋》里描绘的景象，远处的水声，仿佛在为楚襄王而低声哭泣。

在闻听了楚怀王梦中遇见巫山神女的故事后，楚襄王的内心也很向往这样的幸运，但楚襄王可没有楚怀王那般好运，巫山神女狠心拒绝了他。楚国的衰亡，恰发生在楚襄王统治时期。宋玉在《高唐赋》里写道，巫山神女与楚怀王别离之际，说过"妾在巫山之阳，高丘之阻，旦为朝云，暮为行雨。朝朝暮暮，阳台之下"。颈联这句诗里引用的典故，大有感叹兴亡之意：朝代更迭，可巫山犹在。巫山便是朝代兴亡的见证者。

可叹那庙门前的垂杨柳，在时光的流转中枯了又长，那些柳叶对朝代的兴亡可没有一点儿感觉，春天一到，柳叶们似乎还要和女子的蛾眉比较个长短呢。

[赏析]

首联的一个"乱"字，让我们看到山上一群猴子蹦来跳去的场景，但接下来的一句,却是一派安静景象。一动一静,已经足够引人注意,并且也吊足了读者的好奇心:既然是寻访巫山神庙,那么在这动静之中,会看到怎样的一座神庙呢?薛涛在颔联里写了山色与水声,但她并没有直接写山是怎样的青翠,水又是多么的清冽,而是说,眼前山色景物极好,好到就像宋玉在《高唐赋》里写的那样;水声幽咽,就仿佛是为楚襄王的命运哭泣。如此写来,韵味十足,灵动十足。

宋玉在《高唐赋》里不仅叙述了楚怀王与巫山神女之间的缠绵情事,同时还有大量楚国山水风物的描写。薛涛在《谒巫山庙》一诗中,便引用了《高唐赋》中的典故,并且还对原来的文字进行了巧妙化用,比如颈联的"朝朝夜夜阳台下,为雨为云楚国亡"。

春秋战国时期,楚国也曾经称霸一时,但朝代更迭乃是历史的客观规律,并非人力能够改变。人们徒然地为朝代更迭而伤怀,可巫山庙前的杨柳却并没有把历史兴亡当回事。最后一句,其实也可以看作是薛涛对身世的感叹。"蛾眉"象征女子,她言下之意是说,巫山神庙前的杨柳,在春风中飘飞舞动,可是无人欣赏,与女子的眉毛争短长,也无人欣赏,这就好比她自己空有才情,却找不到懂自己的那个人。

薛涛曾经是官宦人家的女儿,但在经历家庭变故后,成为欢场上以诗艺安身立命之人。个人的身世浮沉变化,与朝代更迭相比,似乎是微不足道的,但个体的悲喜辛酸依然具有某种程度的典型意义。薛涛在诗中将情感与景物相融,而又借用文学作品来描摹景物,不但用语对仗工整,而且还以楚襄王寻巫山神女而不得的典故,抒发自己难以遇到知遇者的惆怅。

难怪韦皋读后,大加赞赏,认为此诗不见半点闺阁脂粉气,并且还透露着不让须眉的才情。

这首诗可以说是薛涛的成名之作。从此以后,韦皋与她有了更多的接触。韦皋是个懂诗怜才之人,他看重薛涛的才华,本打算奏请朝廷让

薛涛担任"校书郎"一职,可最终也没有付诸现实。但是,"女校书"的称呼却不胫而走。

薛涛在幕府中与许多诗人都有来往,比如白居易、令狐楚、牛僧孺、裴度等。据传,薛涛还一度与元稹有过姐弟恋情,虽然相伴的日子很美好,可由于各种现实差距,最终还是分道扬镳。有人认为,薛涛的名篇《送友人》,就是写给元稹的。

[原文]

送友人

水国蒹葭夜有霜,月寒山色共苍苍。
谁言千里自今夕,离梦杳如关塞长。

[译文]

在这水乡,芦苇丛生,夜晚凄寒,草木上还带着寒霜。深秋时节,那带着寒气的月光,照着远山,一片苍茫。如今友人就要奔赴边关,今夜这一别,今生就成了千里之隔。但是,在离别之后,我的魂梦仍然与友人相随,一直到边关。

[赏析]

诗歌起首第一句,化用的是《诗经·秦风·蒹葭》里的名句:"蒹葭苍苍,白露为霜。所谓伊人,在水一方。"虽然首句还没有点到送别,但惜别之情已经弥散开来。成片的芦苇,寒冷的夜晚,在这样的时间和地点送别友人,虽然没有写出什么惜别珍重的话语,但感伤情绪却蕴含其中。

  在水边送行，想必这位友人是乘船而去。薛涛在描写完眼前的蒹葭夜霜之后，将视角拉远，远处的景色便呈现在笔端：深秋寒夜里的一团月光，散发着清冷的光辉，远处高低起伏的山峦，就在这月色之中，显露出苍茫与凄凉。当然，这种凄凉的感受，是因为送别友人而从内心生出，薛涛只是通过笔下描绘的近景和远景，表达出内心的情绪起伏。

  水边蒹葭、远处群山、寒月孤光，这是诗中明确展现出来的事物。没有展现出来的，我们也不妨想象一下：水边停泊的小船、分别在即的友人、摆在友人眼前的万里征途、不知何时才能重聚的惆怅。

  薛涛本来已经很伤感了，但还是安慰友人：你别怕这一路上寂寞孤独啊，我的魂梦与你作伴，一直到你平安到达关塞。

  前两句诗以苍茫之景象抒哀婉之别情，后两句诗又把眼前的别情进行了弱化，友人之间的相惜相别之情充满了温暖气息。

  薛涛的诗歌呈现出多种风格。这首《送友人》景凄凉，情深长，而《题竹郎庙》一诗则呈现出一派自然清新的风格。

[原文]

题竹郎庙

  竹郎庙前多古木，夕阳沉沉山更绿。
  何处江村有笛声，声声尽是迎郎曲。

[译文]

  竹郎庙前古木森森，在沉沉的夕阳的映照下，四周群山更显得鲜

绿。不知从哪个村子里传来了清脆的笛声，笛声里尽是欢快的迎郎曲。

[赏析]

诗中所说的竹郎庙位于四川省，古时候的竹郎庙经常举办一些庙会活动。

在这首诗里，薛涛描写的是她在竹郎庙前的所见所闻，诗中没有一字难解难懂，平平常常写来，却把普通居民的生活热情非常完美地体现出来。

古木、夕阳、远山，薛涛笔下的景物由近及远。在逐渐西沉的夕阳下，不论是古庙，还是古木，亦是远山，都被镀上了一层光辉。虽然天色已经不早了，可是还有阵阵笛声传来。薛涛听到这悠扬清亮的笛声，心里应该很是欢喜，因为这是很欢快的曲调。这也说明，当地的百姓生活祥和。同时，通过这首诗，我们也能了解到当时的民风民俗。

薛涛的这首诗，于朴素中见出淳厚，在简白中见出含蓄。可能初读的时候，并没有觉得它用词造句多么的不同凡响，但一首好诗，只要情意真切便好，何必非要堆砌辞藻呢？抓取生活中的细节和场景，用直白的方式表现出来，这不就是民歌的表现形式吗？可见，薛涛此诗颇得当时民歌的精髓，也为我们展现出薛涛诗歌的另一种清新风采。

杜秋娘（唐代最具传奇性的平民后妃）

杜秋娘大约出生在大历年间，金陵人氏。十五岁时，成为镇海节度使李锜的侍妾。后来，由于唐宪宗削减节度使的权力，引起李锜的不满，举兵造反被镇压后，杜秋娘入宫成为歌舞姬。在一次演唱《金缕衣》这首歌曲时，唐宪宗心有触动，封杜秋娘为秋妃。而这首《金缕衣》，最初是杜秋娘唱给李锜的。

一首《金缕衣》改变了杜秋娘的命运，而这首《金缕衣》还在后世被选入《唐诗三百首》，流传至今。有人提出《金缕衣》可能并非杜秋娘所写，而她不过是将这支曲子完美地演绎出来了而已。但还有另一种说法，说杜秋娘不仅自己会写诗，还能够把诗编成曲子，而《金缕衣》就是她的代表作。

且不论《金缕衣》的真正作者是谁，这都不影响我们赏析这首意蕴隽永的小诗。

[原文]

金缕衣

劝君莫惜金缕衣，劝君惜取少年时。
花开堪折直须折，莫待无花空折枝。

[译文]

劝您不要过于顾惜华美的金缕衣，劝您应当珍惜可贵的少年时光。

花开得正好时，就应该折来欣赏，不要等到花儿凋谢了，再去折那空荡荡的花枝。

[赏析]

前两句的写作手法相同，句式也相同。以一种柔婉的口吻对人们提出规劝：劝你不要贪恋富贵奢华的生活，劝你珍惜年少时的青春时光。"金缕衣"就是用金线缝制而成的华美衣服，在诗里比喻富贵生活。

在人们看来，能过上富贵生活那才是圆满成功的人生。可是诗人却并不这么认为，在她看来，还有比富贵生活更可贵的事物，那就是青春年华。人要珍惜时间，不能虚度华年。这里是勉励人们要及时进取，而不要贪图享乐。

"花开堪折直须折，莫待无花空折枝"，从表面意思来看，诗人说的是，花开得那么好，该采摘时就要采摘，不要等到枝头的花儿都凋谢了，再对着空荡荡的枝头叹息。

其实，这里的"花"比喻一切美好的事物。诗人劝勉人：当你遇到生命中美好可贵的事物时，就要去珍惜、去争取，可别等到这些美好的事物不存在了，你再伤感叹息。

关于这首诗，还有另一种解读。除了劝勉人们珍惜时光，努力进取，诗人似乎也告诉人们要珍惜爱情。比富贵生活更可贵的，除了时间，还有爱情。因为这两种事物，都是去了就不再来。

年少时的时光应该珍惜，因为过去的时光不回倒转，那么年少时的爱情，不也是如此吗？青春年华也好，纯真的爱情也好，它们那般美好，就像盛放的花朵一样。花朵有盛放之时，就有凋零之日。去年的花开了又谢，虽然今年春天的枝头还会开花，但今年之花与去年之花毕竟不同。年少时光如果没能发愤图强，虽说人到中年也依然可以努力，可毕竟那些虚度的时光再不能挽回。不论是时间，还是爱情，在作者看来都比荣华富贵更应当珍惜，这也体现出诗人的情怀与理想。

　　杜秋娘以《金缕衣》而获宠，在宫中也算度过了一段太平岁月。但是，随着宫中宦官专权的情况日益严重，杜秋娘的静好时光也即将告终。回到金陵之后，杜秋娘的境况并不太好。那时，她已经年老，且又无依靠，生活之艰困可想而知。诗人杜牧作有《杜秋娘诗》，叙述了杜秋娘的生平。

　　从杜牧的诗里，我们可以看出，杜秋娘生于寻常百姓家。她的人生经历也颇具传奇色彩。原来的丈夫兵败被杀，而她入宫之后的生活也是步履维艰。但她又何其幸运，能遇到唐宪宗，并与他共坠爱河，此后静享十几年的恩爱。

　　只是，这同心协力的好日子，对于杜秋娘的一生来说，还是太过短暂了。或许正如她诗中所唱，"花开堪折直须折"，遇到真心待自己的人，就用力去爱；"莫待无花空折枝"，唐宪宗不明不白死去时，再回想当初的恩爱生活，也是徒劳了。

刘采春（风靡一时的女艺人）

在中唐时期，有位才貌皆出众的女艺人叫刘采春。她在当时非常受欢迎。一首清歌，婉转动人，响彻云霄，而这些歌曲又多以离愁别绪为主题，所以人们一听便有肝肠寸断之感。用现在的眼光来看，刘采春在当时是一位悲情女歌手，并且粉丝众多。

更难得的是，刘采春不仅能唱，还能写。《全唐诗》里共收录了她六首诗作，也就是我们现在要说的《啰唝曲》。《啰唝曲》也叫《望夫歌》，原本有六首，这里我们选其中三首来一起欣赏。

[原文]

啰唝曲（其一）

不喜秦淮水，生憎江上船。载儿夫婿去，经岁又经年。

[译文]

不喜欢秦淮河，更憎恶江上的船。因为江上的船载着我的丈夫离我远去，从此一年过去又是一年，我却始终等不来丈夫的消息。

[赏析]

本诗浅显易懂，但在浅白的文字背后，却是强烈的情感宣泄。

很明显，诗是以一个思念丈夫的妇人的口吻来写的。这位妇人也是个直性子！一上来就是"不喜"，然后又是"生憎"。这就勾起了人们的好奇：她到底受了怎样的刺激，竟然这样憎恨河水和江船。原来，妇人的丈夫就是在这秦淮河上，坐着船远行，离家而去。这位远去的丈夫，是去做生意还是为了仕途，我们尽可以随意猜测。从诗中流露出的强烈情感来看，这位妇人应该是等了很久、盼了很久。看着时光一年一年地流逝而去，就像这江水一样。可是，丈夫归来的消息却并没有传到自己耳边来。

这个思妇并没有怨恨丈夫，而是怨恨河水和江船，这倒不是她糊里糊涂地瞎抱怨，而是实在不舍得怨恨丈夫。河水和江船，既没有情感，也没有思想，怨恨它们无非就是为了发泄内心的积郁。这也从侧面反映出，自从丈夫离家之后，妇人的内心该是多么的煎熬、痛苦。

[原文]

啰唝曲（其三）

莫作商人妇，金钗当卜钱。朝朝江口望，错认几人船。

[译文]

千万别嫁给商人做媳妇，经商的人行踪漂泊不定，归家的日期也难预料，只得把金钗拿来占卜使用。反正丈夫也不在家，就算戴上华美的首饰，他也看不见，那这金钗又有什么用呢？每天清晨，都来到江口张望，原本怀着一丝期盼，可是怎么也望不到丈夫的归船。心里又是着急又是生气，难免会认错了别人家的船。

[赏析]

简简单单四句话，却塑造出鲜明生动的人物形象，并且还把人物内心的渴盼、焦灼与失望勾勒出来。首句给人一种很突兀的感觉，并且也有诸多无奈饱含其中。等到我们读了接下来的诗句就会知道，为何诗里刻画的这个妇人，会对商人有那么深的成见。

丈夫为了经商，离家一去就再没有音信。妻子不知道远行的丈夫到底在何处落脚，只能通过占卜来寻求心理安慰。诗人连用两个"朝"，点明这位妇人每天的生活，都是从跑到岸边守望作为一天的开端。这种痴心最终换来的却是伤心。久望不归，难免就会内心焦躁不安，于是，把别人家的船错认成是自家的归船，也就在情理之中了。这首诗中表达的情感，有思念，也有怨恨，这些情感都是强烈而真挚的，但诗人却采用最隐蔽的手法，把这种情感含蓄地表达出来。不说内心的思念与失望，只通过"朝朝江口望，错认几人船"，就让我们看到了一位饱受相思折磨的妇人形象。在朴素自然的文字中，流露出的是无限的感伤与悲凉。

[原文]

啰唝曲（其四）

那年离别日，只道住桐庐。桐庐人不见，今得广州书。

[译文]

那一年离别的时候，丈夫对我说要去桐庐经商。可这一去许久，都没有消息。只得请住在桐庐的熟人来打听消息。但是，桐庐的熟人却表示，在桐庐根本就没有见到丈夫的身影。正在焦急不安时，收到了丈夫的来信，原来，他已经在广州生活了。

[赏析]

　　古时候的交通和通信，都不如现在发达。生活在现代社会，我们如果想知道某人的消息，途径可多的是；但是，在古时候，妇人想要了解远方丈夫的生活，只能通过书信或者请熟人帮忙打听。

　　诗中的这位妇人，当初听丈夫说要去桐庐经商，她便认准了丈夫一直在桐庐生活，并且托在桐庐的熟人打听丈夫的消息。可是，桐庐的熟人并没有打听到丈夫的消息。这时候，妇人心中的焦虑是很深重的。她担心的事情很多，比如，丈夫是不是已经另有所爱，所以才隐姓埋名。或者，更坏的消息是，丈夫已经不在人世了。

　　正在焦虑时，丈夫的书信就到了。原来，他已经去了广州。此刻，妇人的心算是放下了。可这种踏实，估计很难维持太久。说不定什么时候，丈夫就会从广州前往其他地方。更不确定的是，丈夫会不会永远留在外面，从此不回家了。

　　身为女人，活得真是艰难。丈夫经商，尚且有着相当的自由，与人交往，甚至花钱买欢。可是女人呢？守在家里，照顾老小，纺线织布，打理家务，并且还要承受着思念的煎熬。情感上的思念与被丈夫抛弃的担忧，同时成为一种心理压力。妇人怎能不怨恨，又怎么会开心起来？

　　接到丈夫的书信，固然生出一些惊喜。但谁能确定，丈夫的下一封书信，是什么时候寄到？谁又能保证，身在外地的丈夫，不会怀有二心？

　　虽然诗歌只写了妇人接到书信，但我们稍微想一下，也不难感受到妇人的怅恨、哀怨。

　　这三首诗，都是直接起笔，给人一种利索干净的感觉。没有铺垫，却没有流于浅俗。并且，我们从中能看到那个时代的现实生活：妇人留

守在家，丈夫远行经商。有太多的不确定性存在，所以，妇人们的日子过得都不轻松。怨恨江水，怨恨江船，怨恨当初不该嫁给商人做妻子，怨恨自己眼花心急，认错了归船。怨恨那么多，可是说到底，先是因为有思念，然后才能生起怨恨。如果对远行的人根本就不在意，哪里会来那么多怨与恨呢？

刘采春的《啰唝曲》，素材来自现实生活，风格朴素真挚，具有民歌的淳厚与直白的特色。明末竟陵派诗人钟惺在《名媛诗归》里认为，"莫作商人妇"一句，"懊恨无端，然非淫亵声口"。虽然这些诗浅白直接，可到底也是回味无穷。

鱼玄机（唐代四大女诗人之一）

有人说唐代是一个"诗的王朝"。作于唐代的诗歌不仅名篇佳作颇多，而且与其他朝代相比，女诗人尤其多。在这些女诗人中，既有宫中妃子，也有深闺怨妇，还有道门中人。而作为唐代四大女诗人之一的鱼玄机，则既是一名女道士，也是一个闺中怨妇。

元代诗人辛文房在《唐才子传·鱼玄机传》中写道："时京师诸宫宇女郎惟以吟咏自遣。玄机杰出，多见酬酢云。"可见，唐代的女道士几乎人人都能写诗，而鱼玄机则是其中的翘楚。《全唐诗》中收录的鱼玄机的诗作达五十首，而其中最为脍炙人口的名句，如"易求无价宝，难得有情郎"，至今仍作为一种婚恋价值观，影响着众多女性的择偶标准。

鱼玄机，字幼薇，只是一个出生于长安的平民家庭的女孩。唐末著名文学家皇甫枚所著的《三水小牍》中记载："色既倾国，思乃入神，喜读书属文，尤致意于一吟一咏。"这是说少女时的鱼玄机不仅容貌艳丽、神采飞扬，而且尤其喜欢读书作诗。这说明鱼玄机自小就受过良好的教育，并且在诗韵书香之中沉醉。

后来，她与著名诗人温庭筠结识，两人亦师亦友，常有诗歌酬答。温庭筠作为鱼玄机的忘年交，同时也是老师，有意撮合她与李亿（字子安）在一起。自从嫁给李亿为妾室之后，鱼玄机与他情深爱重，两人也度过了一段甜蜜的时光。只是，李亿的正妻容不得鱼玄机，在重压之下，李亿只得对她冷淡起来。

随着两人关系的疏远，鱼玄机内心翻涌起无限怨恨和苦痛，但更多的则是对李亿的相思之情。奈何她一心一意地爱着李亿，最终却被迫离开李亿,再后来便在长安咸宜观出家,取道名鱼玄机,是年二十二岁。此后,她与李商隐、李益等当时著名诗人相唱和,偶尔也四处漫游,却始终无法挣破对李亿的相思与怨恨。

李亿虽然迫于妻子的压力不得不冷淡对待鱼玄机,但他内心还是压抑不住对鱼玄机的思慕。两人暗地里私会,依然保持往来。当然,这只是民间的一种说法。在故事的另一个版本里,李亿则是个十足的"薄情郎",他对鱼玄机说:"暂且安置在咸宜观,我终究会来接你回去的。"结果,他终究没有接她回去,而是带着妻子去了外地为官,鱼玄机就彻底被他遗忘在脑后了。

鱼玄机身边有个婢女叫绿翘,聪慧漂亮。鱼玄机怀疑绿翘与李亿关系暧昧(另有一种说法是,鱼玄机与绿翘争风吃醋的对象是位陈姓公子),一怒之下便失手打死了绿翘。事发后,京兆温璋判鱼玄机死刑,后经温庭筠等人奔走活动,鱼玄机获救逃走。但也有另一种说法是,鱼玄机并没有这么幸运,而是在当年秋季的某天被斩首。

《唐才子传·鱼玄机传》中称鱼玄机的诗作"尤工韵调,情致繁缛"。在她写给情郎的诗文里,倒确实情致缠绵、凄恻动人。但也有一些诗,呈现出爽利干脆的风格。比如《赠邻女》一诗。

[原文]

赠邻女

羞日遮罗袖,愁春懒起妆。易求无价宝,难得有情郎。
枕上潜垂泪,花间暗断肠。自能窥宋玉,何必恨王昌。

[译文]

那相貌可人的邻家姑娘,白天里用衣袖遮挡着脸,春日里都懒得梳妆打扮,每天都愁绪纷乱。其实,这是有原因的。邻家姑娘感叹着,在世间求得无价宝还算容易,只要你有钱即可;但是,若要得到一个心意相投的郎君,可就难办了。正是出于这个原因,她整夜在枕头上悄悄地落泪,经过花丛时又不免伤感断肠。可是,邻家姑娘啊,你既然有才有貌,能够争取到像宋玉这样的才子,又何必怨恨像王昌那样的薄情郎,何必在意他对你忽冷忽热的态度呢?

[赏析]

作为一首寄寓诗,鱼玄机借安慰邻家姑娘,表达的乃是自己的爱情理想和爱情追求。

首联通过动作描写,刻画出一个被情所伤的邻家姑娘的形象。大好年华,大好春光,可这个情场失意的姑娘却用衣袖遮住脸庞,更懒得梳妆。前不久,身边有个小姐妹,也因为爱情不得志而着实消沉了好一阵子。本来平时是不化妆不出门的习惯,但是在情伤未愈的那一阵子,她几乎都不怎么打扮自己。看来,情场失意的姑娘都是如此,不愿意见人,不愿意打扮,满心想的就只有那个薄情郎。

可是,从古至今,重情重义的好男人实在太少。无价宝易得,可这一心一意对待爱情的如意郎君却如何能求到?汉代的卓文君也曾发出过同样的感慨:"男儿重意气,何用钱刀为?"时至今日,很多姑娘在爱情无着时,恐怕也在心里嘀咕着:我只要他对我真心实意的好,不然,他有多少钱又能如何?

对于爱情,女子总是更痴绝。情场上洒脱率性的姑娘不是没有,只是太少。于是,那些放不下薄情郎的姑娘们便只能暗自在夜晚垂泪,即便在春光正好的时候路过花丛,也不免触景生情,肠断抑郁。

鱼玄机从女性的角度出发,对邻家姑娘开解道:你得大胆争取爱情啊，何必为了一个对你若即若离的人黯然神伤呢？你有才有貌，大可以去追求更好的伴侣啊！这话，若是理解为鱼玄机大胆表露自己的内心渴望也说得通。

此诗的风格非常鲜明：直率大胆又不失睿智，既刻画出失恋的邻家姑娘那委屈伤感的形象，也表达出女子主动争取爱情的理念。

与其怀恨，不如遗忘，若是实在忘不了，那勇敢争取也无妨。然而，我们联系到鱼玄机与李亿的爱情之路走得那么坎坷，也不免为她唏嘘，像她这样一个标致动人、诗才出众的女子，尽管喊出"自由主动争取爱情"的口号，可依然没能逃脱被休弃的命运。即便在做了女道士之后，过着看似风流快活的日子，她心中始终有个填不平的坑，那便是对李亿的怨恨与爱恋。

可见，哪怕诗文风格再大胆、直率，可只要心中有了牵绊，就依然无法真正洒脱起来。再多的快活也只是表面上的，内心的凄苦，只有自己知道。

在鱼玄机的诗作中，除了赠答友人的诗歌外，大多数是写给李亿的，这些诗歌都有个共同的主题：表达她对李亿的思念。

而这种爱恨交织的思念，最是熬人。

[原文]

江陵愁望有寄

枫叶千枝复万枝，江桥掩映暮帆迟。
忆君心似西江水，日夜东流无歇时。

[译文]

眼前这枫叶，千枝万枝的纷繁交错，茂茂密密，江桥就掩盖在纷繁茂密的枫叶之中。这让我看不到那暮色中迟归的船帆。我对郎君的思念之心啊，就仿佛是西江的江水，日夜向东奔流不停息，我对郎君的思念也正是如此，没有一刻停歇。

[赏析]

这首诗写于深秋，一个最容易撩逗起人们内心相思之情的季节。

纷繁的枫叶、奔流的江水、远天的暮色以及点点船帆，组成了一幅江陵秋景图。《楚辞·招魂》中有曰："湛湛江水兮上有枫，极目千里兮伤春心。"在这个深秋时节，鱼玄机面对着沙沙作响的枫叶，内心的愁绪霎时生起。这种愁绪，不只是由于她对李亿的相思与情深，更是想到嫁作妾室后的生活还不知如何。心中既有相思，也有忐忑不安，如此种种，都催生出了浓重的忧愁。可她偏不直接写自己心中的愁绪有多重，反而是借用层层叠叠的千万枝枫叶烘托出这愁绪。

枫树林遮掩着江桥，可鱼玄机还是极目远眺，她只是想提早一点望见心上人归来的船帆。心中所想越是迫切，便越是见出她对李亿的深情。

等啊，盼啊，那人终究没有归来。鱼玄机以奔流不息的江水比喻自己对李亿绵绵不绝的思念，如此比喻，甚是妥帖，也见出她的失望与无奈。

想起前面鱼玄机写给邻女的那首诗，言辞之间何等洒脱泼辣、爽利干脆。但其实，她自己心里还不是一样被感情羁绊？但凡是劝慰别人时，说的每句话都在点子上；可是到了自己这里，伤感的、忧郁的、哀怨的……种种愁绪铺天盖地一般袭来，简直招架不住。

据说，鱼玄机做了道姑后，不仅有互作诗文的诗友，更有一众仰慕者围拢在她身边。但是这种日子很可能是她麻醉自己的一种手段：最爱的那个人，毕竟不与自己白头到老，李亿的夫人既不容她，那么她鱼玄

机找个能够容身的地方还是不难。只是,她的这种自我麻醉、自我放纵并没有让她的心真正自由起来。不然,为何她在听闻绿翘与李亿之间关系暧昧的传闻后,会如此气恼呢?

嘴上说着不在意,心里根本放不下。鱼玄机在江陵的枫树林里暗自惆怅时,恐怕已经料到自己这一生都不可能真正自由起来了。

[原文]

情书(一作书情寄李子安)

饮冰食蘖志无功,晋水壶关在梦中。
秦镜欲分愁堕鹊,舜琴将弄怨飞鸿。
井边桐叶鸣秋雨,窗下银灯暗晓风。
书信茫茫何处问,持竿尽日碧江空。

[译文]

刚与你结合时,吃黄柏喝冷水,过着清苦的日子,我无怨无悔,不成想还是心愿落空(暗指被李亿之妻逐出家中),晋水、壶关这两个地方,曾是我们许下盟誓之地,如今也只能出现在梦中了。

[赏析]

颔联运用了历史故事和神话传说,将分别之后的愁苦形象地表述出来。南朝陈国的太子舍人徐德言与妻子乐昌公主在战乱之中各执一半铜镜逃命,临行前两人约定,若是他日相见,以此半面铜镜为信物。有个成语叫"破镜重圆",说的便是他们的故事,而"秦镜欲分"则暗指鱼玄机与李亿分别。"愁堕鹊"则是说鹊桥堕落,牛郎织女无法相见,这也是夫妇分别的一种说法。而"舜琴"则是五弦琴，这里指用五弦琴弹奏出的怨愁之音。"飞鸿失偶"也是指有情之人分散。连用四个典故，分离后的凄苦可以想见。

颈联直写一片幽怨与思念。井边的梧桐叶沙沙作响，而连绵不断的秋雨和寒冷透骨的秋风更增添了一重哀怨。"窗下银灯暗晓风"则委婉地描绘出一个为相思所困的女子在秋雨夜里难以入眠的场景。在这相思之中，更有着孤独与凄楚。在嫁给李亿做妾的时候，鱼玄机原本就做好了吃苦的准备，可不曾想到，她终究还是没有与自己最在意的人一起走下去。就算曾经有过倾心相爱的时光，可到头来又能怎样？世人总笑女子情执太重，但内心有所坚持、有所坚守，也总好过无情无义。

这样执着地一封封给情郎写书信，以表达我的思念，但我却不知道该如何投寄给你，只有把这些书信、诗文都抛入江水之中。在古往今来的多情又多才的女子里，那种看起来生活得很淫靡，但其实内心最坚定的姑娘，最是让人心疼，比如鱼玄机。她最大的悲剧，并不在于出身微贱，而是对软弱无能的李亿给予了过多的期望和爱恋。她在诗里道出的绵绵情思，尚且如此感人至深，她内心深藏的情感恐怕更是沉重如山。

明代文学家钟惺在《名媛诗归》中对此诗评论道："缘情绮靡，使事偏能艳动。此李义山能为之，而玄机可与之匹。"李义山，即李商隐，其诗构思奇丽，悱恻缠绵。钟惺认为，鱼玄机的诗歌，恰也具有这样的艺术特色。

有人说，鱼玄机这一生，有着极为悲凉的生命色彩，她美艳无双、才学无双，却流落在烟花巷，即便与自己中意的人结合了，总是在怨恨与相思之中煎熬，想得到的始终得不到，比如，李亿的长相厮守。

是的,鱼玄机是寂寞的。她的寂寞在于自己的爱情理想被残酷的现实无限压榨。她有着传统的家庭女性所难以企及的诗才和情思,但家庭女性所享有的稳定的家庭生活于她而言却是一种奢望。

在《冬夜寄温飞卿》这首七言律诗中,她将自己内心的凄凉幽怨娓娓道来,而其中的"疏散未闲终遂愿"一句已让人大有凉透骨髓之凄楚感受。

[原文]

冬夜寄温飞卿

苦思搜诗灯下吟,不眠长夜怕寒衾。

满庭木叶愁风起,透幌纱窗惜月沈。

疏散未闲终遂愿,盛衰空见本来心。

幽栖莫定梧桐处,暮雀啾啾空绕林。

[译文]

在这个冬夜里,我坐在灯下,搜肠刮肚地苦吟诗句。在漫长无眠的冬夜里,最怕冰冷的被褥,因为它让我觉得自己格外孤单。

真怕寒风吹过,木叶凋零引起我的愁绪。透过纱窗上的帘幕,看到月已西沉,这更令我珍惜月亮的陪伴。

我性情率真,不喜欢拘束,不知世人是否能够容忍我,由着我去了却自己的心愿。盛衰轮回的宿命,谁都摆脱不了,到头来能够保持的也只有本来的初心。

在我院中的梧桐树上,一群鸟雀发出"啾啾"的鸣叫声,它们绕着树枝飞来飞去,彷徨不定,似乎是无枝可依,这些鸟雀现在的状况,不也正是我的处境吗?

[赏析]

　　温庭筠，字飞卿，他与鱼玄机是忘年交，并有师徒情谊，但民间亦有传闻，说鱼玄机最初是中意温庭筠的。可能是温庭筠觉得两人年龄差距实在太大，便做了一回媒人，给鱼玄机与李亿牵了红线。但是，鱼玄机作为宠妾的日子并不长，她与李亿的幸福时光也太短暂。短暂的甜蜜之后是无尽的孤独、酸楚以及难以抑制的相思和怨恨。对此，温庭筠大概也是很痛心的吧。

　　鱼玄机与温庭筠平时常互赠诗文，这首诗便是鱼玄机在某个冬夜写给温庭筠以抒发情感寂寞的。据说，鱼玄机写作此诗时不过十四五岁，并且她那时也不叫鱼玄机，而叫鱼幼薇。那时候温庭筠已年近花甲，这两人不仅年龄相差悬殊，而且一个生得美丽动人，一个相貌丑陋，温庭筠只能不去回应鱼玄机的情感，但两人之间的情分还是比较深厚的。多年后的鱼玄机因鞭笞绿翘致死而获罪时，温庭筠多方活动，努力保全她。可见，温庭筠不仅是爱惜鱼玄机的诗才，怕是他的内心对鱼玄机始终是有所愧疚的。

　　虽然鱼玄机写给温庭筠的情诗并没有得到回应，但这首诗却流传下来。我们或许会感叹，一个妙龄少女竟能有如此沉重的心事，但这首诗的艺术成就才是我们现在讨论的重点。

　　"苦思搜诗"四个字点明了鱼玄机当时的状态：满心的郁闷和惆怅无处宣泄，在寂寞漫长的冬夜，整夜失眠的女诗人只得在灯下苦吟诗句，用这样的方式打发难挨的时光。孤衾难眠的鱼玄机在灯下苦苦搜寻诗句，这种寂寞，这种凄清，在寒冬深夜里更显得打动人心。

　　"满庭木叶"，极言庭中落叶之多。庭院里的树木，堆积的落叶，这些在寒风中飒飒作响，一片萧瑟的冬夜情景，更衬托出女诗人内心的孤寂凄凉。在这个漫长无眠的冬夜里，鱼玄机有多孤寂呢？她说，透过纱

窗看到夜月西沉，眼看着一夜即将过去，她就生出惜月之情，因为在这漫长的一夜里，只有天边孤月陪伴着它。一个"惜"字，表现出鱼玄机对那一轮孤月的看重。女诗人在凄清的处境里，就连天边的月亮都可以成为知己、伴侣。

"疏散未闲终遂愿，盛衰空见本来心"两句尤为出名，这不仅是女诗人对世事的议论，更是发自内心对人生的感慨。"疏散"，这是鱼玄机说自己性情随意，完全是一副不刻意进取的姿态；"盛衰"，既可以理解为个人的命运有盛有衰，也可以理解成普遍规律。但鱼玄机感叹的是，不论自己的生活是忙碌还是安闲，自己的心愿始终未能实现。此处理解为鱼玄机对温庭筠的情思始终得不到回应，也说得通。

传说中，凤凰都是栖在梧桐树上安身，但现实情况却是，不论是凤凰还是麻雀，都没有一个容身的地方。联想到鱼玄机的生长环境、命运遭际，我们可以想见，最后两句诗，是诗人对自己的境况的不满：分明我有凤凰一般的资质，但并没有像凤凰那样的生活环境。在一番身世慨叹之后，诗人忽然听到鸟雀的啾啾声回响在空寂的山林中，因而也越发感觉到这冬夜是多么的凄凉孤寂。

整篇诗中，有思念，有情绪，有孤单、寂寞，有对身世的感慨，但更多的则是表达对温庭筠的恋慕情怀。

联系到诗人写作此诗时的年龄，眼前难免浮现出一个孤独无依、在灯下吟诗填句的娇俏少女形象来。

鱼玄机的才情容貌与其家庭状况和生长环境简直不成正比。她对自己的才华有着清醒的认识，认为自己就像那凤凰一样，只可惜空有一身才情，却没有一个好的生活环境。即便是在多年之后，鱼玄机在人群中看着某次科举考试后发放的榜文，她依然对自己的际遇抱有不满。假如她身为男子，有着这如许才华，那么必然能够有一番成就。可是作为一个身份低微的女子，那满腹诗才，也不过是作为男人们酒后的谈资。

或许早慧的鱼玄机早就对自己这一生的境况有所察觉吧，即便是在如花般的十四五岁的年纪里，她的诗作中流露出来的意境也令人鼻中泛酸。漫长的冬夜、昏黄的灯光、冰凉的被褥、被风吹过的枯叶、逐渐西沉的月亮、鸟雀啾鸣的空荡山林……这些意象逐一地铺陈开来，营造出一种沉重而冰冻的孤苦气息。

这首诗透露出的已经不单单是孤独寂寞这些感受了，而更多了一种无依无靠无归宿的凄凉。这种内心无着落的感觉，既有身世原因，也因为鱼玄机并不能确认温庭筠对自己怀着怎样的情感。很明显，她是倾心于温庭筠的。但她不能确定的是，温庭筠能否接纳自己。也正因此，她才苦苦思索着笔下的诗句，试图表达情感，却又有所顾虑，但是，偏又担心自己如果写得太隐晦，温庭筠会看不明白。如此想来，"苦思""苦吟"也就在情理之中了。

诗中所有这些景都隐藏着诗人的情。如果不是因为心中还有热切的思念，又如何会在冰冷的冬夜产生无尽的孤独？但凡人只有产生了欲望，才会感受到生活中的失望；先有了期待，才会抱怨境遇的不顺遂。

如果心中空空荡荡，没有感情，没有念想，没有情绪，那一切外境也不过是个外境，而不会引发出内心这许多的剧烈变化。

在不眠的冬夜里，鱼玄机"怕"的不是"寒衾"之冰冷，而是怕无法消融的孤单，这孤单有相当的一部分原因是温庭筠对这份情感的不表态与不回应。或许，温庭筠是曾经动心过的，但他还是把两人的情感限定在了老师与弟子的那种情谊里。

李冶（中唐诗坛享誉盛名的女冠诗人）

唐代杰出的女诗人不在少数，而有才华有盛名的女冠诗人也不只有鱼玄机一位。同时代的李冶，便是中唐诗坛上颇有盛名的女冠诗人。

根据《唐才子传》中对李冶的记载，我们可知，她是位才貌皆出众的女道士。"季兰，名冶，以字行，峡中人，女道士也。美姿容，神情萧散。专心翰墨，善弹琴，尤工格律。当时才子频夸纤丽，殊少荒艳之态。"

李冶五六岁时就能作诗，她在《蔷薇诗》中写道："经时不架却，心绪乱纵横。已看云鬟散，更念木枯荣。"按说一个五六岁的女童能够出口成诗，她的家人应当为她的才思高兴才对，可李冶的父亲却不太喜欢，他觉得这个孩子聪慧是聪慧，可是怕她以后会成为"失行妇人"，因为他从这首诗里嗅到了缭乱的春心。为了防止李冶做出什么"失行"之事，她的父亲便把她送到玉真观做女道士。那时李冶也不过十一二岁而已。

由此可见，李冶出身平常甚至比较寒微，但她却有着与家庭环境极不相称的才华。如果她不能获得稳定的婚姻生活，那么才华又有何用呢？李冶的父亲可能是考虑到了这一点，觉得让女儿提升心性上的修养或许能够成为按照当时标准所认为的"贤良妇人"，以后说不定能许配到一个条件好点儿的人家。

说到这里我们不妨回想一下鱼玄机的遭遇。李亿的正室是一位家世非常不错的千金小姐，而鱼玄机出身低微，又曾在烟花巷里卖艺为生。所以，即便鱼玄机诗才不俗，却依然无法获得与自己的才貌相匹配的婚姻、遇到所谓的"良人",也只能做妾室。

李冶的情况并不比鱼玄机好多少。同为唐代四大女诗人,李冶的最终命运与鱼玄机一样,都是孤独悲惨地死去,只不过留下了一些诗文和一些传奇。

公元784年,李冶被唐德宗下令棒杀,只因为她曾经与朱泚有过诗文往来,而朱泚则是发动过叛乱的乱臣贼子。唐德宗将李冶的行为定性为投敌献媚。可怜这位生活上豪放不羁、诗文风格英气十足的女冠诗人,最终将命折在了自己的诗才上。

[原文]

寄朱放

望水试登山,山高湖又阔。相思无晓夕,相望经年月。
郁郁山木荣,绵绵野花发。别后无限情,相逢一时说。

[译文]

想要望一眼泛绿的春水,便登山向远处眺望。果然,站在高山上,望得就会远一些,但见湖面宽阔,春色十足。

对你的相思之情,不分早晚,言下之意是从早到晚都充满了思念;我们两地相望,也不是一年一月的时间了。

山中的林木郁郁葱葱,郊外的花朵连绵开放。一片浓郁的春意,多么美好!

与你离别后,我有那么多的心事和愁绪,这些离情,只能等到与你相逢时再娓娓道来了,我畅想着与你重逢时的心情,必然是无限的喜悦快乐。

[赏析]

　　李冶正值青春妙龄时与朱放一见钟情，相识不久，两人便如胶似漆。后来，朱放调任到外地为官，两人便开始了"异地恋情"。

　　只是，朱放并没有像李冶那般坚持，而李冶在意识到自己的心上人再不能对自己的情感做出回应后，便也只得作罢。

　　这首诗是李冶写给朱放的"相思宣言"。

　　同样是情诗，李冶的风格和鱼玄机大不一样。李冶的诗句，清新自然却深情毕现；鱼玄机的诗句，缠绵哀凄，令人肠断。艺术风格虽不同，但两人的才华与成就却旗鼓相当。

　　从"郁郁山木荣，绵绵野花发"一句可以看出，李冶写作此诗时正值春季。春日气暖，湖水涨绿，山花勃发，林木葱郁。心底的相思自然也一并生长起来，旺盛起来。

　　李冶登高望远的场景，刻画出自己怀念远人的情思。说是想看一眼春水，实则是想登上高处，望一眼心上人离去时走的那条路，或许在某天，他会原路返回呢。对远方情人的相思，一时一刻都没有断绝过，对情人的遥遥相望，也并非出于一时的冲动。

　　首联和颔联都明白如话、通俗易懂。但其中隐藏着的绵绵情思，却是要反复咂摸之后才能品出的。但颈联和尾联却直率奔放，直陈内心的情感和相思，这种明快直接、不拖泥带水的表白姿态，若是木石有知，也能动情。

　　当初，李冶与朱放初相识时，李冶正在剡溪中荡舟畅游，玩耍得很开心。朱放在岸边见到道姑装束的李冶，便请求登船同游。据说朱放此人气质清朗，而李冶当时不过十六七岁。两人同船游玩时，谈得非常投机。两人此后确实也共度过一段甜蜜的岁月。即便在相隔两地之后，两人还有书信往来，也不能说朱放完全是个无情之人，只是他对李冶的感情，终究没有战胜遥远的距离和繁忙的事务。

《寄朱放》一诗清新含蓄的语言风格，与李冶的其他诗作大不相同，以勃发的花草树木暗喻自己心底疯长的相思之情，把无形的情感以有形的物象表现出来，读来令人深觉爱怜。只可惜，李冶满心想的是远方的情郎，可朱放心中未必有她；她想的是两人重逢后，要执手话离情，而朱放却未必想着两人还会有重逢的那天。

总之，李冶并没有等来朱放的回应，更谈不上看到朱放的身影。山花依旧开得欢快，只是李冶在情感的空窗期却受尽了煎熬。人人都道，像李冶这样才貌双全、性情豪放的女性不缺爱情，但再豪放的女人，面对爱情时也会变得谨小慎微。李冶和鱼玄机一样，希望能够觅得对自己一心一意的人，可那些与她们平素往来甚密的文人雅士，也只是与她们玩一场感情上的游戏。鱼玄机曾有过一年左右稳定的情感生活，可李冶的情感却辗转相寄，终究没有找到可以让自己交付出整颗心的人。

钟惺在《名媛诗归》中评曰："情敏，故能艳发，而迅气足以副之。他人只知其荡，而不知其蓄。所蓄既深，欲其不荡，不可得也。凡妇人情重者，稍多宛转，则荡字中之矣。"

人们看到的只是李冶在私人生活上的开放，可是通过这首诗，我们却能见出李冶的情深一片与含蓄婉转。她在表明男女情感时倒是直接明了，可这并不能说明她对待感情不严肃。那些理直气壮地诉说内心相思之情的人，至少豪放得很可爱！

[原文]

送阎二十六赴剡县

流水阊门外，孤舟日复西。离情遍芳草，无处不萋萋。

妾梦经吴苑，君行到剡溪。归来重相访，莫学阮郎迷。

[译文]

潺潺流水，流到阊门之外，流出了苏州城。一片片孤舟在江上往来，每天都是一个样。

这离别时的伤感情绪，好比是漫山遍野，山野上芳草萋萋，我的内心却是别情凄凄。

你走之后，我梦里梦见自己经过吴苑，来到你所在的地方，一路追随你，来到剡溪。

盼望着你能早日归来，切莫像汉明帝时候的阮肇那样，进山采药，遇到了天生丽质的女子，结果就一去不归了。言下之意是，希望阎士和能一心对待自己的感情，不要遇到美丽的姑娘，就把守候他归来的李冶给忘记了。

[赏析]

"阊门"为苏州城的八门之一，始建于春秋时期。这首送别诗，是李冶送给诗人阎士和的，从诗中的语气和情思来看，两人的关系未必只是简单的诗友，倒更像是两个相恋之人。

先是点明送别地点，又通过对"孤舟"的描写表达出送别那一刻的李冶内心的焦虑苦闷。她已然能够预见到，在阎士和走后，自己的生活该是多么孤寂。虽说李冶身边总有一众文朋诗友团团围绕，但李冶所求的毕竟只是个能够与自己相伴始终的人。当她对一个人付出了太深的感情时，一旦这个人要离她而去，那么于她而言，无异于是抽空了全身的力气。

正因如此，李冶看到春天郊外，那漫山遍野的萋萋绿草，才联想到自己送别情郎时的惆怅和悲情，就如这野草一样，长势蓬勃。

在《寄朱放》这首诗中，李冶也是用春天漫山开遍的花草以及林中茂密的树木来比喻自己内心的思念。历史总是惊人的相似，李冶每一次送别心爱的人，似乎都是在春天。并且，在这些写于春天的送别诗中，都是以春天勃兴的草木来形容内心野蛮生长的相思。只是，这些她曾深爱过的人、曾送别的人，最后没有一个再回到她的身边。

如果李冶知道阎士和与自己一别之后再难相见，她还会这样全身心地投入到这场无疾而终的感情之中吗？她还会即便做梦，也要梦见自己追随情郎的脚步，陪伴在情郎身边吗？

李冶为人性情不羁，甚至还和熟悉的男性诗友说一些"荤段子"。可是，她内心的深情，又何曾有人真正在意过呢？看似不正经的往往最深情，这说的大概就是李冶这样的人。

从这首诗的最后一句我们不难想见，李冶对待感情是很没有安全感的。在遇到阎士和之前，李冶已经有过数次失败的感情经历，她付出一片真心，却没有得到心上人的回应，这难免会让她在以后的感情生活中提心吊胆。可她的爱，并不是那种低微到尘土中的爱，她勇于承认内心的焦灼、渴望、相思，就这一点来说，她的诗歌很有男子一般的英气，而全然没有闺中妇人那种小女子的态度。

中唐诗人刘长卿称赞李冶为"女中诗豪"，而李冶那些通过寡淡素朴的文字抒发内心刻骨情思的诗歌，倒的确当得起刘长卿给予她的这个评价。

唐人高仲武在《中兴间气集》中对李冶的诗歌也给予了高度评价："士有百行，女唯四德。季兰则不然。形器既雄，诗意亦荡。自鲍照以下，罕有其伦。"《唐诗别裁》对李冶的诗作评曰："不求深远，自足雅音。"从这些评价中可见，李冶的才华在当时是得到公认的。

清新、素雅是李冶诗歌的主要风格，李冶极少使用华丽繁致的辞

藻，她的诗作通俗易懂，很多诗句放在现代社会，甚至不需要经过文白翻译，我们也能读懂。

可见，最深刻、最绵长的感情，不必用华丽的辞藻去雕琢。只要情真，再通俗的文字一样别致动人。更何况，李冶的诗句虽然通俗，抒发情感多奔放直接，却并不粗俗。这也充分体现出她良好的文学素养和敏捷的诗才。

这个不拘礼俗的女道士，在暮年时常与男人们一起喝酒、斗诗，远在长安的唐玄宗在听说其诗作之后，非常赞赏她的才华，便下诏命她进宫。李冶只得从命。可她并没有见到唐玄宗。安史之乱改变了唐朝的命数，也改变了李冶的命运。在乱世里，她并没有收敛自己的诗心，也正是因为自己的一个"不留心"，才为日后埋下了灾祸的伏笔。

在开篇已经提到过，她因为献诗于叛军朱泚，而被唐德宗下令棒杀。

五代十国

花蕊夫人（以诗补史）

花蕊夫人是后蜀孟昶的妃子，但是关于这位妃子的姓氏，有徐姓和费姓两种说法。花蕊夫人工于诗词，她创作的《宫词》是以七言绝句的形式来记叙宫廷里的日常琐事，诗歌里记叙的这些事情，都是她的亲身经历和亲眼所见，所以，花蕊夫人的《宫词》作品不仅具有文学价值，更具有史料价值。有些文学评论家认为花蕊夫人的《宫词》有着"以诗补史"的意义，此论确实精当。

除了有一百余首《宫词》传世，花蕊夫人还写有《述国亡诗》《采桑子》词等作品。《宋诗钞》对花蕊夫人的《宫词》评价极高，认为这些作品极富"内家本色，天然流丽"。

[原文]

述国亡诗

君王城上竖降旗，妾在深宫那得知？
十四万人齐解甲，更无一个是男儿！

[译文]

君王在城头挂起投降的旗子，我一个深宫妇人怎么会知道？后蜀并不是缺少人力和物力，可是，这些丢盔弃甲的兵士，早已经放弃了保家卫国的职责，看来上至君主，下至兵卒，竟然没有一个热血男儿能够生起一丝抵抗外敌的勇气。

[赏析]

本诗第一句，说的是孟昶投降北宋一事。降旗竖起来容易，可后宫女眷却遭了殃，她们都会沦为北宋的战利品，以后的命运该如何悲惨可想而知。"十四万人"并不是确切的数字，而是说兵卒人数之多。但即便如此又能怎样呢，还不是一个个都放弃了作为男人的责任。花蕊夫人言下之意是说，即便人数再多，可人心涣散，面对敌军压境竟然顷刻瓦解，这实在让她一介妇人感到吃惊。

在后蜀难道真的没有一个铁骨铮铮的男子汉吗？自然不是这样。花蕊夫人用一种夸张的手法叙事，既表现出兵败如山倒的喟叹，也是以女子口吻提出了诘问：那些还没开战就先胆战的男人们，你们的血性何在？

诗歌以前三句作为铺垫，引发最后一句的议论与感慨。这句感慨虽然仅有七个字，可力量却有千斤。这种慷慨激昂的巾帼气节与兵卒的缺乏斗志形成鲜明对比，这感慨里既有惊诧、讽刺，更有对家国命运的挂怀。

如果说花蕊夫人的这首《述国亡诗》洋溢着女性的豪气与傲骨，那么她的《宫词》则以女性诗人细腻敏感的笔触，为我们展现出后宫生活的种种。

虽然《宫词》中的绝大多数作品都以宫廷生活为主，可是花蕊夫人并不只是描摹后宫的日常琐事，她还非常善于通过场景描写来揭示出人物的内心世界。比如《宫词》中的第二十三首。

[原文]

宫词（第二十三首）

小院珠帘着地垂，院中排比不相知。

羡他鹦鹉能言语，窗里偷教鸲鹆儿。

[译文]

　　小院里的珠帘垂到地面，可是我与后宫其他院落里的嫔妃不熟悉，自然也就少于往来。只是，很羡慕某位得宠的嫔妃喂养的鹦鹉能言语，于是，我就在窗子里偷偷地调教自己养的八哥。

[赏析]

　　整首诗读起来，就好像听小闺密在闲聊，语气自然，通俗易懂，但又隐约表达出内心的不甘以及对恩宠的渴求。

　　后宫里的嫔妃那么多，总有些性格内敛的人不喜欢与人交往，比如诗歌里描写的这位便是。她根本不认识与自己相邻的那位嫔妃，只是听说那位恩宠颇深的妃子特别善于调教鹦鹉。既然别人喂养的鹦鹉会说话，那我也要试一试，万一成功吸引君王的注意力，说不定自己也能受宠呢！

　　心思一动，马上行动。所以，这位妃子便偷偷摸摸地调教自家八哥。为什么要"偷偷"调教呢？自然是不愿意让其他妃子知道自己的小心思。

　　简简单单四句话，既有叙事，又有内心活动描写。但是，这看似简单的四句诗，却把后宫里的明争暗斗清晰地呈现在我们眼前。

　　这不过只是后宫生活里的一件小事，但此诗妙就妙在它以女性的视角来讲述女人的心事。分明是写嫔妃之间的相互猜忌，可写得却非常含蓄，只说是羡慕其他妃子喂养的鹦鹉聪明，其实心里想的可绝不只是鹦鹉会说话这件事。看别人的鹦鹉会说话，自己也要调教自家的八哥，在这样的小事上也要攀比、计较，可见后宫女子精神生活的匮乏。

在后宫里，没有宠爱的妃子，生活境况是很凄凉的。哪个女子不愿身边有人陪伴？即便有锦衣玉食的生活，可如果整天只是一个人，那又有什么意思？后宫里住的是女人，可围绕的中心却是那唯一的男人——皇帝。女人做出的种种事情，无论是梳妆打扮，还是调教鹦鹉，都是为了吸引皇帝的注意。只有得到皇帝的喜爱，自己才有立足之地。为了这份维持不了多久的宠爱，就要如此这般地花费心思去争取，看来后宫女子的日子是真的很不好过。

在后宫中生活，寂寞孤独是常态。不论是宫女还是嫔妃，哪一个不是在煎熬中度过人生中最美好的华年？所以，如果能够尽情地嬉闹玩乐，那么宫里的小姐妹们是绝不会放过这样的机会的。在《宫词》第一百二十二首里，就记叙了宫女们钓鱼、观鱼的事情。

[原文]

宫词（第一百二十二首）

嫩荷香扑钓鱼亭，水面文鱼作队行。
宫女齐来池畔看，傍帘呼唤勿高声。

[译文]

鲜嫩的荷花香气四溢，这香气直扑到钓鱼亭，连同亭子里的人都在荷花的香气里陶醉着。水面上的锦鲤游来游去，好像排着队一样。秀丽明媚的宫女们围拢在池畔周围，看那锦鲤畅游，也是在看其他宫人钓鱼。小姐妹们嘻嘻哈哈，很是快乐，可是有位宫人倚靠在门帘旁边，呼唤小姐妹们不要高声嬉闹，怕会吓跑了那些游鱼。

[赏析]

　　这是一个美好的夏日。荷花是鲜嫩娇美的，宫中姐妹是青春靓丽的。大家围在一起干什么呢？无非是闲来无事，看别人钓鱼取乐。但也可能是看池子里自在欢快的锦鲤在嬉戏，这水池里的鱼儿可比宫女自由多了。鱼儿想怎么游就怎么游，可是这些青春正好的宫女，却只能在宫里拘束着，就连说话声音略大些，也是不合宫里规矩的。

　　诗歌的第一句充满了动态美感，而接下来由荷花写到游鱼，又写到池塘边的宫女们，读者随着诗人的视角，看到了更多的内容：有色彩斑斓的鱼儿，还有成群结队的宫女。池塘里是一团锦绣，池塘边也是风光无限。通过文字，我们能够感受到宫女们结伴嬉闹时的欢快心情。观鱼的快乐由此可见一斑。

　　但是，我们可能也会觉得困惑：不过就是看看别人钓鱼，看看池塘里的锦鲤，至于这么欢乐吗？我们应该想到，后宫是一个多么孤寂幽怨的地方。难得有个玩闹的机会，宫女们怎能放过？她们正值青春年少，还是爱玩爱闹的年龄，可是却关在见不到外人的地方。能与她们作伴的，除了花园里的花草树木，怕就是池塘里的游鱼了吧。

　　宫女看到游鱼那么兴奋，无非是羡慕游鱼的自由。而那位倚靠着门帘、呼唤同伴们不要高声喧闹的宫女，估计也是担心姐妹们的喧哗声把游鱼吓走，这样大家就没什么乐趣可寻了。

　　《宫词》里所选取的场景非常贴近那个时代的现实生活，不论是暗地里调教八哥的妃嫔，还是围聚在一起观看锦鲤的宫女，都被作者用寥寥数笔就勾画出鲜明的形象来。花蕊夫人的诗作，文字清新流畅，读来亲切易懂，但表现力又极强，并且善于在记事时不露声色地展现人物的内心世界。

南宋

李清照（有"千古第一才女"之称）

　　李清照(1084—约1151年)，齐州章丘（今山东济南章丘西北）人，号易安居士。南宋著名女词人，婉约词派代表。同时，她还是一位诗词理论家，在《词论》中不仅讲述了词的源流和发展脉络，对各位词作者的风格和作品进行品评，而且还提出优秀词作的创作标准，更提出词"别是一家"之说。李清照在《词论》中论及词的艺术风格的雅俗分别、音律和谐等观点，对于后世词人创作均有一定的指导意义。

　　除了有大量词作留世，李清照也有诗歌流传，虽数量不多，却也有较高的艺术成就。在诗词创作之外，李清照还是位金石收藏家。她的父亲李格非是北宋著名文学家，母亲王氏也出身于书香世家，极富文学修养。李清照能在诗词创作上获得突出成就，与她的家庭氛围是分不开的。宋代文人王灼在词曲评论文集《碧鸡漫志》记载道："（李清照）自少年便有诗名，才力华赡，逼近前辈。"

　　十八岁时，李清照与赵明诚完婚，夫妇两人志趣相投，婚姻生活琴瑟和谐。南渡之后，他们夫妇两人生活颠沛。在赵明诚病故之后，李清照与他倾毕生心血搜集、收藏的书画文物等多数遗失，这不能不说是一大憾事。在经历了人生中的诸多波折之后，李清照感于生活孤苦无依，再嫁张汝舟。可惜她所托非人，张汝舟此人性情暴虐贪婪，他不过是觊觎李清照收藏的文物，当他得知李清照所剩财物已不多时，便换了一副恶人嘴脸。李清照迫于无奈，又发现张汝舟的种种罪行，便将其告发。在经历过这段不幸的婚姻以及其他种种苦难之后，李清照的创作热情反而愈加高涨。在李清照晚期的诗词作品中，表现出的多是对家国和民生的关注,而不再是过去那种单纯地对个人的生命体验和内心情感进行表达。在晚年的诗词作品中,李清照通过描写个人的悲苦心境,抒发了对国家破碎后的痛心感触,表达了强烈的收复失地的心愿,并且对当局者苟安求和的行径表示不满与愤慨。约在公元1151年(一说1155年),这位有着"千古第一才女"之称的文学家悄然离逝。

在李清照的早期词作中,风格多以轻巧清丽著称,比如《如梦令·昨夜雨疏风骤》便是意味深长、隽永清新的代表作品。

[原文]

如梦令·昨夜雨疏风骤

昨夜雨疏风骤。浓睡不消残酒。
试问卷帘人,却道海棠依旧。
知否,知否,应是绿肥红瘦。

[译文]

昨夜风雨交加,酣眠一晚之后,清早起来,依然觉得还留有几分醉意。我询问卷帘的侍女一夜风雨后的海棠如何,可侍女只说海棠花开得很好,就和平时一样。可你是否知道,一场大雨过后,应该是绿叶更显肥厚,红色的海棠却略显瘦弱。

[赏析]

李清照的这首小令,字数不多却意蕴无穷。词中透露出李清照的惜花之情,可却表露得十分含蓄。先是交代昨天夜里的事情,那一场风雨,真是惊心动魄。词人只用一"骤"字,便将风雨之夜形象地表现出

来。酒醉酣睡之后，词人心中还有惦记的事情。可她却没有直接说，反而写了与侍女的对话。可侍女呢，漫不经心地说"海棠花依旧开得很好"。这就引起了词人的不快。前面已经交代过了，夜里风雨交加，院子里的海棠花怎么还能和平时一样"开得好"呢？词人不满侍女的敷衍，便连声说"你可知，你可知"，风雨过后，叶子鲜绿显得肥厚，海棠本就娇贵，又被风吹雨打，肯定凋落不少，所以会花朵稀少，与肥厚的绿叶相比，自然就显得"瘦小"些了。

既有场景描写，又有对话描写，通过词人与侍女之间的对话，我们不难想到她们的性情。整首词中，并没有出现词人内心情感的直接抒发，可我们依然能从对话之中感受到词人对海棠花的爱惜。而这海棠花若说是"春天"的象征也不为过，可见，词人不仅惜花，更是伤春。只不过，她的这种忧伤，不仅有对海棠花落下的痛惜，更有对时间流逝的感慨。虽然词人没有写落花满地，但"雨疏风骤"必然导致满地落花堆积，这不需词人明白地写出我们也能联想得到。春风春雨既然能滋养百花，那么自然也能摧折百花。就好比春天虽然给人们带来了欣喜，却也是最容易流逝的。由一夜风雨，我们想到落花满地；由落花满地，我们又联想到春天最易逝去。既然一年之中最好的季节都这样无声无息地过去了，那么我们的人生呢，不也是一样无声无息地过完了吗？

李清照的这首词用语清新活泼，可情感却深婉缠绵，将女性独有的细腻感触含蓄地表达出来。通过词人的留白，读者尽可以展开自己丰富的想象。惜花伤春的诗词，在李清照之前已有不少名篇，可李清照的这首词却兼有丰富细腻的情致与对生命的思考，难怪被赞誉为婉约词中难得的佳作。

李清照的另一首《如梦令》也是被人广为传唱，这首《如梦令·常记溪亭日暮》描写的是她少女时期的往事。

[原文]

如梦令·常记溪亭日暮

常记溪亭日暮,沉醉不知归路。
兴尽晚回舟,误入藕花深处。
争渡,争渡,惊起一滩鸥鹭。

[译文]

时常记起往昔在紧邻着小溪的亭台,一直玩到落日时分,沉醉于景色之中,忘记了回家的路。尽兴之后,和伙伴们乘着小船,本想趁夜色赶回家,不想却走错了路,进入到荷花深处。这怎么出去呢?怎么出去呢?我们的说话声还有桨声,把栖息的鸥鸟和白鹭都惊起了。

[赏析]

"常记"二字表明词人所写乃是往事,以自然之笔引起读者的好奇,而"溪亭"更是点明了回忆的地点。于是,读者便跟着词人描绘的场景,一步一步来到了她笔下的美妙时光。

那时,李清照还很年少,与女伴们出来玩耍,难免因为贪玩而忘记了时间,少女心性最是可爱,因为她们对生活尚且抱有热爱,就连天黑以后走错路都能制造出一种喜剧效果。我们不妨闭上眼睛,想象一下少女们在日暮之后叽叽喳喳玩闹的场景:有人说继续玩耍,有人着急坐船回家。少女们欢饮之后,情绪倒一直很高涨。词人用的"沉醉"一词,我们倒不妨从两个角度来理解:一是沉醉于日暮后的溪边美景;二是因为宴饮,喝了酒还没有完全清醒过来。待玩兴尽了,大家一看实在太晚了,便真的着急赶回家去。刚才饮过了酒,可能还带着醉意,况且又是

天黑，走错路在所难免。于是，越是着急回家，便越是容易忙中出错，一个小伙伴不小心把小船划进了一片荷花中。想象一下，这场景也是很醉人的：清秀可人的少女们，脸颊上可能还带着酒后的红晕，在清香扑鼻的荷花中嬉笑喧闹，原本是要从迷途中走出来，找到正确的回家路线，结果反而惊起了早已沉沉入睡的水鸟们。

这样毫无顾忌尽情玩乐的时光，在人这一生中实在太少了。联想到李清照南渡以后凄苦孤寂的生活，我们便理解了她为何时常记起少女时代的那些趣事。无忧无虑的年纪里，不论做什么事情，似乎都是美好的；无论看到什么事物，都觉得是有趣的；无论陷入怎样的境地，都不会生起忧伤和惆怅。少女们欢愉的形象和美好的自然景物融为一体，这怡人的情趣，也逗引起读者内心对自己经历过的美好时光的回忆。

这首词，记录的是词人年少时的一个生活场景，这画面是活泼灵动的，而词人的文字则是清新自然的。这样的好时光和好兴致，在李清照以后的诗词作品中很少再出现了。

李清照的诗词名篇留下的颇多，但似乎许多作品的风格都倾向于凄婉、凝重，像《声声慢·寻寻觅觅》便是既具有时代色彩，又抒发了苦闷心境的佳作。

[原文]

声声慢·寻寻觅觅

寻寻觅觅，冷冷清清，凄凄惨惨戚戚。乍暖还寒时候，最难将息。三杯两盏淡酒，怎敌他、晚来风急！雁过也，正伤心，却是旧时相识。

满地黄花堆积。憔悴损，如今有谁堪摘？守着窗儿，独自怎生得黑？梧桐更兼细雨，到黄昏、点点滴滴。这次第，怎一个愁字了得！

[译文]

每天寻寻觅觅，只想把往日的那种感觉找回来，可内心还是冷冷清清的，整日忧愁苦闷，倍觉凄惨。这时节，天气反复无常，忽然暖和起来，但转瞬又变得很冷。在这样的天气环境下，既难调养身体，更难平复愁绪。即便喝下几杯寡淡的酒，也难以抵挡晚来那又冷又急的风。南飞的大雁刚刚飞过去，我伤感的是，原来和它们却是旧时相识。

看院子里，那满地堆积的，都是凋落的黄花。如今，那花儿憔悴不堪，还有谁会去采摘呢？静静地坐在窗前，独自熬到天黑。黄昏时分，秋雨淅淅沥沥，滴落在梧桐树叶上，更显得此时寂寞孤苦。那点点滴滴的秋雨，更增添了愁绪。面对此情此景，我此刻的心情，又岂能用一个愁字来形容啊！

[赏析]

开头用十四个叠字，营造出无限凄婉的意境。虽然它们并没有什么实际内容，可从艺术效果上来说，的确是成功的。"寻寻觅觅"描绘出词人失落感伤的现状，而"冷冷清清"则暗示此刻词人孤身一人的无助和凄凉，"凄凄惨惨戚戚"更是把愁苦凄清的状况深刻地表达出来。词人内心的情感和现状，都在这开端的十四个叠字里呈现出来。

表达完内心的感受之后，词人再把笔触伸展到现实生活中的情状里。点明时间，是在"乍暖还寒"的季节，冷热变化无常，更使得词人内心的感受翻涌反复。以酒浇愁，可是酒味寡淡，既无法解忧，还暖不了身。晚来的急风更是让人身冷心寒。

大雁飞往南方避寒，说明天气正在一天天渐渐转凉。李清照说这些南飞的大雁是她的"旧相识"，无非是因为鸿雁勾起了她对往事的回忆。但伤心的事情还不止于此，李清照看到满地尽是落花，残存枝头的那些，也是枯瘦憔悴，再不似原先那般鲜艳明丽。地上的落花与枝头的残花，暗示着词人对原本新鲜饱满的生命逐渐枯萎的痛惜，她是痛惜花朵，也是为自己感伤。在这个秋凉越来越浓重的时节，孤单一人，便只能守在窗前挨着。也正是因为守在窗前，她才能看到南飞的大雁、零落的黄花，这一句与之前的那些描写正遥相对应。

　　梧桐，细雨，黄昏时分，一片凄迷孤寂的气息从文字里弥散开来。这三个意象依次出现，更加重了本词的哀伤情绪。丈夫病逝，国破家亡，孤身一人在秋日的黄昏里枯坐，此后，这生命就只能一点点枯萎下去了。如此想来，怎不愁？怎不苦？李清照叹息一声，她说现在内心的感受，简直都不能仅用愁苦来形容了。

　　这首词里饱含的情感很多，有对赵明诚的思念，也有对个体生命的痛惜，而这沉郁凄婉的风格，与词人前期词作的风格已大不相同。从前易安词中的那种清丽婉转、浅斟低唱早已不见，而她内心的凄凉愁苦，并没有人能够倾听，所以李清照也只有通过填词的方式来宣泄苦闷。她心底的愁绪那么沉重，以至于在我们读完此词后，心头的伤感都久久难以散去。

[原文]

一剪梅·红藕香残玉簟秋

　　红藕香残玉簟秋。轻解罗裳，独上兰舟。云中谁寄锦书来？雁字回时，月满西楼。

　　花自飘零水自流。一种相思，两处闲愁。此情无计可消除，才下眉头，却上心头。

[译文]

　　昔日里鲜红的荷花如今已经凋残，这残留的香气最是引人愁绪。房中还铺着竹席，用手摸去，顿觉冰凉，不知不觉初秋已经到了。轻轻地揽起罗裙，独自坐上小船，只想借由湖上泛舟来排解内心的烦闷。

　　抬头仰望天空的时候，刚巧看到大雁成群飞过，想着大雁可是带着丈夫的书信飞来。可大雁飞回，并没有带着什么书信，圆圆的月亮照着西楼，可我却没有心情欣赏。

　　落花兀自飘零，溪水兀自流走，与丈夫分别之后，想必我们都怀着同样的相思之情，分隔在两地，有着同样难以排遣的愁绪。

　　这种相思之情，根本无法消除，眉头虽然才刚刚舒展开，可是心头却又被愁绪填满。

[赏析]

　　词的上阕，用凋落的红色荷花起笔，这不能不让读者联想到短暂的青春匆匆过去，并且过去之后就再不回来。于是，我们也就会更加体谅李清照与赵明诚在分别之后，为何她如此深刻地思念远地的丈夫：韶华不等人，时间不等人，昔日美丽清香的荷花，不也是说凋零就凋零吗？

　　"红藕"是词人眼前所见的事物，词人通过视觉描写委婉地表达出对青春韶华匆匆逝去的感伤。"香残"是嗅觉描写，荷花虽然凋谢了，可清雅的香气依然残存，正因如此，才极易勾起人的伤怀。"玉簟秋"则从触觉描写点明时令：此时已是初秋，而秋天最容易惹起人的相思。

　　相思无处释放，便泛舟湖面上。清秋的夜晚，抬头又见大雁，满心以为鸿雁传来丈夫的书信，谁知却是妄想。转回头看见一轮满月，却也无心欣赏。月圆人却不团圆，这可真是伤心事一桩。

　　词的上阕，别有一番缠绵清新的愁思流露出来。既灵动轻盈，又流溢着淡淡的伤感。其实，这种浅淡的伤感，正是为了词的下阕进行强烈的情感抒发而做的铺垫。

下阕起句写飘零的落花和静静流淌的秋水，这不仅是暗指岁月的流逝，也指出夫妇两人分隔两地的现实。只是，虽然远隔千里，但词人却想着，两人必然是惦念着对方的。词人自己的相思与哀愁，在词中表露无遗，但通过词人又写她想象着远处的丈夫也在思念自己，这样的写法，便很委婉却很深刻地表现出她刻骨的情感。我很想念你，我们往日感情那么深厚，所以，我猜想，远方的你也一定是想念我的吧。这种由己及人的写作手法，读来不禁让人感伤落泪。

李清照与赵明诚可谓是伉俪情深，所以在分隔两地的日子里，她总会想起往日夫妇相伴时的场景。这闲愁既然无处宣泄，那么也只好等它自己慢慢消歇。可是，我们从词人写的"才下眉头，却上心头"一句可推知，相思的闲愁根本难以控制。

范仲淹在《御街行·秋日怀旧》中有："都来此事，眉间心上，无计相回避。"李清照词中的最后这句当是更胜范仲淹一筹。虽然刻意地遮掩心事，不让愁绪表现在眉间，可心头的忧愁呢，却暗地里翻涌不息。

此词风格柔婉清丽，用字看似自然，可每一个字都颇可玩味再三。虽然下阕表达相思之情时率直热烈，可又呈现出一种曲折含蓄的姿态。南宋文人王灼在《碧鸡漫志》中对此词评论道："能曲折尽人意，轻巧尖新，姿态百出。"

朱淑真（唐宋以来留存作品最丰盛的女作家之一）

在众多的闺秀词人中，朱淑真绝对可以称得上是碾压众人式的存在。古时候，工于诗词、饱读诗书的才女很多，而朱淑真的艺术成就则非寻常才女可比。在文学史上，人们总喜欢将朱淑真与李清照并论，可她的婚姻生活却没有李清照那般和美幸福，李清照虽然在南渡之后孤苦凄凉，可毕竟与赵明诚有过一段琴瑟和鸣的恩爱时光；朱淑真醉心于作诗填词，却不被父母支持，她死后，所有的诗文手稿都被父母焚毁。

若不是有心人刻意收集整理，恐怕我们今天很难读到这许多艺术质量上乘的诗词作品了。就朱淑真生活的那个时代来说，她是大胆的，也有些叛逆，在诗词作品里公然宣泄对婚姻生活的不满意。朱淑真的婚事乃是由父母做主，她在诗词里的宣泄，是否可以认为也是对自己不能自主安排婚姻大事表达不满呢？

现存的《断肠诗集》《断肠词》全赖有心人收集整理。让我们从这些劫后残存的诗词中，感受一下朱淑真的幽怨恼恨与绵长情思吧。

[原文]

江城子·赏春

斜风细雨作春寒。对尊前，忆前欢，曾把梨花，寂寞泪阑干。芳草断烟南浦路，和别泪，看青山。

昨宵结得梦夤缘。水云间，俏无言，争奈醒来，愁恨又依然。展转衾裯空懊恼，天易见，见伊难。

[译文]

　　这是个初春时节，微风细雨夹杂在一起，更增添了初春特有的寒凉。面对着酒樽才想着痛快地醉饮，偏就回忆起曾有过的欢爱时光。那时候曾手持梨花，在孤寂之中任由泪水在脸上横流。在南浦分别时的场景历历在目，萋萋芳草，满目云烟，泪眼婆娑中与心上人分离，眼巴巴地望着远处的青山。

　　就在昨夜梦中，再次与心上人重聚。两人缱绻，亲密相对，悄然无言。无奈的是梦醒之后，愁闷与怨恨依然在。回想起梦中的欢乐，面对着寒凉单薄的被褥，辗转反复不能安眠，又是恼恨，又是懊悔，种种感伤纷纷涌起。此刻内心只有一个凄婉的念头：见到上天容易，可是见到我那心爱的人，真难！

[赏析]

　　在诗词创作中，"情"与"景"作为主观与客观这两个方面是既矛盾又统一的。

　　王国维在《文学小言》中写道："文学中有二原质焉，曰景，曰情。"而情与景的结合，便称为"意境"。当我们欣赏某篇诗词时，经常说它很有意境，便是说作者将自己的情感融合到外在的景物中，营造出一种带有鲜明个人特色的美感。

　　朱淑真的这首《江城子》，便是情景交融、意蕴悠长的佳作。

　　在年少时，朱淑真也曾有过两相倾心的人，奈何婚姻不由自己做主，有情人却生别离，这种哀怨和惆怅在朱淑真的众多诗词作品中都有所体现。

　　这首《江城子》虽题为"赏春"，但文词之中流淌着的凄楚寂寞却让人全无"赏春"之乐，反倒陡然生出一阵哀伤。在我们惯有的想法里，初春虽然寒凉，但至少也是一个象征着希望与美好的季节。在这样的时节里，朱淑真内心积存的那许多哀怨却似乎再不能隐忍一般，随着微风和细雨以及初春的清寒蹿跳起来。

在这个春寒的日子里，词人独自饮酒，大概是要借助酒来暖身，又或者是借助酒来遗忘。更可能是两种原因兼而有之。酒能暖身，这倒不假，可喝了酒就能忘掉从前的那个人吗？这个可未必！

朱淑真在恍恍惚惚之中回忆起从前与心爱之人共度的时光，那时的欢乐与眼下的孤独形成鲜明对比，而清丽可人的初春景象又与词人内心的痛苦伤感形成对比。两重对比之下，词的境界得到了一层扩展。

这种对比手法的运用，在词的下阕也有出现。

与心上人相聚后，自然是百般缠绵，情话说不完，可词人梦境中的两个人却相望无言，或许眉目传情，但整个画面却是静悄悄的。醒来之后，词人身边只有单薄的被褥，哪里有什么从前的爱人？梦中的甜蜜与现实中的孤独又形成一重对比。

在词的结尾处，还有一重对比。词人梦醒之后，悲从中来，不禁叹息：要见上天容易，要见心上人，难！

整首词中，对比手法的运用就好比那水面上的波纹，一层层荡漾开来，形成缠绵回环的美感，尤其是最后那句"天易见，见伊难"，顶针句法的应用更是加深了词人内心的悲怆感，令人读来都觉得心口犹如被重击一般。

此外，词人写景融情，情景互生，这是此词最为鲜明的艺术特色。"斜风细雨""芳草断烟"这些都是外景，而在常处孤寂苦闷之中的词人看来，正是这些景物催生出了自己更多的愁绪。实际上读者们心知肚明，是词人心中的愁苦给外景涂抹上了凄婉的色彩。但词人在写作时，已将自己的心理活动与外景外物融成一体，在内心的情感的作用下，词人笔下的景物呈现出凄婉状，可这凄风苦雨、衰草云烟的景物，确实也容易

逗引出人们感伤的情绪。在这种情景互生的写作手法中，情永远是主导的、第一位的。正如明清之际的思想家王夫之所说："景以情合，情以景生，初不相离，唯意所适。"

[原文]

减字木兰花·春怨

独行独坐，独唱独酬还独卧。伫立伤神，无奈轻寒著摸人。

此情谁见，泪洗残妆无一半。愁病相仍，剔尽寒灯梦不成。

[译文]

独自行走独自坐卧，独自吟唱独自饮酒，生病卧床时，也是独自一个人。长久地站立着凝望，令我倍觉伤神，更无奈的是，些微的寒凉搅动着我内心的愁绪。

我心底的这愁情，可曾有人见到？想到这些愁心的事，我的泪水就止不住地流，把脸上的残妆洗得一点不剩。愁病交加时，我起身将灯芯挑了又挑，只是这寒冷的漫漫长夜，无论怎样都难入眠。

[赏析]

爱情不如意的女性似乎都有一个共同体验，那便是孤独。

朱淑真的这种孤独，几乎渗透到了她的每一首诗词当中。比如这首，开头就连用了五个"独"字，营造出一种大悲凉、大孤寂的氛围。行住坐卧，皆是生活中的寻常事，越是寻常事，越见凄凉处。孤独贯穿了她生活的每个角落、每个时刻。这不是矫情和夸张，而是一种极难消化的生命体验。

这让我想起了某位独自在外打拼多年的女性友人。某次聊天，听她说起自己在这个城市已经一个人生活五六年了，语气里没有那么多的伤感，却充满着一种孤独。对于生活在现代社会的女性来说，即便没有佳偶，但如果有自己的朋友圈子，有自己喜欢的工作和兴趣爱好，那么也不会觉得生活无望。因为个人选择很多，也因为有很多新鲜的人、事、物可以接触。所以，孤独感即便存在，也不会形成一种压倒之势，给身心制造出压力。

但是，对于古时候的女子来说，除了在特定的节日，或者面对特定的人群，她们很难接触到更多的人，见到更多的新鲜事物，当然，个别的历史时期除外。

朱淑真生于官宦人家，在这样的家庭环境中，婚姻很难自主。而她与夫婿之间并无感情，也说不上志趣相投。每天面对一个和自己三观不同的人，那是一件很憋闷的事。朱淑真在现实生活中难觅知音，她的愤懑、无奈、凄凉和孤独，便只能通过文字的形式宣泄出来。

前面写孤独，紧跟着便描画出暗自神伤的神态。"清寒"最是折腾人，虽然不会冻僵手脚，却足够冷透人心，尤其是对于独来独往、不论喜怒哀乐都独自承担的人来说。朱淑真对于时令的变化非常敏感，正是初春时的"清寒"让孤独的心境得以无限放大。

词的下阕，朱淑真的愁苦与愁情，通过"泪洗残妆无一半"得到了形象的体现。愁苦与烦闷，本是极为抽象的情绪，但朱淑真却用一句浅显明白又意蕴深长的描写将其表达出来。

愁到极点，便积郁成疾。朱淑真的这病，多半是因为积压多年的愁闷所致，而这病痛反过来又催生出新的愁闷。如此种种无处消融的愁苦，令她无法入眠，也无法安宁。如果真的内心安宁，又怎么会频频地挑那灯烛？

这首词里没有用典，但自有一种贯通古今的巨大悲愁，这得益于起

首的那几个"独"字。通俗易懂却清丽婉转,是本词的另一个特色。内在的孤独焦灼,驱使词人以泪洗面,频剔寒烛。孤独焦灼本是生命个体的一种内心感受,但通过一系列的动作描写,让人感觉到这种孤独焦灼存在一种连续性,同时也被赋予了具象性。

[原文]

梨 花

朝来带雨一枝春,薄薄香罗蘸蕊匀。
冷艳未饶梅共色,靓妆长与月为邻。
许同梦蝶还如蝶,似替人愁却笑人。
须到年年寒食夜,情怀为你倍伤神。

[译文]

清晨,一树梨花带着雨水,告诉人们春季已来到。薄薄的花瓣,恰如散发香气的柔软丝织品,而蘸起来的花蕊则颜色均匀,分外好看。

如此冷艳的姿态,就连梅花都无法与之相比,妆容靓丽清新,几可与月色相比邻。

花开之后,那阵势令人恍惚迷离,就如同不知自己在梦蝶还是已经化作了蝴蝶,梨花朵朵洁白无瑕,似乎在替人愁闷却又笑人为何愁闷。

只有到了每年寒食节的那夜,人们才会忆念起梨花所象征的意义,也只有此时,人们才会因梨花而生起伤感的情怀。

[赏析]

在赏析这首诗之前,我们先来说说梨花。

热爱古典诗词的朋友们都知道，在众多诗词作品中都不乏咏颂梨花的佳作。

比如宋代诗人黄庭坚写过一首《压沙寺梨花》："压沙寺后千株雪，长乐坊前十里香。寄语春风莫吹尽，夜深留与雪争光。"

再比如，南宋诗人陆游的《梨花》一诗："粉淡香清自一家，未容桃李占年华。常思南郑清明路，醉袖迎风雪一权。"

梨花，素雅高洁，清香怡人，历来受文人的喜爱，在古典诗词里更是象征着高洁的品性、纯洁的情感。朱淑真的这首《梨花》是咏物诗无疑，但咏物的同时也是在表达内心的情感，表现出词人心中的理想人格。

在诗中，梨花的风姿与品性成了朱淑真的心灵写照。首联并未点明写的是梨花，而是用了"一枝梨花春带雨"的典故，所以，虽未点明所咏之物，读者也会猜出来，这种写法颇为引人入胜，使人读来觉得诗歌充满了含蓄的韵味。这之后，朱淑真细致地描摹出梨花的形态，形容其如同轻柔的丝织物，梨花花瓣那洁白素雅的姿态跃然眼前。

颔联用了两个对比，以梨花的冷艳气质与梅花相比，不从正面入手，而以梅花做侧面烘托，更显出梨花冰肌玉骨的风姿；之后，又用皎洁的明月可做梨花的邻居来说明梨花的晶莹脱俗。不论是梅花，还是明月，都给人一种超凡脱俗的视觉体验，而梨花的风姿则在两者之上，不得不赞叹朱淑真巧妙的心思。

颈联先是用了"庄生梦蝶"的典故，说这纷纷盛开的梨花如此撩人，让人犹入梦境，只不过，庄生困惑的问题在于到底自己变成了蝴蝶，还是蝴蝶化作了自己；而在朱淑真的诗里，困惑在于到底是人化作了梨花，还是梨花化成了人形。主观与客观融为一体，梨花与人无须区分。

"似替人愁却笑人"则用了拟人的手法，将梨花赋予了人的情感。此时，面前的梨花已不是毫无知觉情感的植物，而是懂得替人解忧却又笑人自寻烦恼的精灵。

尾联笔锋一转，把人们从之前如梦似幻的审美体验带回到现实生活之中。寒食节在古代是比较重要的一个传统节日。原本，寒食节在清明节的前两日，后来这两个节日并到同一天了。想来人们在寒食节这天的傍晚时分，见到洁白如雪的梨花，肯定会勾起心底的伤感与思念，以至于"倍伤神"。但真的是梨花令她伤神吗？说到底，还是诗人自己内心积压的抑郁和苦闷，让她伤神伤心啊。

[原文]

海 棠

胭脂为脸玉为肌，未赴春风二月期。
曾比温泉妃子睡，不吟西蜀杜陵诗。
桃羞艳冶愁回首，柳妒妖娆只皱眉。
燕子欲归寒食近，黄昏庭院雨丝丝。

[译文]

花朵的颜色，如同鲜红的胭脂，花朵的肌理好比玉石，海棠花没能趁着二月春风时盛放，春神的恩泽也未能享受到，但它此时绽放得却艳丽非常。

这海棠花，如此娇艳可人，就好比那刚用温泉洗净肌肤、沉沉睡去的妃子，甚至像杜甫这样有名气的诗人，也无法用诗句来描写海棠花的娇俏。

由于海棠花实在明丽鲜艳，以至于桃花都羞于与其相比，只能忧愁地转过头去，而杨柳则由于妒忌海棠花的美丽妖娆而频频皱起了眉头。

寒食节将至，正值春暖燕子归来时，黄昏庭院里安安静静，只有蒙蒙春雨，如丝线一般密密麻麻地下起来。

[赏析]

朱淑真咏花的作品很多，除了前面提到的《梨花》，以及这首《海棠》，还涉及其他的花卉，比如长春花、丁香、杏花、芍药、荼蘼、蔷薇等。这些咏颂花木的诗词有五十首之多。

海棠花有着"国艳""花中贵妃"之称。它颜色娇美动人，花型俏丽锦绣。传说唐玄宗见到醉酒沉睡的杨贵妃，对左右说道："真乃海棠睡未足。"以海棠比喻贵妃，可见此花之雍容华贵。

朱淑真此诗与其他诗词的风格大不相同。此诗用字秾丽华美，与诗歌所咏之物"海棠"倒是腔调很搭。

"胭脂"形容海棠花的颜色，"玉"比拟海棠花的肌理。胭脂多为粉红色，玉则富有光泽，诗人从视觉与触觉两个方面来描绘海棠，只这一句就先令人感受到海棠花之富贵艳丽的姿态。

在朱淑真看来，海棠是一种天生丽质之花，它不仰赖于春风施予的恩泽，即便是没有沐浴到春风的恩惠，依然开得如锦似霞。

在颔联，诗人化用杨贵妃的典故，赞美海棠的华贵艳丽如同杨贵妃那样。海棠花开得这样好，即便诗才再高的诗人也难想到绝佳的诗句来描写它。

颈联以桃花和杨柳陪衬海棠的妖娆艳丽。这里不仅使用了对比的手法，拟人的修辞更为此句增添了动人之处。诗人说，桃花自知比不过海棠的艳丽，只能羞愧得回过头去；杨柳嫉妒海棠的妖娆，便总是皱着眉头。着一"羞"字和一"妒"字，便把桃花和杨柳的外在姿态描摹得活灵活现，这哪里是什么花木，分明是花妖与树精，不然怎么会羞愧，怎么会妒忌？在朱淑真笔下，海棠并未刻意与桃花、杨柳争高低。天生丽

质的海棠其娇容美姿却鲜活呈现，而桃花与杨柳也被赋予了人的性格，就像两个善妒的女子那般。

最后一句朱淑真又是笔锋一转，把前面秾丽鲜艳的场景转换到飘洒着细雨的安静的黄昏时分的院落里。寒食节将至，燕子也春归，海棠花开得再好也终会有过了花期的那天。又或者，朱淑真是以浓烈盛放的海棠对照自己孤寂的生活，抒发心中的无奈与怅然，也未可知。

或许，诗人以海棠花自比吧。据说，朱淑真是个多情多才的美女，她自号幽栖居士，可她的诗词在倾诉内心的幽怨、感伤、凄苦的同时，也表现出对理想爱情的向往，就这一点来说，她很大胆，也很勇敢。比如"娇痴不怕人猜，和衣睡倒人怀"等句，显然流露出香艳之事来。虽然不确定她是否在无爱的婚姻之外再另找他人，但有一点可以肯定的是，朱淑真正是因为婚姻的不幸才转而从诗词中寻找慰藉，排解愁苦。

不幸的婚姻造就了一位女神般的文学家！

[原文]

秋　夜

夜久无眠秋气清，烛花频剪欲三更。
铺床凉满梧桐月，月在梧桐缺处明。

[译文]

入夜许久，可偏就辗转不成眠，秋夜清冷，此刻倒更觉出几分萧索。无眠的我起来频频剪那烛花，不知不觉，竟快到三更了。低头看着那从梧桐叶间洒落下的月光，充满了秋的寒意；抬头望见梧桐树叶缝隙中露出来的月亮，明亮晃眼。

[赏析]

诗的前两句叙事，后两句写景，而朱淑真的情感则通过对事与景的描写表露出来，通篇没有一个"愁"字，可这愁绪却分外地抓人心。

秋季是一个极易引人愁思的季节。一到了这个季节，各种离情别怨以及其他的忧愁便都生长出来。尤其是在秋夜里，孤单的人会感觉更孤单，而有心事的人则分外地容易失眠。

朱淑真内心的孤独幽寂并没有直截了当地写出，而是通过描写事与景而渐渐地展现出来。

秋夜为何无眠？还不是因为有心事。心中所想的又是何事呢？如果我们对朱淑真的生平有一定了解，那就很容易猜到她的心事了。

朱淑真，性聪慧，喜读书，但由于爱情婚姻不如意，因而生活颇为苦闷。她与丈夫志趣不合，感情方面也不甚和睦，在婚姻生活中与丈夫并不能心意相通，又无知音可诉心曲，由于失望，渐生幽怨，最终抱恨而终，结束了这郁郁寡欢的一生。

不论是在诗中所写的这个秋夜，还是在其他无数个秋夜，想来朱淑真内心的那些孤寂总是与怨恨分不开。这首诗里，她的孤寂与幽怨隐藏得很深，但也正因如此，这首诗才值得品，品读之后越觉得回味悠长。

夜深，人无眠，因为心中愁思绵长，无法停息，连秋夜、月色这样的外境都沾染上浓重的忧愁味道。秋夜月色原本是客观存在的事物，而诗人将自己的情绪投射其中，又通过文字传达心声，我们读着她的文字，才能感受到她内心的幽怨愁思。

民间有种说法，如果有喜事发生，灯花就会爆一下，正所谓"灯花爆，喜事到"。但在朱淑真的诗里，虽然灯花频爆，可是并没有什么喜事发生。以报喜之物来烘托孤寂凄楚的心境，于无奈中更感受到朱淑真的幽苦。这是以乐写哀的笔法。

"铺床凉满梧桐月，月在梧桐缺处明"这句诗里顶针句法的运用，扩展了诗歌的整体意境。由铺满床上的洁白散碎的月光，到梧桐叶缝隙间的月亮，诗人的视觉感受由近到远，而愁绪的浓度又增添了一些。情与景水乳交融，以至于通过文字构想出这整个画面时，我们都能感觉到扑面而来的孤寂。而诗中的"凉"字，本是经由触觉产生的心理感受，但若是说诗人内心孤独凄凉，因而感觉到床是凉的，月光是凉的，甚至连梧桐叶都是凉的，那也未尝不可。

　　秋夜如此漫长，能够与朱淑真作伴的就只有梧桐与月光。从这首透着寒意的诗里，我们读到的不仅是爱情不得志的女诗人所抒发的愤懑，更有一种愁到深处的无可奈何之感。

严蕊（风骨气节，不输男儿，凛然不屈，颇有侠心）

南宋孝宗淳熙年间有位貌美多才的歌妓，名叫严蕊，她本来姓周，叫幼芳。自小饱读诗书的她后沦为营妓，取艺名叫严蕊。后人之所以能记住她，主要有两个原因：其一，她有才学，每作诗词，必有新语，其学识博古通今；其二，在被牵扯进与当时的士大夫唐仲友有关的一桩案子时，严蕊被朱熹关进大狱，她坚决不肯招承，即便狱中身受鞭笞，几乎身死，依然凛然不屈，其铮铮铁骨，不输男子。

面对狱吏的诱供，严蕊说道，此身虽为贱妓，即便与太守（指唐仲友）发生过什么关系，想必也不应被处死；但是，凡事必有是非真伪，怎么能用不存在的事情污蔑士大夫的清白？哪怕我死，也不能做出这样龌龊的事来！

此事在当时惊动朝野，孝宗为平息议论，便调离朱熹，然后由岳霖释放严蕊。岳霖之前就听闻严蕊颇有文才，便命她作词一首，于是便有了《卜算子·不是爱风尘》。

岳霖当日判令严蕊脱去歌妓身份。严蕊从良后，被赵宋宗室纳为妾室。

[原文]

卜算子·不是爱风尘

不是爱风尘，似被前缘误。
花落花开自有时，总赖东君主。
去也终须去，住也如何住！

若得山花插满头，莫问奴归处。

[译文]

　　并不是我贪恋虚荣，爱慕风尘生活，而是这沦落风尘的命运，似乎是被前尘因缘所捉弄，并非我靠着自己的力量就可以扭转的。

　　花开也好，花落也罢，这是种自然规律，并非人力可以掌控，毕竟花开还是花落，是由司春之神做主的。

　　脱离风尘生活，这自然是我的心愿。所以如果能早日离开，自然是好的。

　　若是真能脱离风尘，过上自由的生活，那么我必然用山花插在发髻上，过着寻常妇女的生活，您也就不必问我的归宿在哪里了。

[赏析]

　　词的前两句，看似突兀而起，实则是严蕊强烈抒发落入风尘之后的苦闷心理。想来，严蕊平日里也少有倾吐内心想法的机会，在词的开头她便说起自己的内心想法：自己并不是爱慕风尘生活之人，而自己之所以沦落风尘，大概是因为前尘宿命的安排吧。人被命运拿来捏去，总是自由不得。严蕊在这里既有面对命运安排的无可奈何，也有无限忧伤。自己的命运根本不由自己安排，不论是生是死，是浮是沉，总觉得有一种隐秘的力量在主导着。词的前两句，透露出严蕊的无奈，也隐隐地表达出她对风尘生活的厌倦。

　　接下来的两句词，严蕊做了个比喻：自己的命运不能自己安排，这就好比，花落花开，总是按照一定的时令，这一切都依靠春神东君来安排，而并非由花草自己做主。这两句看似是说自然规律，实则是严蕊借用自然现象来诉说自己的命运。像自己这样的歌妓，俯仰由人，而那些有权有势者则好比春神东君，能够操纵自己的命运，而她自己在命运面前则完全是无力的、柔弱的。

既然不能自主地安排自己的命运，那么终于等来能够从风尘生活中脱离开来的时刻，自然是要与之前的这种生活断然告别的，严蕊用一个"去"和一个"住"，两相对比，表达出内心的想法，这种对比的写作手法，将她心中的担忧更为深刻地展现出来。"去"，意为彻底告别歌妓生活；"住"，则意指继续做歌妓。严蕊说得很是曲折委婉，离开风尘生活，总会有那么一天，只是这一天越早到来越好；不然的话，继续做一个以歌舞娱人的歌妓，终究也不是个办法。在这两句词中，严蕊很婉转地表达出自己的内心愿景：脱离目前的风尘生活，只想做个普通妇人。

"山花插满头"，意指乡野间的自由生活，而且"山花"这个意象，极富有生命力，这也象征着严蕊对自己未来的山野生活的憧憬。严蕊说，如果哪天，能在发髻插上田野间的鲜花，过着普通妇人的生活，那么就不必问起我的归宿了。严蕊这两句词，语气极淡然极真切，却也彰显出一副傲骨。

从整体上看，这首词是一位虽然身份低微却依然傲骨芬芳的风尘女子的自白。她不卑不亢地表明自己不愿继续这种风尘生活的心迹，同时也申明自己最初沦落风尘，实在是不由得自己。在那个年代，像严蕊这样柔弱的女子若要脱离苦海，必得依靠外部力量的帮助。在看到一线曙光时，她既没有哭天抢地、低声下气以博取同情，也没有自轻自贱，而是以无所谓的姿态面对决定自己命运出路的刑狱长官岳霖。

可以肯定的是，严蕊在词中是有所祈求的，但她却以有理有据的态度，对自己的命运进行了申诉。

落入风尘并不是严蕊的错，因为那种牵引着人的命运的力量实在强大。言外之意则是，那些掌握权力之人能够左右严蕊的命运，严蕊就像花朵一般，依赖着春神能够眷顾自己。她的期盼说得很含蓄，以自然现

象来自比命运，也非常妥帖。

严蕊的内心向往着脱离歌妓生活，但她并不是急吼吼地表达自己的诉求。她的这番自白入情入理又表现出三分傲骨，若说岳霖掌握着释放她的权力，那么严蕊的这番自白则为自己争取到了岳霖足够的尊重与同情。

或者也可以说，最终得以脱离苦海，岳霖是个重要的外部因素，而严蕊本人的学识、才华、人格魅力，则是能够充分利用外部因素的先决条件。

严蕊下狱，是因为受到唐仲友与朱熹之间私仇的影响，她本人是无辜的。但有一点可以肯定，唐仲友对严蕊的才华是相当赏识的。某年月日，唐仲友设宴，请友人们赏桃花，为助兴，他命严蕊即席赋词一首。于是，便有了这首才情不凡的《如梦令·道是梨花不是》。

[原文]

如梦令·道是梨花不是

道是梨花不是，道是杏花不是。
白白与红红，别是东风情味。
曾记，曾记，人在武陵微醉。

[译文]

说它是梨花，但分明又不是；说它是杏花，看起来也不像。这红白一片的花朵，别具一番俊秀的美感，一棵树上，花朵分为红白两色，确实非常别致。曾记得，曾记得，那武陵渔人都为此花陶醉。

[赏析]

整首词没有艰深难懂的字句，却具有含蓄清丽的美感。

起首两句看似突兀，但在勾起了人们好奇心的同时，也点明此词所咏之物是盛开在春季的花朵。梨花、杏花本就姿容不俗，以此两种花来衬托严蕊在词中咏颂的花，更可见出，严蕊所咏之花，其姿容必然别致出众。

在吊足了读者的好奇心之后，严蕊依然未点出所写的是什么花，反而用了"白白与红红"这样明快简洁的文字描画出繁花盛放的美景。这样不俗的花到底会是什么花呢？人们越发好奇，而严蕊偏就不肯直接点明花名，就是要继续吊着人的胃口。她用笔轻灵，从侧面又将此花的韵致好一番夸赞，搞得人们心底越发好奇：到底是什么花，这么独特，这么出众？

前几句皆是从韵致、风姿、颜色等处落笔，那么后面的两句，应该写出花名了吧？严蕊如果活在现代社会，必然能成为不错的心理学专家，她太清楚读者心里的想法了，于是很顽皮也很含蓄地告诉读者：你们应该记得啊，在《桃花源记》里有个武陵渔人，就曾为此花所沉醉呢！

读到最后一句，人们才恍然大悟，原来严蕊此词里所歌咏的乃是红白一片的桃花！

此词虽然属于咏物词，却具有极为高远的境界，尤其是《桃花源记》这一典故的运用，更显得此词风格空灵、玩味无穷。同时，此词又有清新活泼的气象。严蕊那恰到好处的顽皮，逗引着读者一口气读完，方才满足了自己的好奇心。

咏物词，看似歌咏的是某个具体物象，但寄托的却是作者的胸怀气度和人格理想。严蕊以梨花和杏花起笔，此两种花皆有着高洁不俗的意象，恰好比严蕊高洁的品性；而在词的结尾，也只是隐约点出与桃花有

关的典故，令人恍然大悟却又觉得韵味悠长，这样清逸的词风和独特的写作手法，深可令人赞叹！

除前面所述的两首词外，严蕊还留下一首《鹊桥仙·碧梧初出》，至于其他词作，均已散佚。从前面两首代表作中，我们已见识到严蕊的才情与品性，而《鹊桥仙·碧梧初出》则是严蕊内心涌动的情绪，以一种较为平静的方式得以宣泄。

[原文]

鹊桥仙·碧梧初出

碧梧初出，桂花才吐，池上水花微谢。

穿针人在合欢楼，正月露、玉盘高泻。

蛛忙鹊懒，耕慵织倦，空做古今佳话。

人间刚道隔年期，指天上、方才隔夜。

[译文]

"碧桐"即长有碧绿叶片的梧桐树叶，它与散发着馥郁香气的桂花以及池塘上略微有些凋谢的莲花，共同点明了时令正值初秋。

"穿针人"，即做针线活的姑娘，此刻正在楼上忙着手中的活计，祈求自己能像织女那样心灵手巧，明月高高挂着，那清辉如水一般流泻而下。

养在小盒子里的蜘蛛，在忙着吐丝结网，而天上的喜鹊却懒懒的，都没有搭起鹊桥。牛郎没心思耕田，织女也顾不得纺织，只为了能在七夕这一天相会，可是看来，他两人的佳期却难被成全了。

每个七夕，人们都要经过了一年的等待，而天上的牛郎和织女，只不过才隔了一夜的相思而已。

[赏析]

严蕊的这首词，时间背景正是七夕夜。古时候民间过七夕可太有讲究。女孩子们要准备针线，在自己的闺房做针线活儿，这是向织女"乞巧"，希望自己能成为一个灵巧、善良的姑娘，因此，七夕节也有"乞巧节"之说。

此外，民间还有在七夕期间用盒子养蜘蛛的习俗。若是蜘蛛在盒子里结成的蛛丝越多，就说明养蜘蛛的女孩子越是灵巧。

这些七夕习俗，在严蕊的这首词中都得到了表现。

但七夕节还有一个更重要的内容，最是得古时女性重视。那便是拜织女以求得如意郎君。严蕊在词中虽然没有提到这个，但通读此词后不难发现，严蕊描摹物境、刻画人物也只不过是遮掩起自己的伤心事。她作为一名歌妓，想求得真心实意对待自己的如意郎君，谈何容易！

严蕊或许是刻意不提姑娘们拜织女的场景，但凄凉的愁绪，却始终弥散在整首词的字里行间。梧桐碧叶、初秋桂花、池塘水面上的衰败的荷花，这些物象处处透露着凄凉，也组成一幅初秋夜景图。与此相对比的是闺房中穿针引线的姑娘，她们内心还有祈盼，说明对生活是抱有憧憬和热情的。两相衬托之下，凄清的愈显凄清，热情的更显热情。

词人严蕊的心思并没有放在乞巧上，而是想着盒子里的蜘蛛都在结网，独不见天上的鹊桥搭建起来。没有鹊桥，牛郎织女如何相会？但转念一想，自己如同那即将开败的荷花一般，每天强颜欢笑，即便有才学又如何，终究是个孤单的人。那牛郎织女一年一次相会，却到底有个人在天河的另一边被人惦念着。而自己呢，恰好比那随意被人采摘的花朵，美则美矣，才貌皆无比，但何曾有过什么人是真心珍惜自己、惦念自己的呢？

在此种凄婉心境之下写成的词，到底别具一番滋味。看似是写七夕场景，仔细一品，无非是严蕊感伤自己的命运。她以情入景，于是写景越详细，心底的情感流露也越自然，而我们读后便越是被她的情绪所打动、感染。

心

萧观音（女中才子却背负冤案）

萧观音（1040—1075年）是辽道宗耶律洪基的第一位皇后，她姿容绝代，颇有才华且又德才兼备，可是只活到三十五岁就死于宫廷内斗的阴谋。道宗称她为"女中才子"，但是在被道宗冷淡疏远后，萧观音又陷入一场冤案，最后被道宗赐自尽。

这场冤案中，萧观音并不是唯一的受害者。宰相耶律乙辛、张孝杰等人向道宗进献《十香词》并趁机诬陷萧观音与伶官赵惟一之间有私情。虽然后世对这个冤案有着不同版本的说法，但不能否认的是，萧观音在音律、诗词方面的才华，确实在后宫之中非常突出。她的琵琶弹奏得非常好，况且又能创作歌词，所以，和宫中伶官走得近些是可能出现的情况。

萧观音有《回心院》十首流传于世，从这组《回心院》的文学成就来看，萧观音的确担得起辽代最著名女词人的称号。这十首《回心院》是萧观音被道宗冷落疏远之后所作，她希望道宗读后能够回心转意，两人还能恩爱如初。

[原文]

回心院（其一）

扫深殿，闭久金铺暗。
游丝络网尘作堆，积岁青苔厚阶面。
扫深殿，待君宴。

[译文]

　　君王长久没有来到大殿了,这里难免会显得冷冷清清。墙角挂着蛛网,地上堆积着灰尘,台阶上铺着的是厚厚的青苔,就连金砖铺的地面都暗淡下来。这大殿需要清扫了,清扫完毕后,就等着君王举办酒宴了。

[原文]

回心院(其二)

　　拂象床,凭梦借高唐。
　　敲坏半边知妾卧,恰当天处少辉光。
　　拂象床,待君王。

[译文]

　　躺在华美的床上,梦里尽是你我往日恩爱的场景。可我却记得,你过来看望时,仿若前世一般。我用手拍打着床,期盼着你能在今夜来看望我。可是,床都被我拍坏了半边,你始终也没有来过。我身边缺少你的陪伴,就好比白天缺少太阳的光辉那般。即便如此,我依然还在等啊,盼啊,等着君王再来把我看望。

[原文]

回心院(其三)

　　换香枕,一半无云锦。
　　为是秋来展转多,理有双双泪痕渗。
　　换香枕,待君寝。

[译文]

原先的枕头有些旧了，况且入秋以来，我辗转难眠，在独自入眠时又常常哭泣，以至于枕头上刺绣的云锦都模糊不见了。所以才要换个新的。如今换了新枕头，就是为了等待君王的到来啊。

[原文]

回心院（其四）

铺翠被，羞杀鸳鸯对。
犹忆当时叫合欢，而今独覆相思衼。
铺翠被，待君睡。

[译文]

铺被子时，看到被子上绣着成双成对的鸳鸯，这让自己觉得羞愧难当。想起过去，我与君王也是成双对，可如今呢，只能自己孤独地入眠。回想起曾经与君王的恩爱时光，就像被子上刺绣的鸳鸯一样。现如今啊，君王对我不闻不问，我也只能用被子盖住自己的幽怨和情深了。铺起翠绿的被子，等待着君王有朝一日伴我入睡。

[原文]

回心院（其五）

装绣帐，金钩未敢上。
解却四角夜光珠，不教照见愁模样。
装绣帐，待君贶。

[译文]

把带着绣花的帷帐装起来，可是不敢把金钩挂上。我把帷帐四角悬挂的夜明珠一一解下来，因为不想让明珠映照出我憔悴的忧愁模样。装起帷帐，等着君王再来把我看望。

[原文]

回心院（其六）

叠锦茵，重重空自陈。
只愿身当白玉体，不愿伊当薄命人。
叠锦茵，待君临。

[译文]

铺好华美舒适的褥子，一层层地铺好，空落落地叠放在床上。君王很久没有来这里休息了。只愿自己依然保持着光洁如玉的身体，等君王来时，把最美丽的一面展现给他，不愿做那薄命之人。铺叠好褥子，等着君王驾临。

[原文]

回心院（其七）

展瑶席，花笑三韩碧。
笑妾新铺玉一床，从来妇欢不终夕。
展瑶席，待君息。

[译文]

　　铺展开席子，那席子上点缀着来自朝鲜的珍贵美玉。这席子如此华美，但我却被周围的鲜花所嘲笑。因为妾身与君王的恩爱时光如此匆匆就过去了。铺展开精致华美的席子，等着君王再度来休息。

[原文]

回心院（其八）

　　剔银灯，须知一样明。
　　偏是君来生彩晕，对妾故作青荧荧。
　　剔银灯，待君行。

[译文]

　　剔一下灯烛，让它和君王在的时候一样明亮。可是，为什么只有君王到来时，灯光会格外耀眼，还带着彩晕呢？而我如今孤身一人，这灯光却如此冷淡，如荧光般微弱。剔一下灯烛，等着君王再次来到我这里。

[原文]

回心院（其九）

　　蒸熏炉，能将孤闷苏。
　　若道妾身多秽贱，自沾御香香彻肤。
　　蒸熏炉，待君娱。

[译文]

　　放入香料，点燃熏香，多少能驱走一些我的孤独和愁闷。如果说妾身身上多是污秽，那么能够和君王在一起，沾染上君王身上的香气，必定能让这香气浸染我的肌肤。点燃熏香，只等着君王过来共度欢愉的时光。

[原文]

回心院（其十）

　　张鸣筝，恰恰语娇莺。
　　一从弹作房中曲，常和窗前风雨声。
　　张鸣筝，待君听。

[译文]

　　弹奏古筝，筝的声音就好似黄莺那娇滴滴啼叫的声音。弹奏的是妃子侍奉君王的曲子，可是君王已经好久没来过了，乐曲之声只能与窗外风雨声相和。弹奏古筝，等待君王能够再次欣赏我的乐声。

[赏析]

　　这十首词，每一首都以宫中有代表性的物品或日常场景为中心。只不过萧观音笔下所写的场景全是她想象中的，眼前的景色事物和孤独处境是真实的，而美好恩爱的场景则是词人通过想象来虚构的。这一虚一实渐次展开，将萧观音的心事和忧思也鲜明清晰地展现出来。同时也含蓄婉转地说明，词人只能在想象中重温曾经的恩爱，而现实却是残酷冰冷的。

词的内容流露出浓烈的香艳气息，但这并不能掩盖词人发自内心的真实感受。她在明处表现的是对君王的期待，而暗地里则以一种幽曲的方式抒发了幽怨。所以，这十首《回心院》也可以归类在宫怨诗里。只是，这种幽怨极浅极淡，而思念与期待的情绪则较为强烈。

　　这内心的思念、煎熬以及对君王恩宠的期待，词人多是通过侧面描写表现的。比如，第四首里写展开绣着一双鸳鸯的被子，萧观音看到成双成对的鸳鸯就羞愧起来。我们不禁会好奇，她为什么要羞愧呢？读完后面几句词，我们便明白了：原本她也有过与君王相亲相爱、双宿双飞的时光。可如今，自己虽然容貌美丽、装扮整齐又有一身才情，却只能孤孤单单独自一人，这不能不让她觉得羞愧。这种幽怨、痴情和期待，读来令人动容。

　　想象中的甜蜜总是容易得来，可是要扭转现实中凄凉孤寂的处境，却真是很难。萧观音写作《回心院》就是为了能让辽道宗回心转意，再像从前那样好好对待自己。可是，令萧观音想不到的是，这十首《回心院》不仅没能让辽道宗回心转意，反而成为奸臣耶律乙辛谋害她的把柄。可怜绝代才女怀着幽恨自缢在宫中，想象中的恩爱美好，终究没能成为现实。

明

郭真顺（中国历史上最长寿的女诗人）

郭真顺（1312—1436年）是中国历史上最长寿的女诗人，她120岁的时候仍能作诗。史料上说，郭真顺作有《归宁自序》《上指挥俞良辅引》《渔樵耕牧四咏》《赣州十八滩》等诸多名篇。生于书香世家的郭真顺，其父为潮州知名学者，幼年时读书便能过目不忘，尤对文史精通，诗文辞赋皆能创作而最擅长古诗。郭真顺的诗词作品结集名为《梅花集》，遗憾的是现在已无传本。

约在元末时期，郭真顺与潮阳人氏周瑶（字伯玉）完婚，婚后两人隐居乡村，过着自由自在、耕作读书的日子，夫妇俩感情笃厚，恩爱一生。据说，在郭真顺一家生活的村寨里，有一群青年打算举旗起义，他们认为周瑶颇有名望和学识，就邀请周瑶做"首领"。郭真顺觉得此事不妥，她说那些青年只是空有一股子冲劲儿，年轻气盛又刚愎自用，所以她就让周瑶假装生病，拒绝了那些青年的"盛情"。后来的事实证明，郭真顺非常有先见之明，那些人因为发生内讧而导致村寨大乱，周瑶因为妻子事先提醒过他，所以幸免于难。

郭真顺不仅善于识人，更有智谋在身。他们生活的村寨，居民经商的同时还兼顾务农，大家平时都囤积粮食，以免战乱时缺少物资。但郭真顺平时并不囤积粮食，每天晚上，她都织造绳索，可家人并不明白她做这些事的道理。某日有匪寇来到寨子里抢劫，带不走的物资就付之一炬，许多家庭因此而损失惨重。郭真顺与周瑶用自家织造的绳索捆绑双手，倒在地上，一动不动。之后趁着匪徒不注意，便逃脱了出来。

明初，朱元璋对福建大举用兵，俞良辅奉旨征讨溪头寨。郭真顺当时已年届六旬，她写了一首《上指挥俞良辅引》的七言古诗，待大军进入村寨时，她将诗呈给俞良辅。俞良辅看后便说："这名妇人，真是贤能！她居住在这里，看来这个村寨的村民也是驯良之辈。"然后就撤兵走了。

可见，郭真顺并不只是会读书写诗，更有过人的胆识和眼界。她的诗作，语言纯朴自然，生动传神，如今流传下来的代表诗作除了上面提到的《上指挥俞良辅引》，还有《归宁自序》和《渔樵耕牧四咏》。《渔樵耕牧四咏》这一组诗则更是以清新超脱的风格，打动读者的心。

[原文]

渔樵耕牧四咏（其一）

朝泛沧浪水，暮归鹦鹉洲。
一丝抛下处，牵动海天秋。

[译文]

清早迎着朝霞，在沧浪水中泛舟，日落后披着暮色回到鹦鹉洲。渔夫抛下鱼线，牵动着与长天一色的水面。

[赏析]

第一首诗描写的是渔夫一天的生活。一朝一暮，便点明渔夫的工作时长，一个沧浪水，一个鹦鹉洲，又说明渔夫捕鱼地点的变化。一个"抛"字，描述出渔夫工作时的动态情景，使画面充满了动感和力量感，而诗歌的最后一句，更是将渔夫捕鱼这种再寻常不过的工作进行了一定的升华：渔夫抛一根渔线，就能搅动得大海和天地都翻腾起来。这固然是一种夸张的描写手法，但从中不难看出诗人对于寻常劳动者怀有的尊敬。

[原文]

渔樵耕牧四咏（其二）

脚踏千峰雪，肩挑万里云。
斜阳归去路，挑入燧人村。

[译文]

直到太阳西沉，快要天黑了，樵夫才踏上归家的路，挑着木柴回到燧人村。完成了一天的工作，已经天色将晚。虽然工作辛苦，可樵夫内心却自有一种安宁：靠着自己的双手过日子，完成一天的劳作就回到家里，这不是最踏实的生活吗？

[赏析]

第二首诗写的是樵夫。他脚下踩着的是无数山峰上堆积的冰雪，肩膀挑着的是万里的云朵。前面这两句，极言樵夫砍柴的辛苦，并且塑造出樵夫不畏辛苦、豪爽洒脱的形象。

[原文]

渔樵耕牧四咏（其三）

身处茅茨陋，天开绿野宽。
因天分地利，春雨一犁寒。

[译文]

居住的房屋不过是茅草屋，看起来很是简陋，可是郊野环境优美，天地开阔，看到绿油油的野外，心胸也会宽广起来。

农人们在此处耕作，可谓占据了天时地利，只待春雨降下，一爬犁便耕开那冻土，播种下春天的希望。

[赏析]

第三首诗写的是耕者的生活。他们住的是茅草屋，但生态环境优美和谐，每天劳动虽然辛苦，可播种下的却是对于生活的希望。

[原文]

渔樵耕牧四咏（其四）

目断羊肠险，身骑牛背安。
夕阳芳草处，短笛数声寒。

[译文]

放牧的人眼前是羊肠小道，看起来很危险，可他骑在牛背上，却非常安然自得，没有一点儿害怕的样子。

夕阳暮色里，青青芳草处，在初春微寒的空气里，有笛声悠悠地传来。

[赏析]

通过这一组诗歌，我们感受到的是一股清新的气息，诗的语言非常质朴，明白如话，通俗却不乏深刻的意蕴。并且，这些诗歌的画面感非常强烈。如果根据诗歌的内容给这四个场景起名字的话，那么依次便是：出海捕鱼图、樵夫担柴图、农人春耕图和牧童放牛图。虽然诗人只是通过场景的描写来表现渔、樵、耕、牧四类劳作者的一天生活，但我们能通过这些场景的描写，丝毫不差地与劳动种类对应起来。这说明什么？自然说明诗人不仅观察得细致入微，并且能够抓取不同劳作种类表现出的特点。可以说，郭真顺之所以能够深入到生产劳动中去捕捉到典型的劳动场景，是因为她内心对劳动怀有热爱。郭真顺长期生活在农村，她和丈夫每天都坚持劳作耕种，她对生产劳动有着很深刻的感情，自然也对从事生产劳动的人抱有极大的好感。这一点，与许多闺阁诗词作者的人生经历有所不同。

清末著名学者俞樾在《湖楼笔谈》里说道："盖诗人用意之妙，在乎深入显出。入之不深，则有浅易之病；出之不显，则有艰涩之患。"真正的好诗妙句，应该是深入浅出，意蕴深刻而文字浅显，大家看了都能看明白的，在明白了字面意思之后，还能深入探究诗句背后的意蕴，这才算是好的作品。如果写的文字艰深晦涩，大家都读不懂，那么也不过是卖弄文才和学问而已。我们再看郭真顺的诗歌，真正做到了文字浅显明白，但意味深长、韵味十足。

张红桥（为爱痴狂，为情断肠）

张红桥是明朝初年的才女，不过，她原来不叫这个名字，叫张秀芬。为了躲避战乱，尚年幼时，她就随着父母出逃，可是在逃命途中，父母因病去世。张秀芬便来到福州城外的闽侯县境内，寄住在姨妈那里。张的姨妈原本是一位高官的宠妾，但由于元末战乱，家里条件一再败落，便只能自己勉强着过活。这位姨妈虽然只是个小妾，可到底也是知书达理。她见张秀芬聪明灵秀，便有意悉心调教。或许是觉得"秀芬"这个名字太土气，也太普通，姨妈就想着给张秀芬改个名字，因为她们居住在红桥旁边，姨妈便把"秀芬"更名为"红桥"。

在闽侯县当地，张红桥可以称得上是位知名人物，她不仅满腹才华，更生得秀美，许多豪绅或才子都盼着能把她娶进门。可是张红桥心气非常高，虽然她的身份略尴尬了些——靠着自己的才华和姿色维持生活，但她看不上那些无才无德的庸常之人。她曾表示，自己如果选择夫婿，必然先把对方的诗才和人品摆在第一位，绝不会答应那些纨绔子弟的要求。张红桥的姨妈对她也非常珍视，断不肯让她随随便便地就给富人当小妾。或许是因为姨妈本就是宠妾出身，所以知道小妾的生活不好过。可后来的事实证明，张红桥还是没能逃过做人妾室的命运。

眼见张红桥出落得如桃花一般，灼灼耀眼，可是毕竟青春易逝，保鲜期太短，她自己也觉得有必要考虑一下自己的终身大事了，便举办了一场"比诗招亲"的盛会，也就是说，如果要娶张红桥，男性诗人们就要把自己的诗作拿出来，凭诗才说话，最终优胜者才有抱得美人归的资格。

在这之前，张红桥就说过，最倾慕像李白那样诗才超凡的人。这个

"以诗征婚"的消息放出去后，青年才俊们便纷纷一试身手，希望张红桥能对自己的诗作青眼有加，成就良缘。

对于这些诗作，张红桥可是很认真地在读、在品，不过她并没有看到中意的。这不禁让她有些失望，觉得这些诗作和自己的才华完全都不能匹配。总之，她一直没有看到能够让她眼前和内心都亮堂起来的诗歌。

某天，福清赫赫有名的大才子林鸿路过张红桥所在的闽侯县，当时天色已晚，林鸿便借宿在老友家中。更巧的是，他在高处的亭台里，看到某户庭院中有位美人在焚香祷告。当晚的月色想必非常明亮，那月光流泻下来，照在这位美人身上，呈现出一种皎洁冰清的美感。

当时，林鸿正处于人生的低潮期：丢了官职，妻子病逝，自己才华横溢却不被官场所容。可他刚好遇到了张红桥，那位月下焚香祷告的美人就是张红桥！

此后，林鸿便留意打听起这位美人的情况。在得知张红桥"以诗征婚"的事情后，自然跃跃欲试。他把写好的诗装入一个锦囊里，请来房东，一位慈眉善目的老妇帮忙把锦囊送给张红桥。

林鸿的诗为："桂殿焚香酒半醒，露华如水点银屏。含情欲诉心中事，羞见牵牛织女星。"

张红桥见到诗后，便和了一首："梨花寂寂斗婵娟，银汉斜临绣户前。自爱焚香消永夜，从来无事诉青天。"

收到张红桥的赠诗以后，林鸿自然欢喜非常。老妇也祝贺他道："有那么多才子给张红桥写诗，可她谁都没有回复，独独回复了你，可见，她是有意于你的。"

这位老妇后来还当了一回媒人，促成了林鸿与张红桥的姻缘。只是很可惜，张红桥终究还是以妾室的身份嫁给了林鸿。这主要是因为张红桥在当时的身份实在很尴尬。姨妈多年前的担忧，终于还是成了现实。

可是，就连这种恩爱生活，张红桥也没能享受多久。一年后，林鸿去金陵谋事，张红桥因为思念林鸿，终于落下心病，只苦苦撑了几个月便病逝了。

世人总说林鸿负心薄幸，或许他也有自己的无奈之处。在分别之后，林鸿与张红桥也有书信往来，倾吐相思之情。林鸿写过一首《摸鱼儿》给张红桥："记得红桥，少年冶游；多少雨情云绪；金鞍几度归来晚，香靥笑迎朱户。断肠处，半醉微醒，灯暗夜深语；问情几许？情应似吴蚕吐茧，撩乱千万缕。

别离处，淡月乳鸦啼曙，泪痕深，红袖污；深怀遐思何年了？空寄锦囊佳句。春欲去，恨不得长缨系日留春住；相思最苦，莫道不消魂，衷肠铁石，涕泪也如雨。"

回到金陵后，林鸿在前岳丈的帮助下谋得事做，他也曾提出把张红桥接到金陵生活。可前岳丈却认定张红桥这种烟花女子不守妇道，不适合一起生活。林鸿只得暂时放下从前的恩情。待他寻到机会返回闽侯县，来到张红桥家的时候，却不见红桥的身影。张红桥的姨妈哭诉，红桥由于思念成疾，已经病逝了。

满心悔恨的林鸿在整理红桥的遗物时，发现了七首绝句。想来，那是她写给林鸿的最后的一些诗作吧。张红桥虽然身为一介烟花女子，可她忠于感情、性情高洁，不想全心全意地对待自己选择的"如意郎君"，却被这样辜负！这七首绝句至今读来，仍然能够感受到她在相思煎熬之中的苦与痛。

[原文]

其　一

床头络纬泣秋风，一点残灯照药笼。
梦吉梦凶都不是，朝朝望断北来鸿。

[译文]

络纬，是秋季的一种昆虫，也叫"纺织娘"。床头的秋虫，对着秋风伤怀，昏昏暗暗的蜡烛，残留着一点光亮，那光亮刚好照着装药的器具。在梦里，是吉凶祸福，那都说不定，只能眼巴巴地张望着，等着从北方来的鸿雁，捎来我心上人的音信。

[赏析]

"络纬"是一种秋虫，秋虫泣秋风，不仅点明了季节，更点出了女诗人此时的凄楚心境，唯其内心涌动着无限酸楚，才会以"泣"字奠定整首诗的风格基调。而接下来的"残灯"二字，则点明了时间，这是一个夜半时分。秋夜凄凄，而女诗人因了心头的相思，更觉得深夜漫长，辗转难成眠。在这样的秋夜里，无人可以给她依靠，无人能够以温暖慰藉她荒凉的心。

第一句的"泣"与第二句的"残"，都是女诗人秋夜心境的写照，从这两个字，我们也感受到了她内心的孤寂与幽怨。

在半梦半醒之间，女诗人内心的挂念似乎越发沉重起来。第三句以"吉""凶"两个字作为对比，既表现出女诗人内心的忐忑不安，也点明她对自己未来的命运是吉是凶实难确定。深陷在相思中的人，难免对未来充满了不安。而最后一句以"望断"二字营造出一种强烈的画面感：每一天，女诗人都以相同的姿态望着天边鸿雁，盼着鸿雁能带来远方心上人的书信。"望断"两个字既表现出外在的形体姿态，也表露出女诗人内心中对爱情的态度：坚守爱情，痴心等候。

尤其应当注意的是，本诗最后一个"鸿"字，既指的是可以寄托书信的鸿雁，也指的是张红桥的心上人林鸿。可谓是一字双关，从中也能见出女诗人的一片深情。

[原文]

其 二

井落金瓶信不通，云山渺渺暗丹枫。
轻罗泪湿鸳鸯冷，闻听清宵嘹唳鸿。

[译文]

最担心的就是，心上人一别之后就再也没有消息，我和他之间隔着渺茫的云山，经霜泛红的枫叶，暗示着离别后的时间已经很长。轻柔单薄的罗衣被泪水打湿，鸳鸯瓦上冷霜凝结。这一宿都不曾睡去，看着清晨慢慢到来，在这清冷的黎明，只听到鸿雁高亢嘹亮的鸣叫声。

[赏析]

"井落金瓶"比喻离去之后，再没有消息。它出自唐代诗人李白《寄远》一诗中的："金瓶落井无消息，令人行叹复坐思。"

[原文]

其 三

寂寂香闺枕箪空，满阶秋雨落梧桐。
内家不遣同陵去，音信何缘寄塞鸿。

[译文]

闺房里香气弥漫，却寂寥无比，枕头空着半边，是因为我的心上人

在远方。秋雨滴落在台阶上，滴落在梧桐树叶上。我把我的心上人视为自己的家里人，可他却并没有让我随他一同去金陵。不然，也不会苦苦等着鸿雁传书，寄托相思了。

[赏析]

秋雨、梧桐的意象，在古诗词中出现的频率极高。每当这两个词同时出现时，我们首先想到的就是与离愁有关的故事。此诗中的意象不算新颖，但贵在情词恳切，绵绵相思恰如淅淅沥沥的秋雨，点点滴滴都让人觉得凄苦无比。

[原文]

其 四

玉筋双垂满颊红，关山何处寄书筒。
绿窗寂寞无人到，海阔天空怨落鸿。

[译文]

冰凉的泪水早已冻结，就像两条玉做成的筋脉挂在脸上。脸颊通红是因为哭泣的时间长久了吧。有关隘和山岭横在面前，竟不知该向哪处寄出书信。守着窗子，一个人孤单寂寞，却盼不到心上人的归来，他的生活是一片天高海阔，我却只能怨恨鸿雁没有带来他的消息。

[赏析]

最后一句的那个"怨"字，看似平常道来，实际上却最有深意。既可说是怪罪鸿雁没有带来林鸿的书信，也可以理解为对林鸿本人的怨恨。而"海阔天空"一词，看似是写鸿鸟的活动空间非常广阔，也可以看作是对林鸿个人生活场景的浓缩。林鸿富有才学，自然是广阔天地，大有作为，而张红桥一介柔弱女子，只能孤独地栖身于福建某个县城的小小角落，等着盼着林鸿归来。或许她早已猜到，林鸿去了金陵就不会再回来，只是痴情女子多抱有一厢情愿的想法，她选择了等待，在等待中苦苦煎熬。这于她而言，也是一种无奈。

[原文]

其 五

衾寒悲翠怯秋风，郎在天南妾在东。
相见千回都是梦，楼头长日妒双鸿。

[译文]

被褥单薄，翡翠色的被子里，只我一人，我已经禁受不了秋风的寒凉。我的郎君在金陵，而我却在闽县。即便相见千百回，那也不过是在睡梦中，而现实情况却是，人各一方，音信全无。我啊，只能整天嫉妒楼头那成双成对、相互陪伴的鸿雁。

[赏析]

此处的"天南"和"东"，实际上说的是张红桥与林鸿天各一方的现状。不过，这两个方位名词的运用，也暗示了两人悬殊的身份。"衾寒悲翠"则出自白居易《怅恨歌》中的"鸳鸯瓦冷霜华重，翡翠衾寒谁与共。"

[原文]

其 六

半帘明月影瞳瞳,照见鸳鸯锦帐中。
梦里玉人方下马,恨他天外一声鸿。

[译文]

在一个月色清凉的夜晚,有半面帘子被月光照耀着,窗外影子摇晃,我恍恍惚惚地好似看到在锦绣睡帐里卧着一双鸳鸯。在梦里,我的心上人才下马,正准备进家。可恨的是,不知道哪里传来鸿雁的鸣叫惊醒了我,这个梦也就破碎了。

[赏析]

此诗最后两句最妙!梦见林鸿归来,这本来是喜事。可林鸿才从马背上下来,还没有走进屋里,这好梦就被远处鸿鸟的一声鸣叫给惊破了。想来张红桥的这个梦,也不是什么好兆头,如她这般心思细腻、敏感之人,恐怕只会越寻思着这个梦境,心里便越是波涛动荡吧。

[原文]

其 七

一南一北似飘蓬,妄意君心恨不同。
他日归来也无益,夜台应少系书鸿。

[译文]

你我二人分隔在南北两地，就好比飘飞的蓬草一样，不能相见。我妄自猜测你的心意，只恨你与我并不是怀着同样的心思。就算你在某一天归来，那又能如何？到时候我已经去了阴间，再不会麻烦鸿雁为我们捎带书信了。

[赏析]

"飘蓬"二字，读来令人鼻酸，这两个字把张红桥心中的不安全感和不确定感给形象地描绘出来了。林鸿与张红桥虽然有过相爱的日子，可是由于两人身份悬殊，张红桥对未来忧心忡忡。她担心自己一心一意爱着的人再不会回来，再加上久久等不到林鸿的音信，她必然会在心里猜测林鸿的想法。张红桥或许已经预料到了自己的悲惨结局，不然也不会说出"他日归来也无益，夜台应少系书鸿"这样怨恨、决绝的话。

"夜台"既是指坟墓，也是说阴间。这最后一首诗里，寄托的全是张红桥的恨意与爱意，这两种矛盾的情感融合在同一首诗里，营造出无限悲凉的意境。

明眼人一看便能瞧出这些七绝诗的端倪：每一首诗的最后一个字都有"鸿"字，即林鸿之"鸿"。由此可见，这些情诗都是张红桥写给林鸿的。

张红桥的这七首绝句，可谓是字字尽是相思泪，点点滴滴啼血声。在诗里，她把自己对林鸿的爱意、恨意、相思意含蓄地表达了出来。她说怨恨"鸿雁"，既是怨恨鸿雁不曾带来林鸿的音信，更是怨恨林鸿本人的无情无义。此外，张红桥诗中写的"鸿雁高飞"的意象，也是暗指林鸿为了追求所谓的"文人志向"，而抛下她不管不顾的绝情行为。古时候，女子的婚姻大事，多是由父母做主，如果父母不在，那么就由长

辈安排。张红桥有着极强的自我意识，她不看重未来的郎君有多少资财，却非常看重对方的才学。如果她真的恋慕风尘，又何必苦苦守着内心对爱的憧憬，等待林鸿归来？她当年大张旗鼓地"比诗招亲"，为的就是能够由着自己的心意，来择取心爱的人。但林鸿终究还是辜负了她，也落得一个"负心人"的罪名。

在张红桥未嫁之前，有个名叫王偁的诗人，此人是林鸿的朋友，同为"闽中十才子"。他曾一度热烈地追求过张红桥，可是最后张红桥还是选择了林鸿。当他得知张红桥因为思念林鸿，落下忧郁症的毛病，最后又病重身亡的消息时，对林鸿的做法非常不满，而林鸿本人也悔恨交加。

为情痴狂，为情而死。张红桥这一生过得浓烈却也凄凉。

黄峨（蜀中才女，以诗词寄情）

黄峨是明代著名的女性文学家，字秀眉，四川遂宁人氏，为文学家杨慎之妻。黄峨工于诗词，而又以散曲最为著名。代表作品有《杨夫人乐府》，后人把她与卓文君、薛涛、花蕊夫人并称为"蜀中四大才女"。年少时，黄峨便已有诗名。与杨慎结为夫妇后的第六年，杨慎由于触怒皇帝，被派去戍守云南，从此，黄峨便与杨慎开始了长达三十年的分别生活。黄峨的名篇《寄外》便写于两人分离时期：

[原文]

寄 外

雁飞曾不到衡阳，锦字何由寄永昌。
三春花柳妾薄命，六诏风烟君断肠。
日归日归愁岁暮，其雨其雨怨朝阳。
相闻空有刀环约，何日金鸡下夜郎？

[译文]

传书的鸿雁，只飞到衡阳的回雁峰就再不肯向南飞去了，我托付给它的那些信里，写满了我对你的思念，如今，这鸿雁不肯再向南飞，我的书信如何能到达永昌，到达你的身边呢？

"三春"，即整个春天，因为春季有三个月，分为孟春、仲春和季

春，诗中的"三春"指的就是春季，"花柳"既象征着春天，同时也象征着女性的命运。"六诏"，即洱海地区的六个较大的部落，在诗中指代杨慎戍守的地区，而"风烟"二字则指代杨慎所戍地区的风物景象。这两句诗的意思是：春日里的花红柳绿，真是美妙的景色，可惜，美好的事物总是容易逝去，就好比妾身这一生的命运，婚后恩爱的时光总是短暂，而青春红颜总是匆匆，可见妾身此生福薄命薄，而郎君你戍守在边远的蛮荒地区，这里风尘迷蒙，雾气弥漫，想来郎君你与妾身长久不能相见，必然相思肠断。

听说，郎君你就要回来了，就要回来了，可是妾身等你等得一年都要过去了，你仍旧没有归来；据说，马上就要下雨了，就要下雨了，但是此刻却艳阳高照。看来，郎君要归来的信息，和那天气一样，根本就是难以捉摸。

"刀环"，即古时男子佩刀的刀头之环，而"刀环"之"环"与"归还"之"还"谐音。"金鸡"意指赦免诏书，因为颁布赦免罪行的诏书的仪式上，需要用金鸡立在长竿的顶端。"夜郎"，指的是边疆地域，此诗中指代杨慎戍守的地方。这两句诗的意思是：妾身在这相思与守候中煎熬度日，只为了等待夫君的归来，只是不知道什么时候，赦免郎君的诏书能够颁布，让郎君回到故乡。

[赏析]

鸿雁飞到衡阳，就再不肯向南飞去，我的书信该怎么才能寄到你所在的永昌呢？此句中的"锦字"便指代书信。据说，前秦时期窦滔的妻子苏蕙，在锦缎上织就回文诗，赠送给远方的丈夫，后世便以"锦字"指代妻子给丈夫的书信。

此时正值春天，眼前风景如锦似绣，可想到恩爱夫妻天各一方，便不免顿觉凄楚感伤。颔联中的"三春"指的是整个春天。因为春天有三个月，分别称为孟春、仲春、季春。"花柳"既象征了春光，也象征着女子。"六诏"指的是唐代分布在洱海一带的六大少数民族，此处指代杨慎戍守的地方。春光如此美好，可惜妾身的命运却如同花柳一般，红颜易老，奈何薄命。想来，你在戍守的地方，也是日夜思念着我，看那风烟转瞬即逝，叹息着人生的短促。颔联对仗非常工整，前一句抒发自己心头的思念，后一句则假想丈夫在戍地对自己的相思。

《诗经·小雅·采薇》里有云："曰归曰归，岁亦莫止。"之句，黄峨此处化用了这句诗，将自己希望丈夫早日归来的急迫心情形象地表现出来。听说你要回来了，回来了，可令我忧愁的是，一年将尽，你也没有回来。"其雨"一句出自《诗经·卫风·伯兮》："其雨其雨，杲杲出日。"据说要下雨了，要下雨了，可偏偏出了大太阳。颈联这两句，巧妙化用《诗经》里的诗句，前一句把自己失望的心情抒发得非常深刻，而后一句用出乎意外的天气变化，加强了黄峨失望和烦闷的情绪。

"刀环约"，指的是还乡，"环"与"还"同音。这里化用的是《汉书·李陵传》中的典故。"金鸡"指的是赦罪诏书，"夜郎"指代极为偏僻边远的地方，诗中指杨慎戍边之处。黄峨以无比凄楚的笔调写尽了相思与绝望：我们曾经有过归乡的约定，但不知赦免你的诏书什么时候才能送到你戍边的地方。或许黄峨还对丈夫早日归来心存一些幻想，可是现实总是最无情，直到杨慎病逝，都没有再回来与她团聚，而黄峨赶赴到杨慎戍边的地方奔丧，才得以将丈夫的灵柩送回故乡安葬。

在这首诗里，黄峨对远方丈夫的思念真挚而浓烈，但这种情感在表达时又非常含蓄克制。诗中多处用典，化用前人的诗句，呈现出一种典雅端丽的美感，可浓郁的思亲之情，却是那么的哀婉凄楚，催人

泪下。

黄峨待字闺中时，上门提亲的人络绎不绝。可是黄峨却有自己的想法，她生长在书香之家，本身又才华横溢，所以她既不看重对方的家财，也不在意官职，只想着寻一个饱学之士作为伴侣。

这位饱学之士，自然就是杨慎了。《三国演义》卷首的那首《临江仙》就是杨慎写的。杨慎之前已有妻子，但可惜妻子病故。黄峨的父亲黄珂与杨慎的父亲杨廷和是老朋友了，他们的儿女都属于那种有思想、有才学的人，两家便结为秦晋之好，在黄峨描写婚后日常生活的诗词作品中，确实有夫妇恩爱的场景，可见她的婚姻生活很幸福。虽然，她与杨慎夫妻分离长达三十年，可到底，他们也有过吟诗作文、切磋技艺的雅致时光。

在新婚那天，黄峨看到庭院里盛开的石榴花，便作了一首题为《庭榴》的咏物诗。

[原文]

庭 榴

移来西域种多奇，槛外绯花掩映时。
不为秋深能结实，肯于夏半烂生姿。
翻嫌桃李开何早，独秉灵根放故迟。
朵朵如霞明照眼，晚凉相对更相宜。

[译文]

石榴的原产地在西域，张骞出使西域归来时，把石榴种子带了回来。所以黄峨在首句点出石榴的故乡。

这种从西域来到汉地的石榴花，当真是很稀奇，花朵颜色鲜艳无比，与门槛外的绯红花朵正好互相映衬。

石榴花开得这样艳丽，倒不一定是为了在深秋的时候能结果实，而是为了在夏季能绚烂多姿。

何必因为桃花、梨花太早开花又太早凋谢而郁闷呢？这石榴花盛开时，正是夏季，她有着灵慧的根基，所以才开放得这么迟。

虽然石榴花开得迟了些，已经过了春天的好时节，但那花儿朵朵就好比朝霞一样，明媚鲜艳，晃人眼。傍晚时分，凉风习习，倒更适合欣赏石榴花呢！

[赏析]

在诗里，黄峨描绘出石榴花艳丽可人姿态的同时，还以石榴花自喻。黄峨与杨慎成婚时，大概是二十一二岁的年龄，以古时候的标准来看，已属"大龄"，但这个年龄的女子，可不正如艳丽的石榴花吗？不与桃李争春，却在盛夏时节开得绚丽烂漫。

民间有种说法，石榴果实中含有许多籽，所以石榴是多子、多孙、多福的象征。在大婚的时候，黄峨作此诗，除了表达对丈夫的一片深情，同时也对夫妇二人的未来寄予了美好的期望，盼望着两人的日子能过得红火，就像石榴花那样，盼望此后子孙满堂，就好比石榴果实那样。而"晚凉相对更相宜"一句，则想得更是遥远，"晚凉"暗指两人到了晚年，黄峨希望两人白头到老、恩爱相伴。

只是，黄峨的心愿很美好，可她与杨慎的美满姻缘并没有维持几年。短暂的恩爱之后，是长久的分离。黄峨的《罗江怨·阁情》便是抒发别情离怨的散曲作品。

[原文]

罗江怨·阁情

空庭月影斜，东方亮也。金鸡惊散枕边蝶。长亭十里、阳关三叠，相思相见何年月？泪流襟上血，愁穿心上结，鸳鸯被冷雕鞍热。

[译文]

空荡荡的庭院里，投下了月亮清冷的光辉，东方露出点点曙光，天就要亮了。雄鸡一声啼鸣，惊扰了一场好梦，梦中有蝴蝶成双成对地飞舞。想当日，长亭送别之时，《阳关三叠》那凄楚的曲调，也不能表达我在那一刻的悲痛。如此相思难耐，却不知道再次相见要等到什么年月。泪水流啊流，滴在衣襟上，如血一般。心底忧愁那么深重，令人难以承受。此刻我孤苦伶仃，鸳鸯被褥是冰冷的，想来丈夫不分昼夜地赶路，那马鞍应该是滚烫的。

[赏析]

《罗江怨》有五首曲子，在这里择取其中的一首来赏析。

起首的一句，便营造出空荡寂寞的氛围。夜晚将要过去，白天即将到来。对于黄峨来说，这并没有什么可期待的，她反因雄鸡报晓而痛苦。怎么了呢？因为金鸡报晓，吵醒了她，美好的梦境也随之破碎了。梦中又是怎样的场景呢？黄峨写得非常含蓄，只是说"枕边蝶"。但想来，应该是成双成对的彩蝶吧。我们也可以理解为，她在梦中与杨慎相逢。这个梦是唯一可以安慰她心灵的事情了。

黄峨化用长亭十里送别、阳关三叠的典故，很幽曲地抒发自己对丈夫的思念。文字简练，可意蕴无限。"泪流襟上血，愁穿心上结"，这两句写得相当直白，浓烈的情感扑面而来，但是接下来的"鸳鸯被冷雕鞍热"一句又归于含蓄、委婉。"冷"与"热"的对比，分别写的是孤独寂寞的黄峨与仓皇赶路的杨慎。他们虽然天各一方，可内心的痛楚却是一样的。

黄峨在小令《卷帘雁儿落》中，把自己这浓烈的情感和刻骨的思念，以直抒胸臆的手法表达出来，这首散曲字数不多，明白如话，浅显易懂，却情意缠绵，感人至深：

[原文]

卷帘雁儿落

难离别，情万千。眠孤枕，愁人伴。
闲庭小院深，关河传信远。
鱼和雁天南，看明月中肠断。

[译文]

与你离别，心中真是难舍难分，翻涌上来的情感万万千。从此以后，我就只能孤枕独眠，想到无人可以陪伴，心中真是愁苦连连。庭院幽深安静，越发显得孤寂冷清，我与你相隔千山万水，想传书信都很难。鱼和鸿雁，隔着天南海北，怀着心中的想念，望着同一轮明月，这真是让我肝肠寸断。

[赏析]

前面四句，点明了即将与丈夫分别之际的内心状态：难舍难分、情

感汹涌，想到此后要孤单度日便生出忧愁、寂寥之感。

从"闲庭"一语可以看出，自从杨慎戍边离去，黄峨就与亲友少有往来，不然庭院怎么会空落落的？大概，黄峨过着那种深居简出的生活，大好年华就在这一方庭院里凄凉度过。散曲里的"鱼雁"典出"鱼雁传书"。但黄峨却说，鱼和大雁相隔万里远，一方面是说她与杨慎之间的地理距离；另一方面也是说鱼和大雁，一个在天南，一个在海北，它们不能帮自己传递书信，自己的思念即便用文字的形式倾诉出来，也到不了杨慎的身边，满是无奈和无助的感觉。

黄峨对杨慎，可谓是情比金坚。杨慎戍守云南三十年，黄峨依旧不离不弃。杨慎因为触怒皇帝而遭廷杖之刑后，黄峨衣不解带地照料他，心心念念的都是对丈夫的疼惜。

但杨慎在云南再娶妾室，又生养子女后，对黄峨的感情也就渐渐冷淡下来了。对此，黄峨是有过怨恨的。但她始终不能跨越传统礼教的藩篱。丈夫戍边在外，自然可以纳妾，延续子嗣，可身为正室，黄峨却只能留守家乡，打理家中大小事务，孤独度日。杨慎去世后，黄峨亲自前往泸州，把妾室生养的孩子接到成都，好生教养。七十二岁那年，黄峨在成都病逝。据说，她晚年的生活很平静，心中波澜不惊，只想把子孙教导成人。

纵然杨慎让她深受委屈，黄峨也依然以夫家事情为重。贤良恭让，在当时被认为是女人最有价值的美德，但这需要极为克制和隐忍。很明显，对于黄峨来说，这样的克制和隐忍是分外残忍的。

谢五娘（工于言情，绰有宋人风格）

谢五娘，是明代万历年间的女诗人，著有《读月居诗》一卷。她的诗才在当地颇有盛名，被时人称为"潮州韩江才女"，清末著名学者李勋对谢五娘的诗评价极高，认为其诗作"哀而不淫，丽而有则，可谓工于言情，绰有宋人风格"。

《潮州志》中对这位才女的生平做了简要介绍："（谢五娘）自幼攻读诗书，生有逸才，聪慧绝伦，长于诗。"谢五娘从小就饱读诗书，聪慧过人，有着不俗的才气，尤其善于写诗。

谢五娘还是个少女时，就非常有个性，她因为看不惯父亲见钱眼开的行为，还写了一首诗，把她的父亲给奚落了一顿。这便是《辞父受二聘》。

[原文]

辞父受二聘

卓荦黎生先有聘，风流种子后相亲。

桃花已入刘郎手，不许渔人再问津。

[译文]

原本，一位姓黎的书生先与我家下了聘礼，此人文采风流，想必日后也能与我相亲相爱。后来，又有人送来了聘礼，我那见钱眼开的父亲

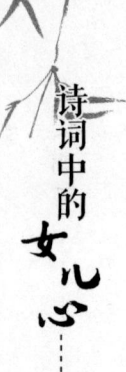

也给收下了。你们可真是愚笨，进山采药的刘郎偶遇到美丽善良的仙女，仙女赠送刘郎一枝桃花，表明心迹。那不守信用的渔人，又何必再来询问桃花源的事情呢？

[赏析]

事情的起因是这样的，谢五娘的父亲先是为她寻了个黎姓的书生为夫，也收下了人家的聘礼。谢五娘听说，这个黎生，人是很不错的。她当时也很满意。后来，又来了一家送聘礼的，谢五娘的父亲也收下了。也就是说，谢五娘的父亲收下了两家的聘礼，但女儿只有一个，谢父就打算把黎生家的这门亲事给退掉。谢五娘可不高兴了，就把自己的不满写在了这首诗里。

诗里用了两个典故，"桃花已入刘郎手"说的是刘晨和阮肇两人入山采药，因为迷路走不出深山，就摘桃子充饥，这时出现了一位美丽的仙女，赠送给刘晨桃花，表明爱意。这一句，说明谢五娘与黎生两人互通心意，不容别人再来插足。

"不许渔人再问津"化用的是陶渊明《桃花源记》中不守信用的渔人的典故，这句是用来讥讽送聘礼的人和谢亲的。

这首诗典故化用得非常贴切，风格也非常活泼，虽然用的是少女的口吻，内容浅显，可诗歌的艺术性却非常强，旨趣深远。可见，这位潮州才女确实名不虚传。

[原文]

初　夏

庭院薰风枕簟清，海榴初发雨初晴。

香销梦断人无那，听得新蝉第一声。

[译文]

有风吹过，吹着庭院里的花草，那风带来一阵薰香。竹席触手生凉，让人觉得清爽无比。海榴，即海石榴，此处指的是石榴花。石榴花刚刚绽放，艳红可人。大雨过后，天也放晴，眼前这初夏的景致真好！正睡得香甜，好梦却被打断，这真是让人无奈啊。醒来之后，听得初夏时节的第一声蝉鸣，才知道，好梦原来是被蝉声打断的。

[赏析]

初夏时节，吹过的风清凉舒爽，并且还带着芬芳。这样的风扑面而来，让人觉得身心都清爽。谢五娘的这首诗表现的是初夏时节的景物，诗歌风格清丽深婉。诗人写风，是夹带着花草清香的"薰风"；写枕头上的竹席子，则是使人触碰以后就觉得满身清凉的"清枕簟"。这些分别从嗅觉和触觉着笔，而下一句中新开的石榴花和雨后放晴的天空，便是从视觉落笔。通过这些感官的描写，诗人传达出自己在初夏某一天中最惬意的时刻，那轻快喜悦的心情。

婚后，谢五娘的诗歌风格便与之前大有不同，少女时代的活泼不见了，代之以闲适安逸，并有所寄托。比如这首《春日偶成》。

[原文]

春日偶成

乳燕衔泥春昼长，倚阑无语立斜阳。
桃花红雨梨花雪，相逐东风过粉墙。

[译文]

小燕子嘴里衔着春泥，飞来飞去忙着垒巢。春天已经到了，天气和暖，白昼也比过去更长了。我默默地倚靠在阑干上，伫立在斜阳的余晖下。眼前有粉红的桃花和雪白的梨花，红白间杂，甚是好看。花瓣被风吹落，就好像落雨一般。那蝴蝶在春风里相互追逐着，一会儿的工夫，就飞过院墙去了。

[赏析]

这首诗应该写于谢五娘结婚以后。婚后的谢五娘，生活还算安定，夫妇感情也不错，此诗风格晓畅清逸，文辞优美，也透露出谢五娘生活的闲适安逸。

春燕衔泥，白昼延长，谢五娘迎着春风，靠在阑干上看着远远近近的风景。斜阳下，桃花红，梨花白，两种对比鲜明的颜色间杂在一起，于是红的更觉艳丽，白的更觉纯净。有花，岂能无蜂蝶？不过人家双双飞舞，不久便飞过院墙，飞远了。

此诗透露出谢五娘些许的无聊，但这种无聊多少与安逸的生活有关。生活安定，自然让人觉得舒心。但对于古时候的女子来说，只能在自家院子里活动活动了。望着飞过院墙，越飞越远的蜂蝶，谢五娘或许在心中也是羡慕的呢！

在另一首惜春诗《春暮》中，谢五娘的风格便又呈现出另一种情味。

[原文]

春 暮

杜鹃啼血诉春归，惊落残花满地飞。

惟有帘前双燕子，惜花衔起带香泥。

[译文]

　　已经是暮春时节，杜鹃彻夜不停地啼鸣，那声音清脆又短促，似乎要啼出血来，它这样啼叫，是在提醒人们，春天马上就要结束了。杜鹃的鸣叫，惊得那些开败的花朵落满了地面，经风一吹就漫天飞舞。只有帘前飞舞的那双燕子，并不为春天即将过去而烦恼，它们正在小心翼翼地衔起那带着落花、散发着香气的泥块，准备筑巢呢！

[赏析]

　　春天将要过去，这总是件让人神伤的事。诗歌的前两句，确实也表达出诗人惜春护花之情。花儿过了盛开的时节，总是要凋谢的，可谢五娘偏就写得精妙，她说这花儿之所以落下，是被杜鹃的啼鸣给惊吓的，那么杜鹃为什么要彻夜啼鸣呢？那是因为它用这种方式提醒人们，春天就要过去了，大家要珍惜时间，珍惜大好华年啊！

　　暮春时节总是容易勾起人的愁绪，可也有根本不为时间匆匆流逝而发愁的，比如屋檐下的燕子。人家可是真正地爱花、护花，它们衔起的泥块可不是普通的泥块，那是夹带着花香的泥块。为什么燕子专门挑选这样的泥块来筑巢呢？诗人给了个解释：那正说明，燕子知道惜花护花啊，虽然花朵零落，落入泥土里，可是只要把这些泥土好好地利用起来，那么花朵就不算白白凋谢。

　　灵动、清新而又略带一点忧伤，这是本诗的整体风格。或许，诗人也有另一层意思要说：就连小燕子都知道惜花爱花，可很多人都做不到这点，可见有的人还不如燕子呢！

方维仪（明末女诗人、女画家）

方维仪是个很苦命的女人，她与丈夫姚孙棨成亲时，姚孙棨已患病多年。婚后，她尽心尽力地照顾体弱多病的丈夫，几乎到了头不安枕、衣不解带的程度。饶是如此，姚孙棨还是早早地就去世了，只留下一个遗腹女。方维仪悉心照顾这唯一的女儿，可这小婴儿不满一周岁便夭折了。

在失去丈夫和女儿后，方维仪便回家寡居。原本，她出生在一个书卷气息非常浓厚的家庭，在孤单一人的岁月里，她便把作诗、治学作为精神上的依托。不论是文学领域，还是书画方面，她都有所涉猎，并成为明末时期的文学艺术大家。

方维仪生活的时代，战乱频仍。生灵涂炭，山河飘零，家国的命运以及百姓的痛苦，使得方维仪更加关注现实疾苦。她的诗作，多有飒爽豪迈之风和感叹世事之情，而无小儿女的感伤之态。

方维仪的诗作，不仅抒发家国忧患之思，对于民众的疾苦也多有表达，只是她表达的感伤和忧思属于对群体命运的关注，而不是仅限于对个人遭际的慨叹。

《旅夜闻寇》是方维仪的代表作，此诗风格悲凉沉郁，既有对朝代更迭、时代变迁的感慨，也有对战乱中那许多无辜死去平民的痛惜。

[原文]

旅夜闻寇

蟋蟀吟秋户，凉风起暮山。衰年逢世乱，故国几时还。

盗贼侵南甸，军书下北关。生民涂炭尽，积血染刀镮。

[译文]

蟋蟀的鸣叫，提醒着人们秋天已到。带着凉意的秋风自暮山吹起。我已衰老，却又偏逢战乱，还不知哪时才能返回我的故乡。兵贼侵入到南方的郊野，军中的名册分发到了北山。黎民百姓被战乱所害，几乎都被屠杀殆尽，由于经年累月地战斗，那战刀上的铁环都被鲜血浸染透了。

[赏析]

《诗经·豳风·七月》里有言："七月在野，八月在宇，九月在户，十月蟋蟀入我床下。"蟋蟀鸣叫提示着人们气候变化，方维仪的这首诗就是从蟋蟀的鸣叫声起笔的。

诗人开篇便点出时节：秋季。并且，天色已晚，暮色四合。蟋蟀的鸣叫，唤起诗人对时序变化的感受，而季节的转换，则又引起她对朝代更迭的思考。写作此诗时，方维仪已经到了晚年，面对战争和离乱，她自然会心生更多的慨叹。首联提笔点明时节、时间和眼前的景色。落日下的远山、刺骨的凉风、唧唧的虫鸣共同营造出苍凉的氛围。接下来，诗人又娓娓叙说自己拖着衰老的身体在战乱中避祸，人生暮年遭遇战乱，那真是陷入了困境之中。

颈联部分，诗人勾画出战场上的惨况。一个"侵"字，一个"下"字，把当时战乱中的紧急事态表现得非常具有视觉感。从最后一句，我们不难看出，战争给平民百姓造成的创伤有多深重。尤其是"积血"二字，暗示多少无辜的生命成为了刀下的冤魂。同时也表达出方维仪对战争的憎恶。每一次朝代的更迭总会有无数生命惨遭屠戮，"生民涂炭尽"

即描绘出男女老幼在战争中枉死的揪心场景。

这首诗非常具有画面感，并且涌动着充沛的情感。看似诗人只是在不动声色地讲述着战乱年月情，可在叙述的同时，却把自己的情感融入诗歌的细节之中。其中尤其以诗歌的首联最为动人。第一句似乎只是平平道来，可秋风中秋虫鸣叫的场景，便已经暗示给我们当时百姓的处境之凄恻萧条。"故国几时还"则充分体现出诗人的家国之思和故土情怀。即便是在战乱之中，念念不忘的还是自己的故土。这一句也突出地表现出方维仪对入侵者的憎恨。

相对来说，《旅夜闻寇》表达出的情感略有些含蓄，而《死别离》则以直抒胸臆见长，句句流露出诗人心中无限的感伤。

[原文]

死别离

昔闻生别离，不言死别离。无论生与死，我独身当之。
北风吹枯桑，日夜为我悲。上视沧浪天，下无黄口儿。
人生不如死，父母泣相持。黄鸟各东西，秋草亦参差。
予生何所为，死亦何所辞。白日有如此，我心徒自知。

[译文]

往昔只听闻过活着的人被迫分离的惨况，而比生别离更凄惨的，是死亡造成的骨肉分离。

不论是活着的时候与亲人分离，还是因为死亡而造成阴阳两隔的惨剧，于我来说，都经历过。

凄冷的北风，吹动着枯枝残叶，似乎日夜都在为我的凄惨遭遇而悲伤。

我仰头向苍天发问，可是苍天无言，我才失去了丈夫，如今襁褓中的女儿也离我而去。

这凄惨的人生啊，简直生不如死，我父母知道我内心的苦痛，扶持着我，安慰着我，但他们同我一样哭泣不已。

黄鸟飞往东西两个方向，秋草连天，一片衰败凄凉。此情此景更引发我心中的伤痛。

我这一生，活着有什么意义，死去又有什么悲苦可言？白天的时候，我想到自己经历过的苦痛人生，也只能勉强安慰自己，潦草地活下去。

[赏析]

屈原在《九歌·少司命》中有云："悲莫悲兮生别离，乐莫乐兮新相知。"本诗的第一句，便是从此句中化用来的。

只不过，方维仪的悲伤比那"生别离"更沉重。她承受的别离之苦是由死亡造成的。先是丈夫病逝，后来唯一的女儿也不幸夭折。是死亡将她与亲人分开，是无情的命运打击让她尝尽了人生的痛苦。

从前，只是听闻过生别离，不曾说到死别离。可无论是生还是死，我都要一个人隐忍着承受下来。

凄凉的北风，吹动着枯败的黄叶，似乎是在日日夜夜地为我的命运而感到悲伤。老天爷真是无情，夺走了我丈夫的生命，又夺去了我的女儿。"北风"化用了《古诗十九首》中的"孟冬寒气至，北风何惨栗"；"枯桑"则出自汉乐府《饮马长城窟行》中的"枯桑知天风，海水知天寒"。寒风彻骨，枯叶在风中发出窸窸窣窣的声响，让人听了直觉得满

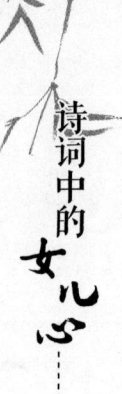

心悲凉。逼人的寒意透过文字向我们袭来。

"上视沧浪天，下无黄口儿"化用的是汉乐府《东门行》中的"上用沧浪天故，下当用此黄口儿。"原诗的意思是，看在苍天的分儿上，也要为年幼的子女着想。可是，对于方维仪来说，苍天再不能依靠，苍天也不是她寄托期待的对象。此句也表现出她痛失丈夫和幼女之后凄凉无助的心境。

"人生不如死"则是诗人发自心底的声音，自己已经无依无靠，如此不如去彼岸世界和丈夫、女儿团聚。"父母泣相持"描写的是方维仪的父母看到自己现在的凄凉处境时的表现。两位老人哭泣着扶住她，生怕她会因为过度伤心而支撑不住，足可见方维仪悲伤到了什么程度，也可见方维仪父母对她的怜爱。

据说，秦穆公临死前要秦国三位贤能之人殉葬，这引发了秦国百姓的哀伤，于是就有人创作了《黄鸟》一诗，表达出不舍之情。方维仪的这句"黄鸟各东西，秋草亦参差"便是从此处得来。黄鸟各奔东西就像恩爱的夫妻生死别离，衰败的秋草参差不齐、枯黄缭乱。方维仪以黄鸟的典故表达内心对亡夫的思念，又用秋草形容自己憔悴的面色和凄惨的人生境况。

"予生何所为，死亦何所辞"，再一次点出自己"渴死"的心情。既然丈夫和幼女都去世了，那么这人生还有什么作为可谈？如此想来，死反而成了最好的选择。

诗歌的最后一句，诗人再次发出喟叹：青天白日里，我的人生也就如此这般了，既然死去的人不能复生，我就姑且这样寂寥地活下去吧。

从一开始的悲伤痛楚，到最后一句的无奈叹息，我们的心绪随着诗人情感的波动而起伏不定。诗人在表达内心的伤感时，总是结合着景物和典故来抒发。全诗不离生死二字，充分表现出方维仪在失去至亲之后的深切痛苦。同时，我们也能看到她对命运的控诉和愤怒。

此外，诗人的态度在诗中也多有转变。最初，她在残酷命运面前表现出的是无力感，继而转变为不得不隐忍下来的无奈。接下来，诗人心境陡然一转，开始呼号、控诉。可是，并没有谁能回应她。能够给予她安慰的，只能是已经苍老的父母。或许是之前的哭泣和控诉，让自己的悲伤情绪得到了很好的发泄，在诗的结尾处，方维仪表现出的无奈和挣扎，似乎力度减弱了些。但其实，她只是暂时地平静下来而已。说是平静，不如说已经是心如死灰，如衰草。

此诗的艺术特色非常明显，大量化用前人的诗词典故，融情于景且使用拟人的笔法。"上视沧浪天"便是方维仪将朗朗苍天进行了人格化的描写。她向苍天发问，向命运发问，诗人苦苦追问时的形象，鲜明而生动地呈现在我们眼前，而她在宣泄那撕裂自己人生的痛苦时，语言非常具有感染力，渗透在字里行间的痛楚紧紧抓住我们的心。

全诗虽然化用了许多典故，但理解起来并不觉得晦涩。全诗没有过度渲染，也没有铺垫，从第一句劈头而来，到最后一句凄然结束。不过八十个字，就将诗人的命运与我们的当下感受融合在一处，可见诗人力道之深刻、情感之丰沛。

柳如是（明末"秦淮八艳"之一）

在明清易代之际，秦淮一带涌现出八位既富才学又具美貌的传奇女子，被人们称为"秦淮八艳"。其中的一位在诗词创作和绘画方面颇见才气，她便是柳隐，字如是，有诗集《戊寅草》《柳如是诗》《梅花集句》等传世。

柳如是自小便因为家庭贫困而被辗转贩卖，后来被名妓徐佛收养。此后，先是嫁给一位周姓的学士做侍妾，由于两人年龄悬殊，周学士便经常教她识字读书，这引起了其他妻妾的不满，在周学士死后，柳如是再次流落于烟花巷。

可即便命运如此颠沛，她却保持着不输男儿的气节和风骨。柳如是喜欢穿男装与文人雅士酬唱应和。她也遇到过与自己真心相爱的人，比如陈子龙。但迫于现实压力，两人还是以分手告终。几经波折之后，她嫁给钱谦益为侧室。但由于钱谦益投降清廷，因此与柳如是之间产生了一些嫌隙。

柳如是虽为烟花女子，却有着强烈深挚的家国情怀。在甲申之变后，她本想与钱谦益投水殉国，可钱谦益并不认同这种做法。虽然钱谦益出仕清廷，可在柳如是的影响下，不久后就以身体原因辞官了。

钱谦益死后，众族人谋划争抢其家产，为了防止钱谦益的家产被人抢夺，柳如是便以锦帛自缢身亡。其时，她与钱谦益生养的女儿已嫁人。

[原文]

金明池·咏寒柳

　　有恨寒潮，无情残照，正是萧萧南浦。更吹起，霜条孤影，还记得，旧时飞絮。况晚来，烟浪斜阳，见行客，特地瘦腰如舞。总一种凄凉，十分憔悴，尚有燕台佳句。

　　春日酿成秋日雨。念畴昔风流，暗伤如许。纵饶有，绕堤画舸，冷落尽，水云犹故。忆从前，一点东风，几隔着重帘，眉儿愁苦。待约个梅魂，黄昏月淡，与伊深怜低语。

[译文]

　　真可恼，寒潮反反复复，此刻正是日落，在暮色残照里，南浦一片萧瑟凄清。冷冷的风吹动着结霜的柳条，地面上投射着柳枝孤零零的身影，这不禁让人想起，曾经在春日里飘飞的柳絮。想起从前的时光，夜晚即将到来的时候，烟雾迷蒙，浪花朵朵，行旅的人匆忙赶路，岸边的柳条扭动着柔弱纤瘦的腰身，如同跳舞一样。这样的往事，与眼前的景色今昔对比，真是让人觉得凄凉，令人憔悴不堪，昔日里，与心上人互相酬唱的诗稿还在，其中也不乏可以与唐代诗人李商隐笔下的《燕台》相媲美的佳句。

　　曾经，我们在春日里相爱相伴，如今在萧瑟凄冷的秋雨里，我们终究分离，这让我泪落如雨。这就好比，春天繁花盛开，到了秋天才会结出果实。所以，正是两人过去恩爱甜蜜，现在才迎来了离别与悲伤。遥想当年，两人何等亲密。才子佳人，风流情深。如今想来，只不过暗自伤心落泪而已。纵然有精致优美的画舫，绕着堤岸划动，我的心却一片冰冷失落，面前的流水云霞依然如故，可是，想起从前的时候，我们相

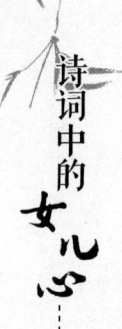

恋相守的日子啊，被东风吹散，隔着厚重的帘幕，我独自愁苦。待我在睡梦中与心上人相约，在那黄昏中，趁着淡淡的月色，与他百般怜爱，和他低声说些亲近的话。

[赏析]

这是一首咏物词，柳如是写作此词时已与陈子龙分开。可是，即便两人之间有着各种各样的障碍与压力，柳如是依然非常怀念从前两人相爱相伴的日子。她写下这首词，其实是通过咏物表达内心的情感与思绪。

此词上阕，柳如是并没有描写江边寒柳，而是先用反复出现的寒潮、残阳暮色、萧瑟的送别之地南浦，渲染出凄恻、冷清的气氛，这也是此词的感情基调。在词人笔下，江边的冷风、结霜的柳条、孤零零的柳树以及春日里的飞絮，分明都是词人孤苦心境的写照。

之后，词人又以曾经的往事与如今的境况进行对比，进而更加突出如今的凄凉境地。曾经，在烟波迷离的傍晚，江岸杨柳依依，词人与自己的心上人享受着恩爱时光。江边的柳条，那柔弱纤瘦的腰身，何尝不是词人依偎在心爱之人身边的写照。可是，那些恩爱时光一去不复返，即便当时赠送给对方的诗稿还在，那些诗稿中有些诗句可与《燕台》中的佳句媲美，但是，那又如何，过去的终究是回不来了。《燕台》一诗出自唐代诗人李商隐之手，这首诗颇得民间少女柳枝的喜爱。可是柳枝最后嫁给了别人，她与李商隐的情缘也到此结束了。柳如是在此词中提到李商隐的《燕台》，也是借此典故点明自己与陈子龙缘尽分手一事，同时，也是表达出她对过去时光的留恋不舍。

在词的下阕，词人依然用对比的写作手法来表情达意。"春日"，象征是甜蜜美好，而"秋日"则陡然呈现出衰败之感，这也暗指她与陈子龙之间情断义绝。曾经，两人在大好春光中相爱，后来，在凄清的秋雨中分别，"春日酿成秋日雨"这句词，很含蓄地表达出柳如是的一个想法：春天繁花盛开，到了秋天才会结出果实，所以，正是两人过去恩爱甜蜜，现在才会有忧伤的别离。下阕起首的这句非常精彩，它不仅传神地表达出柳如是当前的心境，也传达出一个哲理：但凡有过极大的幸福，必然在此后承受更大的伤悲。春天的花朵，到了秋季结出了果实；过去特别甜蜜，后来就要承担痛苦。人生的喜与悲从来都是相辅相成的。柳如是的这句"春日酿成秋日雨"言简意赅，蕴意深刻。

回忆的闸门打开后，柳如是便将当年的场景一幕幕地展现在读者面前：遥想当年，才子佳人，何其美满。词中"东风"一句，典出陆游《钗头凤》中的"东风恶，欢情薄。一怀愁绪，几年离索。"陆游与妻子唐婉感情非常好，可是陆母非常不喜欢唐婉，最后两人不得不分开。柳如是与陈子龙也曾恩爱非常，可是由于陈子龙迫于家庭压力和其他原因，只能离开柳如是。虽然柳如是美貌依然，可内心付出的情感再也无法挽回。自从与陈子龙分开之后，柳如是便日日在帘幕内叹息，内心的悲哀凄楚，无人诉说，无可排遣。

"待约个梅魂，黄昏月淡，与伊深怜低语"，此处则道出柳如是的真实想法：既放不下过去，也放不开这段感情，便只能把自己的心愿寄托在梦境里，希望她与陈子龙能在梦中相会，两人恩爱如初，倾诉衷肠。"梅魂"一语出自汤显祖的《牡丹亭》，剧中的杜丽娘勇敢追求爱情，最终与心上人柳梦梅终成眷属，而汤显祖塑造杜丽娘这个人物，也是在表达对至情至性之人的赞美。"黄昏月淡"出自欧阳修《生查子·元夕》中的"月上柳梢头，人约黄昏后"。既然在现实生活中无法与心爱的人相守，那么在梦里相伴也是不错。可是，这最后几句词看似是自我宽慰，其实也是抒发对现实压力的不满。

柳如是虽然不得已流落在烟花巷，但她对于爱情却是全心投入的。她有着高洁的品性和超群的才华，奈何现实矛盾无法化解，最终与挚爱

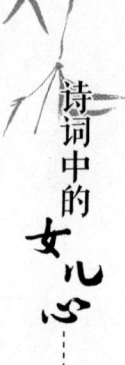

分手，这也是她人生中的一次劫难。

　　陈寅恪老先生认为，柳如是的这首词堪称她所有诗词作品中的佳品。首先，这首词化用典故不仅数量多，而且运用得精当、贴切。比如，在上阕出现的"正是萧萧南浦"一句，便是化用了江淹的著名作品《别赋》中的"送君南浦，伤如之何"，而"萧萧"二字则化用杜甫的名句"无边落木萧萧下"，用以表现秋季柳叶纷纷飘落的凄清景象。

　　"旧时飞絮"化用的是刘禹锡《杨柳枝词》中的"春尽絮飞留不得，随风好去落谁家"，表现出柳絮随风飘零、无依无靠的命运，而这命运似又是柳如是对自己人生境况的写照。

　　下阕的"绕堤画舫"，化用的是汤显祖《紫钗记》中的"河桥路，见了些无情画舸，有恨香车"。其他的如化用李商隐作《燕台》一诗的典故，以及陆游的《钗头凤》、汤显祖的《牡丹亭》等，这些诗词名句和典故的化用，都为本词增色不少。由此，我们也可见出柳如是在文史方面的博学。陈寅恪评价柳如是的诗词作品时说："柳如是在袭取前人语句时，古典今典皆能灵巧运用，绝无生吞活剥之病，足见其天才超越，学问渊博之功力。"

　　再者，此词在营造氛围、描情叙事方面也颇见功力。且看本词上阕开头部分，一个"恨"字，一个"残"字，既体现出柳如是的内心感受，又是对客观外部环境的描述。如果不是心中有恨，反反复复的寒潮又怎么会让人牵愁动恨？如果不是被情所伤，又怎么会觉得残照无情？柳如是心中这翻涌的情感和心绪，都通过对景物的描写表现出来。这些景物，已然成为柳如是内心情感的"代言"。

　　接下来词人将重点放在对柳的刻画上，写秋天里柳枝孤零零地摇曳，写春天时柳絮迷蒙飘飞。但不论是春天还是秋季，柳都被赋予了孤独、飘零的内涵。这就像柳如是本人一样，漂泊无依，孤独寂寥。即便身边从来不乏追求者，可这些人从来就不是她理想中的伴侣。看起来繁花一团的生活，却缺少那个能与自己心心相印的人，这让柳如是感到心里非常空落，虽然与陈子龙交好，可最终还是分开了。看到秋季的柳枝，想到春天的柳絮，柳如是心中的隐痛以及狠命压制下的情感便不由自主地翻涌起来。

在词中，"柳"象征着词人内心的无限留恋。她留恋的自然是与陈子龙从前的恩爱时光。可是，逝去的终究无法再追回。除了怀恋，柳如是也别无他法。想到从前的那段岁月，柳如是也做了反省，所以才有"春日酿成秋日雨"一句，它既是对上阕内容的总结，也是对接下来的部分做的铺垫。如果不是过去的那段岁月太幸福，自己又怎么会在失去情人之后，深刻地体验到当前生活的痛苦？过去与现在，两段岁月进行比较，柳如是只能暗自伤怀。

表面看，柳如是已经与陈子龙断绝往来，可心中的惦念却从不曾减少。"绕堤画舫"暗示出柳如是身边的追求者依然很多，但她心心念念的，还是过去的那个人。即便迫于现实压力，不得不离开心爱的人，柳如是依然希望能在梦中见他一面。"待约个梅魂，黄昏月淡，与伊深怜低语"，从本词的最后一句可以看出，柳如是真乃重情之人！与情人相会的心愿，只能寄托在梦里，这也表现出她面对现实压力时的无奈和凄楚。词的最后一句，虽然是虚笔，却把词人对爱情的坚守和期待非常深刻地表现出来。或者说，柳如是虽然被迫与陈子龙分开，但她实际上还是对两人的未来有所期待的。

这首词的情感深婉真切，不论是对景物的描写还是抒发内心的感受，都非常细腻。词中既表现出对爱情的坚持、对别离的痛心、对现实环境的控诉和无奈，也表现出柳如是对自己身世的慨叹：如果她身世清白，也就不会面对那么多现实压力了。可她的命运毕竟不能由自己掌控，所以看到柳枝和柳絮，她会感伤，不仅因为失去了爱情，更因为自己孤

苦无依的现实处境。

柳如是抒发相思之情的代表性词作还有《江城子·忆梦》，此词文字雅致优美，处处回荡着失落伤感的情绪。

[原文]

江城子·忆梦

梦中本是伤心路。芙蓉泪，樱桃语。满帘花片，都受人心误。
遮莫今宵风雨话，要他来，来得么。
安排无限销魂事。研红笺，青绫被。留他无计，去便随他去。
算来还有许多时，人近也，愁回处。

[译文]

在我的梦中，是一条伤心之路。芙蓉垂泪，樱桃低语。我看着帘外飞花片片，觉得忧伤，其实不过是因为我此时此刻内心一片凄凉，所以，才觉得那飞花身世凄惨。

说什么今夜共话风雨，抚慰彼此，我若想让他来，他岂能是说来就来得了吗？

若是我那心上人真的肯来赴约，那么我必然安排一些消遣快乐的事，让两人乐享幸福时光。我们在红笺上写诗，在青色的帘幕里说些悄悄话。若是留不住他，那就随便他去吧。

我心下细细盘算着，像这样寂寞凄清的时候，应该还会有很多吧。我那心上人啊，距离我是那么的近，可这两颗心却不得接近，想到这些，我内心便涌起了无限愁苦。

[赏析]

梦里尽是一片伤心的场景，因为心中还有不能释怀的情感。"芙蓉泪，樱桃语"是化用秦观所作《丑奴儿》一词中的名句"雨打芙蓉泪不干"。柳如是写芙蓉垂泪，樱桃低语，其实无非是在写她自己此刻的忧伤。曾经，她与陈子龙有过山盟海誓，两人永不分离，可这段感情结束之后，柳如是心里依然对陈子龙割舍不下。看着门帘外面的片片花丛，却只是觉得伤心。并不是这些花花草草做错了什么，而是她心里有无限的酸楚。那些景物之所以勾起她的伤感，是因为她心里本来就深埋着痛苦。即便告诉他，今宵与他说些知心话，要他来，他就一定能来得了吗？

心里想着，如果还能在一起，便要好好安排生活，和他一起在红笺作诗，在青色的帷帐里说些心里的话。可现实却是，两人不得不分离。既然留不住他，索性由着他去。算起来，这样为离情而忧愁的时刻，应该还有许许多多吧，我的情人近在咫尺，却不能与我接近，这如何不令我哀愁？

同样是写别后的相思和忧愁，此词与《金明池·咏寒柳》在风格上便有着些许不同。但不可否认的是，这两首词的情感是非常真挚的，表现内心世界时，柳如是都运用了以景寓情的手法，将情感与景物融合在一起。

但是，《江城子·忆梦》的整体风格更为清丽婉转。词中只有一处化用了前人的名句，即"芙蓉泪，樱桃语"化用了"雨打芙蓉泪不干"。芙蓉怎么会哭泣？这芙蓉无非是柳如是眼中的自己。樱桃又怎么会低语？柳如是通过写樱桃低语，展现了往日她与陈子龙窃窃私语、两相恩爱时的场景。

整首词里的描写有虚有实，眼前的花草景物是实，想象中的场景是虚。柳如是先以眼前的真实景物表达情感，再描述想象中的事情。景与情相合，虚与实同在，共同营造出悲情忧伤的意境。

这样充满悲情色彩的词作还有《杨白花》，它也非常具有代表性。

[原文]

杨白花

杨花飞去泪沾臆，杨花飞来意还息。

可怜杨柳花，忍思入南家。

杨花去时心不难，南家结子何时还？

杨白花还恨，飞去入闺闼，

但恨杨花初拾时，不抱杨花凤巢里。

却爱含情多结子，愿得有力知春风。

杨花朝去暮复离。

[译文]

杨花飘飞远去时，泪水沾湿了衣襟。杨花轻轻飘来时，我的意绪起伏难平息。只是可惜这杨花忍着对柳树的思恋，飘飞到别人家去了。

杨花飘去时，它内心还不觉有多么为难。可是，一旦在别人家的院子里生根成长，结出果实，又什么时候才能再回归到生养它的地方呢？

杨花心中还有一层恨，它飘飞到闺阁之中，不受人重视。杨花痛恨的是，当人们初次遇到它时，却没有认真地对待它。

人们只是喜欢柳絮里含有许多种子，并且柳树容易种植、成活，所以愿意让春风用力地吹，把含有种子的杨花吹到更多更远的地方去。

可叹啊，杨花早晨时才被风送到了一个地方，等到日暮时分又再度被风吹起，还不知道它会飘落到哪里去呢。

[赏析]

　　古时候,"杨花"并不是指杨树开的花,而是指柳絮。"杨柳"也不是指杨树和柳树,而是指垂柳。柳如是这首词中的"杨花"即指柳絮。

　　柳如是原本不姓柳,她本来姓杨,名爱。但也有种说法是,柳如是本来确实姓柳,沦落风尘后改姓为杨,后又把姓氏改回了柳。不过,有一点我们可以确定的是,柳如是创作了大量以杨柳为描写对象的诗词,正是借杨柳来喻自己。也就是说,在柳如是的诗词作品里,"杨柳"不再只是表达离情愁思和依依惜别的意象,它已经被人格化为柳如是自己。

　　其实,在许多古诗词中,杨柳的含义基本上有两种:一是抒发离情别绪,表达相思和友谊;二是比喻志趣高洁的名士、隐士、柔弱美丽的女子以及孤苦无依、漂泊不定的风尘女子。比如,陶渊明这位隐士就自称为"五柳居士"。而魏晋时期的名士喜欢栽种柳树,便是表达了自己的志趣和品性。

　　很明显,柳如是诗词中大量描写杨柳,便是借用杨柳这个意象阐述自己的身份、身世和人生经历。可以说,杨柳这种现实物象,与柳如是本人的生命已然融合为一体。她便是杨柳,杨柳便是她。

　　柳如是的身世非常可怜,年幼时便因为家贫而被辗转相卖。她的成长经历就是从这个人家流落到另一个人家,以为找到了依靠,却又因为命运的安排而再度沦落在风尘中。但是,柳如是并没有放纵自己,沉醉在卖笑卖艺的生活中。她对真挚的爱情有着自己的追求,她的家国情怀并不比那些身穿儒袍的士子少。

　　柳如是身世漂泊,这一点与杨花(柳絮)非常相似。杨花因风而起,随风飘荡,自己都不能掌控命运,更谈不上掌控生死。柳如是的早年生活便是如此,她那时年纪尚小,对很多事情都无法掌控,只能随着命运

的安排而流浪、漂泊。沦落在烟花巷并不是她的错，就像那杨花，风把它吹去哪里，又落在什么地方，它自己掌控不了。有些杨花，落在富贵人家的院落里，外部环境又非常适合种子生根、成长，那么就会长成一棵姿态袅娜的杨柳。而有些杨花，落在并不适合杨柳种子生根发芽的地方，很可能就不能顺利地成长起来。

在那个时代，女子的命运不就如同这杨花一样吗？

但是，杨柳虽然看起来柔弱，可在狂风骤雨中却也有一种挺拔顽强的姿态。我们结合着柳如是的人生经历来看，她的骨子里不也正好具有这种顽强坚韧的力量吗？

再来看这首《杨白花》，这其中的凄凉、无奈和感伤，不正是柳如是对自己曲折的人生经历的感慨吗？可是，伤感归伤感，随着柳如是的人生阅历不断丰富起来，她也变得更加坚韧，对不幸命运的悲叹也逐渐变成向命运的抗争。虽然最终她以自缢的方式结束了生命，未免令人痛惜，但这至少也意味着，她的人生终于由得自己做了一回主，而不再像杨花那样，被风玩弄着、吹荡着，不知落向何处。

清

徐灿（明末清初开拓词风的人物）

徐灿，字湘蘋，晚号紫䇾，江苏吴县人，出生于明末，其主要诗词创作大都在清初。幼年时，徐父便鼓励徐灿多读诗书，受家庭环境影响，徐灿颇通文史，且工于诗词，著有《拙政园诗集》和《拙政园诗馀》。

虽然徐灿生于传统文人家庭，可她的诗词中却能见出些巾帼气概，而极少有闺阁女性的纤柔骄矜。她乐于邀约女伴、与姊妹们结诗社、作文章，从深闺之中走出，以实际行动打破了那个时代对女性在思想和才情上的禁锢。

徐灿颇有见识，但她同样也受到传统礼教的影响，她重视家庭生活，也具备治理家庭的妇德。她有一部分诗词作品主要描写了家庭生活以及与丈夫的唱和。可见，徐灿既有不输男儿的巾帼志气，又兼有传统女性的治家美德。只是，丈夫的情意很不专一，这让徐灿心中难免生出孤寂凄凉之感。

生逢乱世的徐灿，不仅承受着家国破碎的伤感，更因为丈夫在国破之后出仕清朝而在心中充满了矛盾。她对丈夫的作为并不认同，可毕竟难以突破那个时代的局限，一切只得听凭丈夫安排。她心里是眷恋故国的，却也只能在诗词里抒发自己的抑郁之情。

在女词人大量涌现的清代，徐灿可谓是开风气之先的人物。她的诗词作品内容丰富而兼有婉约、豪迈两种风格。她突破了以往女性词人在作品中表现的闺怨情愁等题材，扩大了诗词写作范围，也提升了女性词人诗词创作的艺术境界。

清代词评家陈廷焯在《白雨斋词话》中写道："闺秀工为词者，前则李易安,后则徐湘蘋",将徐灿与李清照并列为女词人中的典范。

[原文]

青玉案·吊古

伤心误到芜城路,携血泪、无挥处。半月模糊霜几树,紫箫低远,翠翘明灭,隐隐羊车度。

鲸波碧浸横江锁,故垒萧萧芦荻蒲。烟水不知人事错,戈船千里,降帆一片,莫怨莲花步。

[译文]

鲍照曾作过一篇《芜城赋》,而此处的芜城则指代明朝旧都金陵。

在家国破碎之后,因为内心忧伤不已,以至于误来到旧时的都城。如今它荒凉不堪,可昔日里却是一片繁华景象。一想到这今昔对比,便难掩血泪,心中的忧思也无处可发散。家国破败之后不久,便有寒霜笼罩着残缺的树木,往日里戴着珠翠的美人,那影踪似有还无,帝王车辇路过的声音,隐隐约约可听见。

江海上生起的巨浪,就仿佛鲸鱼兴起一般滚滚滔滔。想当年,三国时的吴军为了抵挡王濬的水军,便在长江的险要位置以铁锁横江,但依然没能保住东吴。往日的防御工事萧瑟颓败,江边的芦苇丛更是一片衰颓。只有那笼罩着烟雾的江水,还不知道人事的更改,江上停泊着的全是投降的战船。如今已山河破碎,可又何必把江山凋零的责任推到美人的头上呢?

[赏析]

从古至今,总有人抱定陈腐的观念不放手。比如,只要改朝换代、

山河破碎，便一口咬定是"女人误国"，直把女子称作"红颜祸水"。这个观念何其可笑，而更可笑的是，连明末清初的徐灿都能见出其荒谬性，现如今的一些人却依然喜欢把自己事业失败的缘由推到女人身上。

前不久在公交车上，就听到有一男子大声抱怨，说是因为太太不会节俭，胡乱花钱，导致自己连"买烟买酒的零花钱"都没有了，后来再仔细听，原来太太比这位丈夫的收入还要多，他一定要在经济上翻身，便唤上弟兄几人辞职创业，结果却赔得精光。所以他才怨恨妻子，怨她月薪比自己多，怨她大购大买追新潮。

可见，现代人看问题的眼光并不总是比古代人更开明。

但是，也并非所有的女人都愿意背上这个"红颜祸水"的黑锅。

徐灿在这首词中用典颇多，又通过今昔对比来加强艺术感染力。这种世事更迭的萧瑟苦楚又无所适从的心境，得到了很好的表现。而词中借用鲍照《芜城赋》中记述的事，暗指清兵屠戮扬州城一事。这种借古伤今的写作手法使全词充满了强烈的控诉意味。

"莫怨莲花步"一句可视为全词亮点，这个典故出自《南史·齐东昏侯纪》。东昏侯命工匠以黄金雕刻出莲花，让最得宠的潘妃在金莲上行走，名曰"步步生莲花"。后来就用"莲花步"来指代美女的脚步，也指代美人。徐灿的这句"莫怨莲花步"可谓振聋发聩。朝代的更迭，人事的变化，乃是历史发展的必然，若说有错，那错也在帝王，是帝王荒淫才导致家国破碎，何必把一己之无能、历史之必然，尽数推给女子呢？

[原文]

满江红·柳岸欹斜

柳岸欹斜，帆影外、东风偏恶。人未起，旅愁先到，晓寒时作。满眼河山牵旧恨，茫茫何处藏舟壑。记玉箫、金管振中流，今非昨。

春尚在,衣怜薄。鸿去尽,书难托。叹征途憔悴,病腰如削。咫尺玉京人未见,又还负却朝来约。料残更,无语把青编,愁孤酌。

[译文]

在赶往京城的某个清晨,我在船里醒来。两岸柳树倾斜,帆影点点,偏遇到大风阻我行程。虽然人还未起身,但旅途上的愁绪反而先生起了。满眼看到的,皆是旧时山河,可朝代却已更迭,这便引发了我旧日的恼恨。世事茫茫多变数,虽知道朝代变更是无可避免的,可我依然恨不得把船藏起来,只为不想来到已易主的京城。忽而想起,曾经与郎君箫管吹奏的乐音作伴,泛舟在中流,可如今已非昔日,让我如何不感伤呢?

已是一派春日气象,可怜身上衣服还是略单薄。很想寄去书信一封,向你倾诉满心的苦闷,可眼下已无鸿雁可托。可叹这一路上颠簸,让我形容憔悴,原本就在病中的身体,此时越发瘦削。本以为京城已近在咫尺,你我可以早日相见,不料想,如今却误了日期,失了约。我心里猜想着,郎君你一定也是寂寞孤独的吧,整日沉默着埋头在书籍中,独自忍受着孤独愁闷。

[赏析]

明亡后,徐灿的丈夫陈之遴(字彦升,号素庵)在清朝任官,此词是徐灿在赶赴京城的路上写给陈之遴的。

在丈夫陈之遴投降清朝并担任官职后,徐灿与他的分歧便越来越大,夫妇间的隔阂也越加明显。徐灿生长于以儒家道德为规范的家庭,她虽然内心对丈夫不满,却依然遵守妻道,不与丈夫发生冲突。可即便

是这种表面上的顺从，也令徐灿感觉到煎熬。她只得在诗词中抒发自己的国仇家恨。但她又不能写得太直白露骨，毕竟受限于时代与身份。所以，在徐灿的词作中，呈现出含蓄幽咽的艺术特色。她通过使用文史典故，将自己的心声曲折地表达出来。

以往那些妻子写给久别将逢的丈夫的词作，在内容上涉及的多是生活层面的关心：你平时吃得饱不饱？你身上的衣服单不单？而徐灿则以遒劲之笔力，借事借景抒发感慨。徐灿的这些感慨，偏就与以往的闺秀词人所抒发的感慨大不相同。徐灿的感慨，不是为夫妇之间的离情，也并非为匆匆逝去的年华。徐灿的感慨中有家国情怀，更表现出她在历史剧变当中的无奈与沉痛心情，并且在这无奈与沉痛中，还夹杂着一些矛盾。

曾经，因为志气相投，徐灿才与陈之遴结合，成为其继室夫人。但是作为一个在旧朝代的仕途上受过挫折的文人，陈之遴面对一个新朝代如何能不动心？一方面，徐灿严格地遵守着妻子的本分，不想拂逆丈夫的意愿；另一方面，她实在也很不情愿来到被清兵占据的京城。这种矛盾的根源在于徐灿根深蒂固的文化意识。在她的文化意识里，家国、江山、社稷、人生的忧患，有着比夫妇间的离情别愁更重要的位置。

[原文]

念奴娇·黄花过了

黄花过了，见碧空云尽，素秋无迹。薄薄罗衣寒似水，霜逼一庭花石。回首江城，高低禾黍，凉月纷纷白。眼前梦里，不知何处乡国。

难得此际清闲，长吟短咏，也算千金刻，象板莺笙犹醉耳，却是酒醒今夕。有几朱颜，镜中暗减，不用尘沙逼。燕山一片，古今多少羁客。

[译文]

词的前三句便已点明时令，写作此词时正值秋尽冬初无疑。

黄花已开过，朗朗的天空干净透明，连白云都看不到几朵，已是秋尽冬初的时节了。衣服略有些单薄，冰冷如水，寒霜凝结在庭院里的花木草石上。回想起在江城的时候，农田里的五谷高高低低，月色如水一般清凉，照下来，真是清辉一片。眼前的场景和梦里的场景相对比，竟然不知道哪一个才是我的故土、我的故国。

难得此刻正清闲，姑且吟咏长短句聊作安慰，也算是千金难得的一刻。笏板笙箫这些乐器演奏出的曲子真是令人沉醉，可醒酒之后才发现，这些场景都已经成为了过去，人却只在今夕。容颜在镜子中悄悄地变化，再不似过去那样，也不必被风沙摧残，只要一想到故土就使我日渐憔悴。想来寄居在这环境严酷的燕山一带的人，从古至今恐怕都无法计数吧。

[赏析]

徐灿先是借景起兴以抒发思恋故土、感怀今夕之情，结句却十分婉转地表达出内心对现实的不满，她从来都认为，自己不过是寄居在京城的"客人"，而她来到京城，无非是作为家眷照顾丈夫，如果不是丈夫执意担任官职，她又何必在这里忍受着思乡之情的煎熬？徐灿的言下之意，也是有些怨恨丈夫的。出仕为官不是不可以，但为何偏偏要做清朝的官？

对于徐灿这种坚守"一与之齐，终身不改"的传统观念的知识女性来说，她永远不可能与丈夫决裂，所以那些让她不快甚至不屑的事情，

便只能独自承担。这种矛盾分裂的心理状态，在徐灿的词作中以隐晦幽曲的方式表达出来。写眼前，写梦里，虚虚实实看似打成一片，实际是内心分裂状态的写照。

就这首词而言，风格于悲切之中又见无奈。徐灿虽然说着不知眼前梦里到底哪一处才是故乡，于她来说，其实心里再清楚不过。宣之于口，更表现出故土始终在心里，可故土终究回不去。

[原文]

满庭芳·寒夜别意

水点成冰，离云愁暮，能禁几阵凄风。绮窗吟寂，频倚曲阑东。梦短宵长难寐，听不了，点滴铜龙。销魂也，梅花憔悴，飞雪断来鸿。

翠帏，春乍逗，鸳鸯香冷，两地愁同。况天涯离别，如此匆匆。争奈多愁多病，无头闷，一夜惺忪。风摇处，兽环双控，银烛影微红。

[译文]

在这个冰冷的夜晚，点滴的水都能冻结成冰。暮云朵朵，似乎满带着分别后的哀愁。自从与丈夫分别之后，真是禁不起阵阵凄冷的寒风。靠在窗子上吟诗诵词打发寂寞，实在无聊时，就频频依靠在阑干上，想着心事。梦太短而寒夜太长，心事这样沉重，辗转反侧难入眠。即便是更漏的点滴声，都听不得。正值分别前夜，整个人仿佛断了魂一般，看梅花都觉得有些憔悴枯萎，生怕大雪耽误了鸿雁传书，害我们夫妇音信断绝。

畅想来年春天，满眼皆是翠绿一片。我想到了那时候，虽然春天忽然而至，可鸳鸯造型的香炉怕是依然冰冷。你我分隔在两地，心头的烦恼却是为着同一件事。更何况，你我或许会从此天各一方，就连告别都如此匆忙。无奈我这一身的愁苦与病痛，心头毫无缘由地烦闷，这一夜啊，清醒难入睡。寒风刮过，兽头形状的门环不住地摇动，闪烁的烛光映照着红梅，经风一吹，烛影晃动。

[赏析]

"寒夜别意"其实已经点明此词的写作意图：天寒地冻的夜晚本就容易勾起人的伤感，尤其是在这个与丈夫分别之后的夜晚，天气的寒冷自不必说，词人内心由于思念丈夫，也是寒意一片。

别离后的怨情无处寄托，徐灿辗转反侧也难以入眠，即便是更漏的声音都能搅动起她内心的愁绪。夜晚如此漫长，但徐灿内心的期盼更漫长。她的思绪飘散得很远，甚至想到了来年春天的场景。可是，别离中的人不就是这样吗？唯有靠着想象未来重逢的场景才能让别离的日子好过一些。

在这种忍受着别离痛苦的日子里，眼中的景物皆沾染上了词人的感情色彩。比如院落里的梅花就显出了憔悴模样。在以往的诗词中，"梅花"这个物象一向象征着冰清玉洁、坚贞傲骨，在冰雪寒风中绽放的梅花也总是给人一种不畏惧、不屈服的印象。可是在徐灿的这首词里，一向以傲骨风姿示人的梅花反而呈现出憔悴的病态。实则是词人通过写梅花憔悴，含蓄地描述自己在离愁中的病容。

通过描写外物来揭示出自己凄凉悲伤的心境，是本词的一大艺术特色。别离之苦、别离之愁，无形无状，很难说得明白。但是词人运用情景交融的写作手法，把这种愁绪描摹得极具美感又可触可见。

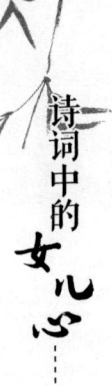

此词的下阕则联想到与自己分别的丈夫，怕是也同自己一样，为这离别之苦而忧愁。这样的写法将一己的愁思扩展到了更远的时空之中，从而使得当下之愁思具有了更为沉重的力量，同时也扩大了愁思的意境。徐灿身处的时代，因为战乱等原因而两地分离的骨肉亲人必然不少，徐灿虽然在词中表达的是一己的愁思，但她的愁思也是有着典型性的。这首词，纤细、柔美、意境深远，而这含蓄婉约的离愁背后，似又诉说着心中的孤寂与迷茫。

有着"明末清初词坛第一人"之称的阳羡词派领袖陈维崧在《妇人集》中对徐灿的词作评价极高："才锋遒丽，生平著小词绝佳，盖南宋以来，闺房之秀，一人而已。其词娣视淑真，姒蓄清照。"

假如我们留心，再多了解一些徐灿的其他作品，那么会对陈维崧的这番评论有更为深刻的认识。

金逸（从梦中获取灵感）

　　清乾隆、嘉庆年间有位大才子叫袁枚，这个人可是了不得，在当时是著名的诗人、散文家，并且还是个美食家，像《随园诗话》《随园随笔》《随园食单》《子不语》这些都出自袁枚笔下。袁枚弟子不少，尤其女弟子众多。在这些女弟子中，有一位名叫金逸的姑娘，字纤纤，是江苏常州人氏。这姑娘挺有意思，因为她每次创作诗词，都是通过梦境来获取灵感。

　　袁枚对这位女弟子的评价很高，认为她有悟性，人也灵透。可惜，金姑娘只活到了二十五岁，留下《瘦吟楼诗稿》四卷。她去世后，袁枚还亲自写了墓志铭。可见，他的惜才怜才之情。

　　根据民间流传的故事，金逸的出生便充满了神奇色彩。据说，金逸的母亲生产之前在半睡半醒、迷迷糊糊之际，看到空中有身着五彩衣裙的天女。其中的一位天女将一束丝线投入金夫人的怀中。这之后不久，金逸便出生了。

　　从"纤纤"这个名字我们不难想到，金姑娘必然属于那种纤细柔弱、弱不禁风的类型，事实情况也确实如此。少女时的金逸得到了袁枚的赏识，并成为袁枚的女弟子。在清代，虽然进行闺秀诗词创作的女性为数不少，可金逸的诗文因其风格空灵纤秀，有一定的影响力。

　　在金逸的诗歌创作中，"梦境"起着非常重要的作用。梦境里的物象再细碎，也不耽误金姑娘把这细碎的事物描摹得有形有象、有滋有味。更神奇的是，金姑娘在梦中见到了一位俊秀的青年，而这个青年竟然真的走进了她的生命里，成为了她的伴侣。

金姑娘的那个梦境实在很浪漫。她梦见有位青年才俊在一片竹林里诵读诗书。金姑娘觉得好奇，便望着他，可巧他也抬头望了一眼金姑娘。这一次对望，两下里倒是彼此都中意，但到底是那男子更主动些，他牵着金姑娘的手，迈开大步就向前走，直走到一片阳光下，这个梦也就醒了。

梦醒之后，金姑娘欢喜非常，她认为这梦预兆着一桩喜事。果然，不久后家人为金姑娘物色如意郎君，待成亲之日一见，果然是金姑娘在梦里见到的那个人！

金姑娘的丈夫，正是她的同乡，名叫陈基，字竹士。婚后，两人幸福和美，金姑娘依旧通过梦境获取灵感，再用诗歌来抒发心曲。

陈竹士是个性情温柔之人，对金姑娘疼爱非常。某天午后，金姑娘尚在休息，她梦见自己在郊外放风筝，草地上一阵阵花香，更有蝴蝶在花丛飞舞。可是一阵狂风袭来，风筝居然变成了陈竹士，再一阵狂风刮过，金姑娘手中的线断了，只能眼睁睁地看着陈竹士飞远。

这个梦可不太吉祥，金姑娘哭着醒来。陈竹士得知原委后便体贴地安慰金逸，说了许多情话，都是为了让她安下烦乱的心。

前面已说，金姑娘凡是做了什么梦，都会将梦中情境记录下来，或者从梦境中获取灵感写一首诗。在这场噩梦之后，金姑娘平复了一下心绪，提笔写了首《闺中杂咏》。

[原文]

闺中杂咏（一）

小庭雨细约风丝，织得新愁薄暮时。
隔着帘栊天样远，那教人不说相思。

[译文]

　　庭院里,细雨迷蒙,微风丝丝,这些编织成将近日暮时分的愁绪。我和丈夫,只不过隔着一层竹帘,可心底却觉得两人仿佛远隔天涯。这样的伤感翻涌起来,如何能不让我生出相思之情呢?

[赏析]

　　清新、哀婉、缠绵悱恻又亦幻亦真,这便是本诗的风格特色。不过是一场噩梦,就让金姑娘如此难以释怀,可见她对陈竹士的深情。细雨、微风、薄薄的暮色,这些情境本就容易引人感伤。像金姑娘这种敏感心细之人,不得不对梦中的场景多想一些。她可能是觉得这个梦虽然来得毫无头绪,但必然是预示着什么。

　　果不其然,在写下此诗不久,金姑娘与陈竹士便天人永隔。

　　从"午后噩梦事件"到金姑娘患病去世,这中间还有一件事颇为奇妙,既可视为夫妻两人心心相印的凭证,也可视作金姑娘不久于人世的预兆。

　　这件事也与梦有关。话说某天,夫妇两人正在休息,金姑娘做梦来到了一个静谧优美的地方。她和陈竹士划着小船,荡漾在湖面上,欣赏着两岸风光。因为这个地方陌生,她便向一个渔翁打听,渔翁说这个地方叫"秋水渡"。

　　金姑娘平素就喜欢与陈竹士吟诗联句,来到这么一个风景优美的地方,自然引发出高涨的诗兴。梦里吟诗吟得欢,梦醒后金姑娘脱口而出一句"秋水楼台碧近天",可巧陈竹士也在此时醒来,随口吟道"秋水楼台碧近天"。夫妇两人先是惊诧,继而大笑。可见,他们两人不仅感情深厚,而且心灵也契合。

　　只是在这之后,身量纤纤、体质柔弱的金姑娘便生了大病,没几天就一病不起，最后撒手人寰了。

在病逝前，金姑娘又做了一个与"秋水渡"有关的梦。这一次，梦里没有她的如意郎君，只有一位仙女在湖面上划着小船，向金姑娘发出一同泛舟赏景的邀请。

金姑娘醒来后，自知将不久于世人，便对陈竹士做了诀别。陈竹士这次依然是苦口婆心地劝慰金姑娘，可即便夫妻情深，终究也没能留住金姑娘。十天之后，金姑娘永登极乐。

因为一场梦，她降生到人间；因为一场梦，她返回到仙界。从生到死的二十五年岁月中，她因为无数场梦，写下了一首首文词清丽、空灵纤秀的诗作。

金逸病逝后，陈竹士由于思念妻子，便在她陵墓周围栽种了许多梅花。梅花是金姑娘最喜欢的花。她尚未出阁时，父母便在家中庭院种下了成片梅花。而金姑娘的清逸俊秀与梅花的风姿也颇为贴合。

陈竹士在整理金逸的衣物时，发现两首遗作，其中一首也题为《闺中杂咏》。

[原文]

闺中杂咏（二）

梧桐细雨响新秋，换得轻衫是越紬。
忽地听郎喧笑近，罗帕佯掉不回头。

[译文]

滴落到梧桐叶子上的细密雨丝，提醒人们又是一个秋季到来了，从前那又轻又薄的衣衫有些凉了,须得换上稍微厚实一点的衣服了。忽然听见我郎君的说笑声越来越近,我假装与他赌气的样子,把手帕掉在地上,我就是不回头,就不与他答话。

[赏析]

这首诗写的并非梦中场景,而是现实生活中的片段。诗歌中点明时节是在初秋,叙述的事情无非就是夫妻两人日常的琐事,平常得很。可这极平常的事情中却能见出金逸与丈夫之间浓浓的爱意。

这就像我们与自己至亲至爱的人在一起时或长分离后,即便在别人看来毫不起眼的小事,也足够我们铭心刻骨一辈子。有些寻常的事情之所以弥足珍贵,正在于人们对其投注了自己的情感。如果缺少了情感的投入,那么初秋的某天也只是初秋的某天,它和我们生命中那许多个初秋并没有什么不同。但正是因为在某年某月的这一天,我们与自己生命里最珍贵的那个人发生了一个故事,我们投入了情感,这一天对于我们来说才具有了意义。

尤其是像金逸和陈竹士这样感情深厚的两个人,即便是再平常不过的玩笑,也被彼此视为珍贵的回忆。

妻子诗中所写的,正是不久前的一幕。如今诗稿犹在,伊人却没了影踪。金逸在诗的最后两句运用白描手法,以最为简洁洗练的语言刻画出生动鲜明的人物形象。陈竹士之"喧笑",金逸之"不回头",都是为了烘托出夫妇两人如胶似漆的感情,他们的恩爱情景如现眼前。而金逸越是以这种朴素无华的语言来描摹事件、刻画人物,我们便越是被诗歌中流淌的真情实感所打动,便越是为金姑娘如此早地离世而深感惋惜。

陈竹士整理出亡妻的另一首遗作为《晓起即事》。

[原文]

晓起即事

忍将小病累亲忧,为间亲安强下楼。
渐觉晓寒禁不得,急将帘放再梳头。

[译文]

不过是偶感风寒,此种小病小痛却害得亲人为我担忧。为了让亲人放心,便强打起精神下楼来给他们问安。可即便如此,还是觉得清晨的寒冷禁受不住,只得上楼再去休息。忽听见丈夫上楼的脚步声,便赶忙放下门帘,想着在梳头化妆之后再与丈夫见面。

[赏析]

通过诗人描摹的两个日常场景,我们不难见出她的贤惠与用心。古时候,每天清晨媳妇们都要早早起来,给公婆等长辈问安。此时的金逸身患疾病,依然遵照礼节,来给公婆请安。可身体毕竟还是病弱,禁不得清晨的凉风。

听闻丈夫上楼探病,金逸可不想让他看见自己这憔悴的样子。赶忙梳头妆扮,哪怕是在病中,也不愿以病色示人,更何况这个人是自己最重要、最珍视的人呢?

没有渲染,全诗依然是用平白洗练的文字描写了病中的日常。金逸没有写患病中的自己是如何痛苦,反而以白描式手法勾勒出生前的种种,间接地表现出对亲人的不舍。

金逸自从梦见自己即将离世,便有意识地将不舍之意融入到诗歌创作中。以往,她的诗歌多是从虚幻的梦境中汲取灵感,而离世前的两首遗作全是描写现实场景，诗歌的风格也与之前的稍有不同。

在大病之前，金逸的诗作好比是下凡的仙子，纤袅清丽、语言奇巧，可是这两首遗作却流露着朴素自然、凝练晓畅的气息。

前面我们说过，金姑娘平生最爱梅花，她去世后陈竹士又在墓前遍植梅花。其实，金姑娘生前曾写过一首与梅花有关的诗，可视为她对自己最后结局做的预言。

在一次做梦梦到梅花之后，金姑娘写道："埋骨青山后望奢，种梅千树当生涯。孤坟三尺能来否？记取诗魂是此花。"

以梦入诗、因梦作诗、诗中写梦，这不是"诗魂"是什么？写作此诗时，金姑娘还未出阁，她家院子里就种着成片的梅花，每天在梅林中散心也是常有的事情。可一个本该天真无忧的少女，竟在一场梅花梦后作出如此凄婉哀丽之语，此诗又与金姑娘的归宿十分契合，一语成谶之说，大抵就是如此。

吴藻（博采众长的女词人）

清代中期有位诗人叫陈文述，留有《碧城仙馆诗钞》《颐道堂集》《秣陵集》《西泠怀古集》等著作。他有位女弟子，叫吴藻（1799—1862年），号玉岑子。他对这位女弟子极为看重，并评论其为"前生名士，今生美人"。赞誉吴藻既有满腹诗才和高雅志趣，是为名士，又兼具清姿丽貌，是为美人。

说起吴藻，我们可能有些陌生。她在清代嘉庆、道光年间的文坛上却是一颗闪耀的明星，她有着极高的文学素养，且有许多诗词作品传世，她的才情在当时便令许多文人雅士赞叹不已。

吴藻出生于浙江仁和（今杭州市）的一个商贾之家。因家资富裕，父母又对子女们寄予厚望，便聘请名师来到家中，对孩子们进行启蒙教育。

吴藻天性聪颖而极好学，在经过几年闺中私塾教育后，便成为一个既懂音律又工词曲，兼能绘画并通晓文史的才女。只是，虽然她姿容才学皆出众，却一直没有遇到合自己心意的郎君。

22岁那年，吴藻只得听从父母之命，嫁给同乡商人黄某。虽说婆家极为珍视这个儿媳，黄某对她的才情也很是钦佩，可她的婚姻生活里并没有琴瑟和鸣这般幸福，有的只是内心的落寞与感伤。这位黄相公赚钱能力倒是有的，只是并不通诗词，更不懂如何与妻子经营一种诗书琴曲相应和的风雅生活。所以，吴藻对待自己夫婿的态度基本上是：你有钱归有钱，我就是看你不顺眼。

没有共同语言和感情基础的婚姻就是这么憋屈！

满心感伤的吴藻写下了《酷相思》。

[原文]

酷相思

寂寂重门深院锁，正睡起，愁无那。觉鬓影，微松钗半亸。清晓也，慵梳理。黄昏也，慵梳理。

竹簟纱橱谁耐卧。苦病境，牢担荷。怎廿载，光阴如梦过。当初也，伤心我。而今也，伤心我。

[译文]

寂寥的院落里，大门紧紧关闭，深宅大院被牢牢锁着。就在这院落里，我才从睡梦中醒来，心头的愁绪就无端涌起。只觉得鬓角也乱了，头上的发髻也散了，连那发钗都摇摇欲坠。可是在这个清晨，我却懒得梳理，也没心情打扮。到了黄昏，也是如此。一整天人都懒懒的，至于梳理头发，更是不想去做。

竹子编成的席子，挂着轻纱的橱窗，也没耐心在房中休息。身上正生病，心里烦忧，这境况真是苦啊，这烦恼既然缠绕不去，那么我也只能这样承受下来。一想到二十年的光阴就这样虚度过去，真是如梦似幻。想当初选择这门亲事，我如此忧伤又无奈，再看如今的生活，我依然是忧伤又无奈。

[赏析]

吴藻根本不喜欢这个夫婿，于是连梳洗打扮都觉得麻烦，索性就不

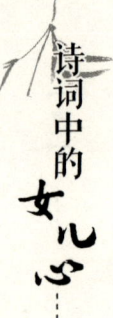

再妆扮自己了。正是二十多岁的好年华，却由着自己的发鬓纷乱，发钗快掉了，也不想去梳理，连情感都无处得到慰藉，打扮得再动人，又有何用？

我们不妨设想一下，如果吴藻嫁的是个如意郎君，估计她会一面喜滋滋地对着镜子梳妆，一面随口吟诗诵词与丈夫应和唱答了。这就像我身边的一位小姐妹，如果被不喜欢的男生搭讪，就是一脸的嫌弃，一边抽烟一边骂娘；但如果是与自己心仪的男生说话，就一副娇滴滴的小女人情态，甚是可爱。

既然与丈夫完全没有共同语言，那就只能在管理家事之余将自己放逐在诗词歌赋的海洋中。吴藻的丈夫虽然是大粗人一个，可有一点做得特别到位，他专门为吴藻准备了书房，供她读书作画、填词赋诗。虽然他的精神世界很贫乏，但好歹他也能理解吴藻的志趣并予以支持，在当时来说，也属难得。

可是吴藻的精神痛苦毕竟无法靠着逃避现实来得到缓解。吴藻日益憔悴而愁容愈深，但她的许多诗词也正是这种精神痛苦的产物。

初登文坛的吴藻，其才华被那些真正有学养的人所认同。渐渐地，吴藻便开始参加起文人学士们举办的一些诗文应酬。尤为难得的是，吴藻的丈夫竟同意她参加这些活动。为了避免闲言碎语，吴藻便女扮男装，将自己打扮成一个俊俏少年。而在某次应酬时，居然有一位不识吴藻真面目的歌妓真的将她误当作一位翩翩郎君，差点儿就上演了一出"假凤求虚凰"的闹剧。

成名后的吴藻，内心的孤寂失落感依然浓重。这种痛苦只会在岁月中不断加深，于是吴藻转而开始关注佛理，并一度产生了皈依佛门的念头。她的《浣溪沙》表达了这种想法。

[原文]

浣溪沙

一卷离骚一卷经,十年心事十年灯。芭蕉叶上几秋声。

欲哭不成还强笑,讳愁无奈学忘情。误人犹是说聪明。

[译文]

将《离骚》与佛经摆在案头,自己那漫长的心路历程,恐怕唯有案头灯烛才能知道吧。滴落在芭蕉叶上的秋雨,淅淅沥沥的几声,就能逗弄起人们忧伤的心绪。心中淤积的愁绪太多,想用泪水来发泄却未能如愿,只得强颜欢笑。若要忘却这世间种种悲情,还得将心归于佛门。无奈啊,这一生终究是聪明反被聪明误。

[赏析]

心思细腻、情感丰富、冰雪聪明,这本来都是女性身上的优点,可也正因此,吴藻总是更为强烈地感受到生活中的无奈与悲哀。不过,我们可不要误以为吴藻是个生性悲观、内心脆弱的人。她也有自己的闺密圈,并乐于和这些女性文友邀约唱和。她从这些富有才情的女友那里,得到了不少心灵上的慰藉。

这些满腹锦绣文章但命运一波三折的女性文友让吴藻认识到,生为女人,有太多的无奈,"有才无命"的悲哀情绪也便更为浓稠。但吴藻并没有沉浸在自怜自艾的感伤中,在一些词作中我们也能看到这位清丽才女的另一面。

吴藻的词作虽然多是抒写难遇佳偶的哀伤以及对自己命运的伤心感叹，可也不乏气势磅礴之作，比如，在《水调歌头·长剑倚天外》中，我们感受到的是吴藻那英迈超绝的情怀。

[原文]

水调歌头·长剑倚天外

长剑倚天外，白眼举觞空。莲花千朵出匣，珠滴小槽红。浇尽层层块垒，露尽森森芒角，云梦荡吾胸。春水变醽醁，秋水淬芙蓉。

饮如鲸，诗如虎，气如虹。狂歌斫地，恨不移向酒泉封。百炼钢难绕指，百瓮香频到口，百尺卧元龙。磊落平生志，破浪去乘风。

[译文]

在这幅图画中我们看到：一把长剑，直倚青天，举剑之人流露着一脸不屑，他仰起脖子，将杯中之酒一饮而尽。若是那长剑出了剑匣，被这侠士舞动起来，那么闪闪剑光，必然如同千朵莲花绽放一般。在舞剑之后，侠士必然一番豪饮，那美酒从酒槽里滴出来，恰好比一颗颗红色宝珠。这美酒，浇灭侠士内心的忧愁与不平，通过这些举动，侠士显露出全身锋芒，这种不同凡俗的气势如同洞庭湖边的云梦泽，宽广、豪迈。以春水酿酒，以秋水铸剑，侠士的这种英雄气概，世人难匹。

饮酒时的架势如鲸鱼，笔下写出的诗作则好似猛虎一般有生气，侠士这一番气势就好比天边长虹。但看这位侠士，他口中狂歌呼喊，将长剑拔出来砍击地面，只因被美酒激荡出满身豪气，便因为自己没有生在流水如美酒一般甘甜的酒泉郡而深深遗憾。这幅画中的侠士，性格刚直不屈，性情爽快豪放，一生不对权贵谄媚，唯独面对美酒贪杯，他心志高傲，不肯媚俗。图画中的这位侠士，有着凌云的志向和长风破浪的胸怀，他这潇洒不羁的姿态，真是磊落豪爽。

[赏析]

这首《水调歌头·长剑倚天外》本是吴藻受友人之托，为《看剑引杯图》所做的题词。《看剑引杯图》这幅画出自孙子勤之手，孙子勤是许云林的丈夫，而许云林也是位才女，并且还是吴藻的闺中好友。

词的上阕，先是勾勒出画中人物的形象：一把长剑，直倚青天，睥睨世事，举起酒杯，一饮而尽，傲然出尘并且身形伟岸。这位侠士的不羁和洒脱，跃然于读者眼前。接下来的几句，可能就是吴藻见到画作之后，展开自己想象写成的了：这位侠士，抽出佩剑，潇洒挥舞的同时，那剑光点点，好似莲花绽放。舞剑完毕，又开怀畅饮，酒滴落在酒槽里，呈现出淡淡的红色。"珠滴小槽红"此句化用了李贺《将进酒》中的名句："琉璃钟，琥珀浓，小槽酒滴真珠红。"这位侠士如此豪爽，饮酒时定要饮个痛快，以纾解胸中郁结的烦闷。通过他舞剑和豪饮时的表现，可见他是位锋芒闪现、胸怀开阔的磊落之人。以春水酿酒，以秋水锻剑，且豪饮，且舞剑，果真是风姿独具，侠气纵横。

词的下阕，吴藻便放开笔墨，以夸张之句来描写这位豪侠狂士。"鲸"与"虎"体现出侠士内在的豪爽和外在力量；"虹"则形容他的气势，如长虹贯空。"饮如鲸"一句，化用的是杜甫《饮中八仙歌》里的诗句："左相日兴费万钱，饮如长鲸吸百川。"

"狂歌斫地"也是一个典故。是说唐代有个叫李山甫的才子，根据《唐才子传》里的说法，这位李山甫"落魄有不羁才，须髯如戟，能为青白眼,生平憎俗子,尚豪侠,虽箪食豆羹,自甘不厌。为诗托讽,不得志,每狂歌痛饮,拔剑斫地,少摅郁郁之气耳。"吴藻化用这个典故,正是为了说明画中的这位侠士,和李山甫一样,狂放不羁,侠气万丈。"恨不移向酒泉封"这一句化用的还是杜甫《饮中八仙歌》一诗中的名句:"汝阳三斗始朝天,道逢麴车口流涎,恨不移封向酒泉。"吴藻这样写是为了突出表现侠士的豪气。

"百炼钢难绕指,百瓮香频到口,百尺卧元龙"这里分别用了三个典故。西晋诗人刘琨有诗《重赠陆谌》"何意百炼钢,化为绕指柔"。"百瓮香"是古时的名酒。"百尺卧元龙"其中的"元龙"指的是三国时期的陈登,字元龙。刘备与刘表谈论天下名士时,许汜也在场。许汜认为,陈登其人"湖海之士,豪气不除。"吴藻连用三个典故,分别表现的是画中侠士的刚勇、酒量和豪气。"磊落平生志,破浪去乘风"是全词的点睛之笔。这两句分别出自两个典故。前一句出自《世说新语·豪爽》,桓温此人"既素有雄情爽气,加尔日音调英发,叙古今成败由人,存亡系才,其状磊落,一坐叹赏。"后一句则出自《宋书·宗悫传》,宗悫年少时,他叔父宗炳问起他的志向,宗悫回答:"愿乘长风破万里浪。"吴藻用这两个典故,将侠士内心的豪情壮志更深刻地表达出来。至此,吴藻对这幅画的题词便告收尾。通过这首词,我们非常强烈地感受到画中侠士的襟怀、豪气,可见吴藻对画中侠士的人物刻画是非常成功的。

整首词读完之后,我们眼前浮现出的不再是一个纤秀柔婉的闺阁词人,倒是个壮志凌云的女中英豪。此词虽说是为一幅画作而写的题词,但它也能反映出吴藻的内在精神世界。

吴藻在词中描绘的这种豪迈刚猛的意境,给人们带来一种全新的阅读体验:词风劲猛,并且还流露出不同凡俗的志趣,这从"白眼举觞空"一句中便不难见出。

"白眼"这一典故出自阮籍,他只有面对自己青睐的人时才以青眼示人，而面对不合自己心意的凡俗之辈则以白眼表示心中的不屑。吴藻在词中用到这个典故，不仅是为了刻画人物形象，同时也体现出她自己对凡俗之人的不屑。

  这首词用典颇多，除上面说到的阮籍青白眼的典故之外，吴藻还巧妙地化用了前人的诗赋名句，诸如李贺《将进酒》中的诗句"小槽酒滴珍珠红"，还有司马相如的《子虚赋》、杜甫的《饮中八仙歌》、刘琨的《重赠卢谌》等佳作名句也被吴藻化用之后铺陈在这首词中。此外，《三国志》和《宋书》中的历史典故的运用，也为本词增添了万千气象，使其呈现出爽俊精整且富于书卷气息的艺术美感。

  吴藻的老师陈文述在《花帘词序》中对她的词作点评道："顾其豪宕，尤近苏、辛。宝钗桃叶，写风雨之新声；铁板铜弦，发海天之高唱。不图弱质，足步芳徽。"这首《水调歌头》便属于这类豪宕之作。

倪瑞璇（最具批判精神的女诗人）

倪瑞璇（1702—1731年），字玉英，江苏宿迁人氏。与大多数才女一样，倪瑞璇也是位出身书香世家的女子。她的父亲倪绍赞是县学秀才，但很早就去世了。父亲去世后，倪瑞璇就随着母亲投奔到舅父家中。舅父樊正锡是睢宁县本地的著名学者，他见倪瑞璇聪慧过人，便有意培养。倪瑞璇七岁的时候就跟随舅父学习古文，八岁能作诗，待年龄稍长一些，更是大量接触论著、诗文等。除了精通诗文，倪瑞璇在绘画上也颇有造诣，并且对于女红、音律等也通晓。

二十五岁那年，倪瑞璇在舅父的安排下，与宜兴人徐起泰结为夫妇。虽为继室，但她与徐起泰也算志趣相投。面对徐起泰与前妻生养的子女，倪瑞璇视如己出，悉心照顾，因此深受徐起泰一家老小的喜爱。

只可惜，这样恩爱美好的生活并没有维持多久。倪瑞璇三十岁时生了一场大病，不久便病逝了。在重病之中，倪瑞璇把自己平生所写的诗文手稿全部焚毁。但是徐起泰后来整理遗物时，在书箧中又发现了许多残稿。虽然有些已经被虫子啃食，不过徐起泰还是誊写、整理了残稿，并且还装订成册，将其名为《箧存诗集》，集中收录诗歌一百余首，也有人说是二百余首。从残存的诗作来看，倪瑞璇的诗作涉及的题材非常广泛，并且她的诗文以针砭时事、评点古今为主，绝少倾诉闺怨幽思之作。清朝中期的诗坛领袖沈德潜在《清诗别裁集》中对倪瑞璇的诗作评价道："柔顺供职，妇德也。独能发潜阐幽，诛奸斥佞，巾帼中易有其人耶？每一披读，悚然起敬。"

倪瑞璇虽然生命短暂，但留下的诗文却充分展现出她的批判精神，而她过人的胆识和才学，使她在古代才女、闺阁作家的队伍中占有重要的一席之地。

[原文]

金陵怀古

石头天险壮层城，虎踞龙盘旧有名。
峙鼎三分吴大帝，渡江五马晋东京。
高台凤去荒烟满，废苑萤飞茂草生。
往事不堪频想像，夕阳西下看潮平。

[译文]

南京城也称石头城，它凭借着险要的地势，成为军事重镇，此地易守难攻，这龙盘虎踞的险要地势，使六朝古都南京城在军事上有着重要的地位。

在魏晋南北朝时期，孙权依仗着长江天险而雄霸一方，东吴与蜀汉、曹魏三分天下，形成鼎足之势，再后来，司马氏建立起的西晋土崩瓦解，王室贵族纷纷迁往南京，这两个历史时期，可谓是南京城繁华鼎盛的时期了。

可是如今呢，昔日的繁华已经不在，金陵凤凰台已无处可寻，荒凉一片，而曾经那些华美的宫殿建筑，则早已废弃，萧条破败，只有萤火虫飞来飞去，只有蓬草一路生长。

回忆起南京城那曾经的繁华，再看看如今的南京城之破败荒芜，真是有一种不堪追忆往昔的感触，夕阳西下，看着潮水起落，江面渐渐平静，想那世事变化不也正如这起起伏伏的江水吗？

[赏析]

金陵，即南京，古时候也名为"石头城"。诗的首联描绘出金陵的险要地势以及历史上的盛名。六朝时期，金陵乃是军事重地，它占据着险要的地势，又有长江天险，以"虎踞龙盘"来形容金陵一点不为过。

"吴大帝"指的就是东吴孙权。颔联讲述的是魏晋南北朝时期金陵的历史变迁过程。孙权以金陵作为都城，又凭借长江天险而称雄一方，形成魏蜀吴三国鼎峙的局面。再后来，司马氏一族建立起西晋政权，但也土崩瓦解了。"渡江五马"是指晋元帝司马睿东渡，来到建康（金陵）建立都城。在晋朝之后，又有南朝的宋、齐、梁、陈在金陵定都。我们常说南京是六朝古都，就是打这儿来的。

颔联写尽了金陵曾经的繁华荣耀。颈联马上就描写了现如今金陵之凋敝景象。"荒烟""茂草"将金陵现如今的萧条破败形象地展现出来。"高台"指的是金陵的凤凰台。李白在《登金陵凤凰台》一诗中写道："凤凰台上凤凰游，凤去台空江自流。"倪瑞璿在颔联里化用了李白的这句诗。"废苑"指的是金陵城内废弃的宫苑。陆游在《月上海棠》这首词里有云："斜阳废苑朱门闭，吊兴亡、遗恨泪痕里。"凤凰台上的凤凰已经飞去，而今只有荒烟飘荡，废弃的宫苑里流萤飞舞，野草丛生。想来金陵城里昔日也是一片繁华，而今萧条凋敝成这个样子，这到底是什么原因造成的？读者看到这里，心头必然会产生这样的疑问。但是诗人并没有直接点破，也没有在结尾处给一个答案。结合一下历史，我们就会得到答案，无须诗人给出。

尾联抒发的是诗人对历史兴亡、朝代更迭的感叹。往日的繁华，不能再去想象，如今的萧条衰败，似乎让我们看到了人在历史变迁面前是多么无力。夕阳下的潮水起起伏伏，这像极了朝代的更替。"夕阳西下看潮平"似是在说，世事不过如此，我们只看着潮水起落，看着夕阳西下就好。但这最后一句诗,看似平平诉来,其实也表达出诗人面对历史变迁时内心的沉重与无奈。

[原文]

阅《明史·马士英传》

王师问罪近江滨,宰相中书醉未闻。
复社怨深谋汲汲,扬州表到血纷纷。
金墉旧险崇朝弃,郿坞多藏一炬焚。
卖国仍将身自卖,奸雄两字惜称君。

[译文]

清兵颁布南明小朝廷的罪状,气势汹汹地逼近中原,之后一路南下,一直打到长江之滨,爱国将领史可法对清兵的抵抗已然失败,可是,南明小朝廷里的那些奸臣们,却依然过着醉生梦死的生活,真是令人愤慨。

参加反清斗争的复社,由于与这些奸臣们政见不合,因此便被这些奸臣视为眼中钉,奸臣们不顾民众死活,而是得势之后便迫不及待地要迫害复社成员;可叹的是,在抗清失败之后,扬州城面临屠城十日的厄运,到处是纷纷血泪,凄惨万分。

三国时魏明帝曹睿修建了金墉城,后来在隋朝时被瓦岗军占领,之后又被废弃;东汉末年董卓迁都长安,在长安城西建起郿坞,把搜刮来的珍宝财物等尽数收纳在此处,可是董卓刚一死去,郿坞便被付之一炬,珍宝也被人抢走。

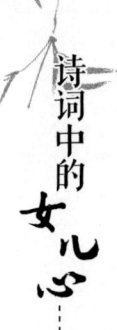

纵观历史上的乱臣贼子，他们的结局多数都很凄惨，最终逃不过历史的审判，遗臭万年，像马士英、阮大铖这样的奸臣，不过是窃国的贼子，没有雄才大略，又怎能称得上是"奸雄"呢？

[赏析]

这首诗是倪瑞璇读史书时的随感。马士英是明朝末年的奸臣，倪瑞璇通过批判奸臣贼子，表达出对祸国殃民者的嘲讽与蔑视。

"王师"指的是清军，"问罪"则指的是明朝与后金之间的血仇。"江濆"，说的是长江之滨。清军打下扬州，可是南明小朝廷的这些奸臣们却仍然过着醉生梦死的生活，对扬州的惨况丝毫不理会。

"复社"是明末清初的文社，也是马士英和阮大铖这些奸臣的眼中钉、肉中刺。这二位身居高位，不想着如何拯救百姓，反而迫不及待地要打压复社，公报私仇。"汲汲"二字形容非常急迫的样子，而"血纷纷"则形象地描述了扬州被屠城的惨况。

颈联中的"金墉"指的是三国时期魏明帝曹睿命人建造的城堡。隋朝末年，瓦岗军占据了此处。"崇朝"指的是明朝，"郿坞"是董卓迁都到长安以后修建的府邸。据说，有大量的珍宝美女等藏于其中。但是董卓刚死不久，这座府邸就被人给捣毁了，不论是珍宝还是美人，都被人抢去，最后又被付之一炬。倪瑞璇在颈联里点出金墉和郿坞，旨在说明每一次朝代的更迭，对老百姓而言都是一场灾难。城堡与府邸在战乱中或被弃，或被毁，那么老百姓的日子有多痛苦就可想而知了。

在倪瑞璇看来，像马士英和阮大铖这样的奸臣贼子，他们的种种卖国行为，到头来也是害了他们自己。建立起南明小朝廷后，他们依然干着祸害忠良的勾当，眼见着扬州城情况危急，居然还能醉生梦死。最终下场又如何呢？不过是被清军俘虏、砍杀，终究成为一个笑话。

全诗结合历史与现实，将历史变迁和朝代更迭浓缩在对这些卑鄙奸贼的讽刺声中。诗歌最后一句"奸雄两字惜称君"写得尤其精妙，将马士英和阮大铖这样的人称为"奸雄"都有损于这两个字。这两个人，不过是祸害忠良、屠戮百姓的罪人，只配称为奸人。

倪瑞璇的诗歌，以笔法雄健见长。在诗中，她批判那些奸佞之人，批判社会的黑暗，借古讽今，颇有气势。这很难让人想到这些格调高雅且气势雄浑的诗歌，出自一位弱女子的手中。其实，倪瑞璇的诗歌风格比较多变，除了前面两首感叹历史兴衰、鞭挞乱臣贼子的诗作，她还留下不少清新俊朗的诗作，比如《寒夜对雪》。

[原文]

寒夜对雪

一天好雪落黄昏，满地铺平不见痕。
冷到二更犹彻骨，深过三尺欲填门。
寂寥梅影支疏牖，呜咽鸿声隔远村。
飞絮撒盐休计较，老盆新酿理宜温。

[译文]

这一天的黄昏，终于等来一场大雪。雪花纷飞，洋洋洒洒，铺满地面，连那坑坑洼洼的地方也给铺上了，不见一点不平坦的痕迹。

到了二更，这彻骨的寒冷似乎更厉害了，看那大雪，深度过了三尺，几乎要把门给堵上了。

院落里，梅树的身影显得孤单寂寥，它支在窗户前，在风中摇摇摆摆。远处村子里有鸿鸟的鸣叫声，呜呜咽咽，令人听了心酸。

在这个大雪纷飞的夜晚，就不要计较大雪更像飞絮，还是更像撒下的盐了。找个旧的容器，倒上新酿的酒，总还是稍微温一下才好。

[赏析]

这首诗写得非常生活化，这种生活场景总给人一种恬淡悠然的感觉。在一个隆冬的黄昏，期待已久的大雪纷纷落下。颔联两句，诗人以夸张的笔法，描绘出深冬的寒冷和大雪的厚度。在飘雪的冬夜里，风势也很强劲。孤零零的梅树影影绰绰，那影子在窗前摇晃，总不免让人心里觉得凄冷。更何况，远处还有大雁哀鸣，这呜咽的声音更是令人伤感。

颈联这句明明还是万分寂寥的感觉，到了尾联，诗人却将风格陡然一转，尽显洒脱与率真。"飞絮撒盐"这个典故出自《世说新语》，故事发生在东晋时期。在一个大雪天里，谢安让侄子、侄女们用一句话来形容大雪。谢安的侄子谢朗说："撒盐空中差可拟。"谢道韫则说："未若柳絮因风起。"倪瑞璇在这首诗里却说，别去计较飞絮和撒盐这两种说法了，在这个雪夜，还不如温一壶酒，既能暖身，顺便也可以透过窗子欣赏一下雪景。从一点可以见出，倪瑞璇的洒脱姿态倒是颇有几分名士风采。

倪瑞璇的《过兴龙寺有感》《德政碑》《闻蛙》等诗歌，也是批判现实、借古讽今的佳作。最为重要的是，倪瑞璇的这种批判精神，并非是为了"博人眼球"。我们不妨想想，她生活的那个时代，文字狱盛行，文人动不动就会因为写事作文而遭到责罚，承担莫须有的罪名。倪瑞璇在弥留之际焚毁了自己的诗稿，大概就是怕这些诗歌流布出去后，会牵连了丈夫，甚至害得一家人都进了大狱。所以，她的批判并不是为了彰显个性，而是确确实实要抒发内心的感想。

通过这些诗作我们不难发现，倪瑞璇对现实的批判，是基于她对现实生活、对历史变迁的独立思考的。她的这种犀利的批判，实则是对民生疾苦的关注，是对丑恶行径的揭露。尤其是在一些批评奸臣、残害忠良、祸害百姓的诗作中，更能见出倪瑞璇悲天悯人的情怀以及对正义和公理的坚守。难怪后人会把宿迁马陵公园的西望河楼改建成"倪瑞璇图书馆"，以表示人们对她的崇敬和纪念。只可惜，这座建筑在1938年的时候毁于日军的炮火。

贺双卿（清代最薄命的女词人）

贺双卿（1715—1735年），字秋碧，是一位生活在清代康熙、雍正年间的女词人，江苏金坛薛埠丹阳里人氏。据说，因为她是家中的第二个女儿，故而取名"双卿"。自幼聪慧灵敏的贺双卿不仅女红精巧，更写得一手绝妙好词，成年后更是生得姿容婉丽，气韵不俗。因其在诗词方面的才华与成就，贺双卿被后人尊为"清代第一女词人"。

虽然贺双卿才华和容貌举世无双，但是她的婚姻生活并不幸福。在旧时代，她即便有着一身才情，也并没有获得夫婿的怜惜与疼爱。擅长写诗词的女子，大抵上内心总是比常人多一些敏感。当婚姻不如意，遭受生活磨折时，贺双卿便分外珍惜与女伴之间的友情。

这首《凤凰台上忆吹箫·赠邻女韩西》便是她写给一位名叫韩西的女友的，用来痛陈心中的别愁离绪。在分别之际，贺双卿的内心翻涌着的无限哀愁，她对人生的无望，因痛苦沉闷的婚姻生活而产生的抑郁，都在这首词中展现出来。

[原文]

凤凰台上忆吹箫·赠邻女韩西

寸寸微云，丝丝残照，有无明灭难消。正断魂魂断，闪闪摇摇。望望山山水水，人去去，隐隐迢迢。从今后，酸酸楚楚，只似今宵。

青遥，问天不应，看小小双卿，袅袅无聊。更见谁谁见，谁痛花娇？谁望欢欢喜喜，偷素粉，写写描描？谁还管，生生世世，夜夜朝朝？

[译文]

在这个黄昏，天上的云朵很小，一寸寸的，像鱼鳞一样，夕阳残照被云朵遮挡，只能透出丝丝微弱的亮光，当晚风吹起空中的云朵，光线就会时明时暗。此时的我，想到最好的伙伴韩西即将远嫁，便如同魂断一般，我眼中闪动的泪光，想来就好似那被云朵遮挡的残照，一闪一闪的。我与韩西并肩同行，这一路走来，望着路边的山水景色，想着韩西远嫁之后，我和她之间还不知隔着多少重山水，真是心中涌起万般无奈，可再无奈，也要看着她离开，从此后，两人千里迢迢而难以相见，我每天都怀着凄楚的心境过活，这种凄凉酸楚，大概都如同今晚一样吧。

韩西远嫁后，我和她之间相隔遥远，就连传送书信的青鸟何时到来，似乎也是遥遥无期。我抬头向天发问，可是，苍天并没有给我回应。我贺双卿不过是个小女子，既看不到以后的出路，也不知如何熬过没有女伴在身边时的每一天，那我就只能认命罢了。在我这样的家庭中，婆婆蛮横，丈夫狠毒，我没有地方躲藏，只能硬着头皮面对，谁能理解我的苦闷，又有谁能怜惜我悲苦的命运？想起以往，韩西尚未远嫁的时候，我们小姐妹亲密无间，虽然日子不如意，可到底也能有些热闹和欢喜，韩西走后，还如何能奢望再有这样欢乐的场景，还如何奢望偷偷地用白色的粉饼，写点什么，描画点什么呢？谁又能管得了，这生生世世的怨恨，这暮暮朝朝的凄凉？

[赏析]

这位女友很可能是贺双卿生命中最为重要的人了，她们姐妹两个互

相抚慰，也算是贺双卿不幸人生中的一大幸也。但是，天下没有不散的筵席，再亲密的友人也会面对分离。邻女韩西，并不识字，却非常喜欢读贺双卿写的词，她们两人是无话不说的闺密，把韩西说成是贺双卿婚后生活的精神寄托也不为过。

在这首词中，贺双卿连用大量叠字，诸如"寸寸""丝丝""闪闪摇摇"等，将自己的内在情感含蓄却传神地表达出来，同时也增强了词的感染力，使其具有一种锤击人心的力量。

这种力量是温柔的，却也是强烈的。这种力量传达出的不仅是贺双卿对女友的挂牵与思念，更是对自己悲惨命运的无奈与哀愁。

婚后的贺双卿，既要承担繁重的劳作，又要忍受丈夫与婆婆的冷眼与虐待。心底的委屈无处可诉说，对这世界残存的温柔也只得写在诗词里。在当时那个时代，能够懂她、怜她的人太少。在父亲去世后，贺双卿由叔父做主嫁给了佃户周大旺。周大旺此人，不要说才学了，根本是字都不识几个的大老粗，他对贺双卿也少有怜惜之情，更不懂得欣赏她的才华、体贴她的心思。天差地别的两个人，便注定了婚姻的不幸，又有刁蛮的婆婆从中作梗，贺双卿的婚后生活简直苦不堪言，恰似明珠落入了泥淖中，明珠的光彩却因了泥淖的染污而越发夺目！

幸而还有韩西，幸而还有诗词。只是，韩西毕竟要远嫁，这世间唯一的知己也不能继续陪伴在自己的身边。有韩西陪伴的日子，贺双卿即便饱受委屈，可依然能够找到情感宣泄的对象。韩西虽然不识字，但她同样身为女性，深刻地理解贺双卿遭受的不幸和内心的孤独。在这"断魂魂断"的分别之际，贺双卿的凄苦、无助，只通过"有无明灭难消"中的一个"难"字形象地呈现出来。

山山水水的距离，成为两人见面的屏障，可物理距离却隔不断两个女性彼此之间的思念。即便"从今后，酸酸楚楚"，但她们也曾经有过相知相惜的岁月，有着千山万水割不断的情谊。在旧时候，那个男人可以随意决定女人命运的时代里，这样的情谊是带着光芒的，是孤独苦痛的女性之间的相互温暖，也正是因为贺双卿将这样深厚真挚的情谊注入诗词中，才使得这首词传唱不息。

"青遥，问天不应"，蓝天遥遥，就仿佛远去的好友韩西，她们此生也难得再见一面。望着好友渐行渐远的身影，"小小双卿"内心越发悲伤，因而身影徘徊，令人想见便觉得甚是可怜！

韩西远嫁后，贺双卿再难有心思偷偷用脂粉在树叶上写词了。自己最为珍视的知己不在身边了，只一想到这个，贺双卿内心积存许久的苦闷便喷涌而出。"谁还管，生生世世，夜夜朝朝？"便将这种苦闷哀伤提升到极致。在这极致的悲痛中，自然景物都染上了一层离情别绪。

女性诗人、词人写给朋友的赠别诗词历来不少，如唐代女诗人薛涛的《送友人》，亦是赠别诗中的名篇。但贺双卿的词作风格既婉曲动人、余韵无穷，又容易理解，读来颇觉亲切、朗朗上口。

贺双卿生于农家，长于乡野。她的生活环境和人生经历使得她的词作洋溢着一种质朴自然的韵味。即便是抒发内心的孤苦哀愁，贺双卿的文辞在极尽缠绵的同时，更多了一分乡野民风，营造出独有的凄美感觉。比如这首《惜黄花慢·孤雁》。

[原文]

惜黄花慢·孤雁

碧尽遥天，但暮霞散绮，碎剪红鲜。听时愁近，望时怕远，孤鸿一个，去向谁边？素霜已冷芦花渚，更休倩、鸥鹭相怜。暗自眠，凤凰纵好，宁是姻缘！

凄凉劝你无言。趁一沙半水，且度流年。稻粱初尽，网罗

正苦；梦魂易警，几处寒烟。断肠可似婵娟意，寸心里，多少缠绵！夜未闲，倦飞误宿平田。

[译文]

碧空如此遥远，晚霞就好像散碎的罗绮，颜色如此艳丽却又非常零碎，就好像被剪刀裁剪过似的。那失群的鸿雁，孤零零的身影，它的哀鸣听在耳边，让我愁绪顿生。待我循着声音望去，却见那孤雁伶仃的身影越飞越远。你这孤零零的掉队的大雁啊，是要飞去哪里呢？现在已经是晚秋时节，芦苇上挂着寒霜，水塘边这样凄冷，都不适合你落脚休息。你也不能指望得到鸥鸟和鹭鸶的怜悯，你只能自己孤孤单单地睡去。凤凰虽然千好万好，可毕竟无法做你的伴侣，因为你们类属不同、身份有别啊。

孤雁啊，就算你处境凄凉，也无须再哀鸣了，找到一块沙地，一池清水，索性就这样度过此生吧。你看，眼下时节稻粱刚刚收割完毕，田野里空荡荡的，没有可以藏身的地方，猎户捕猎用的网子也早就撒开。你在寒冷凄迷的水烟里，这样的处境让你胆战魂惊。想来，你的心境正如同我的一般，那许多的愁怨，都堆积在心里，缠缠绵绵，无处宣泄。所以，你我都是一样的命运。黑夜马上就要到来，你已经飞得太累了，如果误落在平坦的田地上，那岂不是更危险吗？

[赏析]

词中看似写的是掉队离群的孤雁，其实抒发的是贺双卿自己的内心感受。在内心深处，贺双卿对自己的婚事是非常不满的。但她既缺少挣脱出来的力量，也缺少反抗的意识。在那个时代，女性哪里能为自己的爱情婚姻做主？纵然心里不满意，却也只能默默承受。她认为自己与周大旺的婚姻，不过是天意安排。但是，通过这首词我们能见出，她的心里其实还是有波动的。

此词上阕起首四字，虽然看似简单平常，却营造出无限凄婉的意境。"碧"字形容天空的颜色，"遥"字则刻画出视觉上的空间感受。虽然我们不一定见到过碧色的天空，可这并不妨碍我们通过起首的这四个字联想出这样的图景：一望无尽的天空，既高且远，碧苍苍的天空上，还有群雁结队飞过。

从上阕我们还得到一个信息：秋凉了，大雁成群南飞。而秋天，是一个非常容易引发人们感伤心情的季节。这也就难怪，贺双卿会因为偶遇到离群的孤雁而生发出那么多的感慨了。

在贺双卿的笔下，晚霞虽然华美鲜艳，却是如同剪碎了的罗绮那样。这破碎成一片片的晚霞，极具视觉冲击力。"暮霞散绮，碎剪红鲜"既描绘出晚霞的色彩与形态，更是贺双卿悲剧人生的象征。她正当美好的年龄，不论是相貌还是才华，都如锦似绣一般，可是由于错嫁了人，这一生就这样被生生地撕裂了。婚后的贺双卿不仅要承担繁重的体力劳作，更在精神和心灵上饱受委屈和痛苦。正因如此，她见到离群的孤雁便生出深深的怜悯，说是怜悯孤雁，也是为自己的命运而哀伤。

碧空和晚霞，营造出的是视觉上的凄美，而接下来写孤雁的鸣叫，则是从听觉上落笔。贺双卿有着自己的心事，因此听到孤雁的哀鸣，不禁就想起内心的愁苦。她觉得这哀鸣声距离自己这样近，大有一种遇到"知音"的感觉。可是抬眼望去，那孤雁的身影高悬空中，越飞越远。望着孤雁的身影，贺双卿不禁发问：你这是要去哪儿？她不只是问孤雁在何处落脚，更是思考着自己今后该如何安身。她是担心孤雁，也是担心自己。贺双卿身体本就柔弱，尚在病中还要顾及劳作，即便如此，丈夫和婆婆也不曾给她一点好脸色。贺双卿每有诗词写成，婆婆便把她的手稿丢掉。在他们看来，贺双卿作为女人不过是为了生养后代、操持家

务，要什么才华？对于贺双卿来说，这绝世的才华不仅得不到欣赏，更成了生活的累赘。

贺双卿写芦苇上凝结了白霜，又写水池边生起的寒凉。这确实是深秋季节的景物特点，可何尝不是她在现实生活中的处境？她劝慰孤雁，不要痴心妄想得到其他鸟类的爱怜。这又何尝不是在告诫自己，就不要对那个性情暴躁的丈夫抱有希望了？"凤凰"在词中指的是鸟，其实也指代贺双卿身边的那些温雅才子。她已嫁作他人妇，即便有人怜惜她，又有何用？终究不是自己的伴侣。

词的下阕，贺双卿似乎想开了一些。与其自怨自艾地生活，倒不如收起忧愁和哀怨。她在劝慰孤雁，也在劝慰自己。那离群的孤雁，已经与她融为了一体。因为她在孤雁身上看到了自己的处境。她同情孤雁，也同情自己，此外，也可以说是对所有处境凄凉的女子抱有的怜惜和悲悯。

贺双卿与邻家妇人闲谈时曾说："天乎！愿双卿一身代天下绝世佳人受无量苦，千秋万世后为佳人者无如我双卿为也！"既然命运如此，那就逆来顺受。把那悲哀忧愁都承担下来，这样度日就好。她深知婚姻不般配给女子带来的苦痛，所以才说出一番这样的肺腑之言。

她劝孤雁不要再悲鸣，也是努力地克制自己，不要再抱怨现在的处境了。只要有一方沙地，一池清水，孤雁便可以生存。而自己呢，虽然婆婆和丈夫待她非常不好，可至少也有一处茅屋可以栖身。但是，内心的哀怨真的能放下吗？对美好生活的向往真的能放下吗？贺双卿不过是靠着隐忍和克制来麻醉自己，尽量让自己的心里不那么痛苦而已。不然，如果她的内心真的足够平静，波澜不惊，又怎么会因为看到碎成片状的晚霞而感伤？又怎么会因为偶遇一只掉队的大雁而伤情？

贺双卿的心里依然在挣扎着。看她劝说孤雁时，虽然句句在情在理，可她依然无法平静面对自己的命运。"倦飞"二字，是写孤雁的状态，更是自己的现状。她只是倦了，对自己的命运也就不做改变了，因为根本也难以改变。

贺双卿本是一农家女，因而她的词作鲜见华丽的辞藻而多有朴质的笔触。且以本词为例，我们可见，整篇词作全是生活化的语言，十分贴近普通人的生活，因而容易使人产生亲切感。在贺双卿的词里，没有名士、才子、闺阁佳人，词中描写的全是那个时代普通女性的日常生活以及种种辛酸、哀怨的不如意事，她尤善于将个人的不幸生活以丝丝入扣的笔触表现出来，因而其词情真意切，也被视为那个时代里，那些不能自主掌握命运的女性们的不幸生活的真实写照。

贺双卿的才华与气韵，并没有为她在现实的婚姻中争取来更多的幸福筹码。在那个时代，女子有才且家贫，命运由人不由己，本就埋下了悲剧的种子。人无法抵抗时代，人也终究难免一死。而这生命绽放过，怒放过，虽然短暂，却也好过湮没无声。

晚清著名词家陈廷焯在《白雨斋词话》中对贺双卿的此词评价极高："其情哀，其词苦。用双字至二十余叠，亦可谓广大神通矣。易安见之，亦当避席。"

顾春（最接地气的女诗人，与纳兰容若齐名）

说起清代的词人，大家首先想到的多半是纳兰容若。其实在清代还有位女词人，在诗词造诣上非同凡响。她便是顾春（又名顾太清），与纳兰容若齐名。当时词坛流传着这样一句话："男中成容若，女中太清春。"她不仅在词坛上颇有知名度，并且还是中国小说史上首位女性小说家，《红楼梦影》便出自她手。除此之外，还有诗词集《天游阁集》传世。

顾春自小便受到良好教育，醉心于诗词。她才气横溢，又相貌清秀，因而颇受爱新觉罗·奕绘的喜爱。在26岁那年，顾太清嫁入贝勒府，成为奕绘的侧福晋。其实，他们两人在成亲之前便已是投契的"文学知音"，才华满腹的奕绘还经常写词送给顾春。后来，奕绘将他写给顾春的那些诗词进行汇总，编成一部《写春精舍词》。其中有一首《念奴娇》，饱含着他对顾春的浓浓相思之情："十分怜爱，带七分羞涩，三分犹豫。彤管琼琚留信物，难说无凭无据。眼角传言，眉头寄恨，约略花间过。见人佯避，背人携手私语。谁料苦意甜情，酸离辣别，空负琴心许。十二碧峰何处是，化作彩云飞去。璧返秦庭，珠还合浦，缥缈神仙侣。相思寝寐，梦为蝴蝶相聚。"

在乾隆年间，顾春的爷爷由于查案不周，又被牵连，因此被赐自尽，原本显赫的家族一时之间彻底没落。这种影响，直接导致顾春的爱情婚姻进行得非常不顺利。因为她是"罪臣之后"，所以诸如婚姻等事才波折不断。不然，像顾春这样美貌多才的女子，怎么会拖到二十多岁才出阁？

她与奕绘之间互有真情已许久，想与奕绘结合，却又怕拖累了他；而奕绘则执意要迎娶顾春，虽然在做出决定之前还是着实犹豫过一阵子，可毕竟耐不住情感的磨折。再后来，她将原本的姓氏西林觉罗氏改成了顾姓，才得以与奕绘完婚。可见，两人之间的感情基础还是非常深厚的。顾春此人，性情温婉大方，颇有才气，相貌又是一等一的俊俏，想来绝对是相处起来很舒心的那种女性，既能给予爱人脉脉柔情，又能在爱人挥动笔墨时红袖添香。

事实证明，作为一个识大体又有才学的女性，顾春并没有给奕绘带来什么麻烦，他们琴瑟和鸣、恩爱非常。虽然只是侧室，但由于她多才多艺，在为人处世上又考虑周到，因而在奕绘的府上也算比较有人缘，能够平静惬意地度日。

婚后，顾春与奕绘两人经常以诗唱和，还邀请文朋诗友来到家中共同切磋诗词技艺。奕绘觉得顾春在写诗方面还是有较高才能的，可是在词作方面却有一定欠缺。奕绘善写词，而顾春则对如何写词，感觉有些生疏。顾春原本习惯了写诗，为了能跟上奕绘的脚步，她便下功夫学习如何填词。

顾春本就具有较高的文学素养，自己又非常注重随时汲取诗词养分，因此她在诗词创作上的进步也是非常惊人的。

特别值得一提的是，在顾春举办的"诗词沙龙"上，还出现了一些颇具才华的女性诗词作者。以往，举凡谈论诗文，必是男子的天下。而今，顾春将几位喜欢诗词且有一定文学素养的姊妹召集在家中，大家一起进行文学艺术创作上的探讨，互相切磋，这不仅对于提升顾春本人的诗词创作水准有极大的帮助，更重要的是，也使许多有才华的女性从闺房中走了出来，勇于抒发内心感受，将丰富的情感表达出来，为中国古代的女性文学创作增添了一抹亮色。这些女性知识分子的大批涌现，也

说明她们对于自己的内在精神生活是有着一定追求的，这一点与以往的传统女性只能从属于家庭生活还是有所不同的。

顾太清的诗词涉猎范围非常广泛，正因如此，后世人们才称其为最"接地气的词人"。顾春的诗词取材于生活中的方方面面，比如半夜做了什么奇奇怪怪的梦，醒来便要记录下来；或者，今天准备了什么饭菜，家里人有什么反应，也给写进诗词里；再或者，出门散步偶遇某个老友，两人当时说了什么话，对方做出什么样的表情，她也写了下来；甚至，回想起曾经的某日，上街买菜时小贩找错了钱，这类小事儿都能成为她诗词创作的素材。

在顾太清的诗词里，我们见到的都是日常琐碎之事，从这些诗词作品中，折射出的乃是当时社会的生活百态。对于这种写作模式，历来也是褒贬不一。但就诗词的艺术风格来说，顾春的诗词透着一股生活气息，绝少有那种诸如忠君报国的酸腐气味，也少见风花雪月的情事。但这并不是说顾春的诗词没有艺术高度，艺术高度也不一定非得与常见的表现题材挂钩。

专门从事中国妇女史教研工作的黄嫣梨女士在其研究清代知识女性的著作《清代四大女词人》中对顾春的词作进行了一番评述："太清的诗词，最难得的一点，就是言真情切，风韵自然，绝不矫揉造作。"

文章贵在诚意，没有诚意的作品，写作技法再高超，也不过是流于表面。但看顾春的诗词创作，先不论艺术技法，她能真诚地表达内心感受，这才最难得。

有一次，画家许云林携带自己的新作来拜访顾春，请顾春给自己的画作进行点评。在细细欣赏了许云林的画作后，顾春思索再三，动笔写下了《醉翁操·题云林〈湖月沁琴图〉》一词。

[原文]

醉翁操·题云林《湖月沁琴图》

悠然，长天，澄渊，渺湖烟，无边。清辉灿灿兮婵娟，有美人兮飞仙。悄无言，攘袖促鸣弦。照垂杨、素蟾影偏。

羡君志在，流水高山。问君此际，心共山闲水闲？云自行而天宽，月自明而露溥，新声和且圆。轻微徐徐弹，发曲散人间，明月风静秋夜寒。

[译文]

辽阔悠远的天空，澄澈深寂的湖水，在这湖面上，飘着袅袅烟雾，这片云烟连同那湖水，仿如天宇一般，无际无边。高挂天上的一轮明月，洒播下朗朗清辉。在这样的湖面上，在这样的月夜里，有位佳人如飞仙，四周一片静谧，但看这位美人撸起袖子，伸出纤纤玉手拨动琴弦。月光照着堤岸上的垂杨柳，月光下的树影，有些偏斜。

我独独羡慕着你，不同凡俗的志向犹在，你志趣高洁，恰好似流水高山一般。想来此刻抚琴的你，心中的志向并不在于追求荣华富贵，只在于和那山水共处，安闲于山水之中。这抚琴的人啊，这流淌的琴声啊，似乎能让人看到绵软的云朵在万里碧空缓缓前行，又似乎让人看到了明月光下那露水的清透。美人弹奏的琴声，真是悠扬而圆润，美好的乐音缓缓弹奏出来，给人心旷神怡的享受。这美妙的乐曲，简直可以称为是仙乐，它飘逸、悠远，传遍了人世间的每个角落。此时此刻，明月高悬，夜风静静，秋夜寒凉。

[赏析]

　　这首词，写得灵动而清新。上阕开头的五个词组，勾画出一幅湖水澄净、远天透净的画面，这也是她在欣赏了许云林的画作后首先产生的感受。静谧的夜晚，有皎洁的月光为大地洒下清辉，更有仙子一般的佳人在湖心亭里赏月。没有嘈杂人声，唯有琴声幽鸣。月光照着湖岸边的垂杨，想必是有微风吹来，月光下，垂杨影子微微偏斜。（素蟾，月的别称）

　　看了你的画作，我真羡慕你的心志，咱们两人也可谓是流水高山一般的知己。只想问你，此时此刻，你的心与那山水都是闲适的吗？悠悠白云，远天宽广，月光明朗，露珠滚圆，新谱的乐曲声音，与这情景也是如此契合吧。但看画中人，轻轻抬手，慢慢地弹奏，仿佛这乐曲将要散布人间。在这个略微清寒的秋夜里，月儿明亮，风也静静。

　　从这首词中我们不难看出，顾春比较注重表达内心的真切感受和艺术体验。许云林的这幅画作带给自己怎样的艺术感受，就把它表述出来。表述自己的审美感受还不是什么难事，重要的是，顾春既能恰到好处地点评友人的画作，还能以清丽俊逸的文字将所感所想写成词。可见，艺术的价值在于相互激发。许云林的画作便成为激发顾春创作感受的媒介，而我们即便无法亲眼欣赏许云林的画作，但是通过顾春的这首词，大体上也能构想出秋夜里湖心上的幽静情景。

　　《清词史》的作者、清代文学研究专家严迪昌先生认为此词是"可入绝妙好词之列的作品"。

　　在顾春的其他作品中，也能见到这种清新灵动的韵致。比如《早春怨·春夜》，虽是写春夜之怨，却并没有强烈浓郁的伤春悲春的情绪，反而这种涌动着些许失落和怅惘的气息，尤其打动人心。

[原文]

早春怨·春夜

杨柳风斜，黄昏人静，睡稳栖鸦。短烛烧残，长更坐尽，小篆添些。

红楼不闭窗纱，被一缕，春痕暗遮。淡淡轻烟，溶溶院落，月在梨花。

[译文]

已是春日的黄昏时分，杨柳在风中轻摆摇曳，眼看天就要黑下来了，白日里的喧闹渐渐平息，真是安静。就连那枝头的鸟雀也慢慢睡下，睡得安稳了。天黑下来，蜡烛点燃，只是蜡烛即将烧完，长夜也将走到尽头，还是不能入睡，索性就燃起香篆，静坐一会儿，聊度漫长春夜。

在这春夜里，何必关上窗子？反正窗前也有一缕梨花，它正遮挡着纱窗。这静谧清幽的春夜，正适合静静地享受。室内是淡淡的馨香，焚香生起缕缕轻烟。在这小院里，盛开着洁白的梨花，而这梨花啊，它此刻正沐浴在皎洁的月光下。

[赏析]

春夜漫长，可是人却难以入眠。这本该是个寂寞凄清的时刻，但在顾春看来，如此静谧的春夜，与明月梨花多么相配！或许在别人眼里，长夜无眠是焦虑抑郁的表现；但顾春词中描写的女子，虽是寂寞孤独，却也与众不同，既然难以入眠，那就不眠，燃起蜡烛，焚上香篆，索性就欣赏一下窗前的梨花，它那么洁白，偏又盛放在一片清辉之下。这样的情致，怎么可以辜负？没有直接挑明内心的孤寂，可这些动作，不就是词中女子内心感受的婉转体现吗？

　　生命最大的价值何在？不就在于无时无刻都能够发现美、感受美吗？前面我们说了，顾春非常善于从日常琐碎之中挖掘出创作灵感，并且乐于把生活中的小事件给记录下来。想来，这首词也是她截取了自己的一个日常生活片段，然后设想了一个闺中女子而写成的吧。其实，词中描写的这位女性，也不妨看作是顾春通过塑造人物，进而表现自己的内心世界。

　　这样一来，通过这首词，我们对顾春的心境也多了一分了解。或许，她是想告诉我们，生活中那些零零碎碎的片段里，也有美等着自己去发现、去感受。漫长无眠的春夜，虽说孤独，但岂不是正好用来独自享受？能有人陪伴自己，共赏月色最好，可是既然形单影只，那就索性自己欣赏月夜。白天太过喧闹杂乱，反倒是夜晚最好，人声平静下来，四周都是静静的，这样才不至于破坏了春夜的美。词中有动有静，袅袅的焚香产生的烟雾，在夜风中摇曳的梨花和杨柳，这是动景；夜眠安稳的鸟雀，皎皎冰清的月光，这是静景。但不论是动是静，所描绘出的皆是情。什么情？自然是在这个弥漫着淡淡幽香的寂静春夜里生起的失落与慵懒。

　　词中"淡淡轻烟，溶溶院落，月在梨花"这句，乃是化用晏殊《寓意》一诗中的"梨花院落溶溶月"。只不过，晏殊的这首诗描述的是别离后的相思，读来令人心酸；而顾春的这首词，倒是为我们描画了一段静美馨香却也略带愁绪的春夜时光。即便无眠，也是最美的春夜，作为感受力异常敏锐的诗词家，顾春笔下描绘的这个无眠春夜，真是既静美也凄婉。这首词呈现出的恬静、优美的意境，其实也烘托出词中所写女子的优雅、美好的姿态。虽然人物的内心世界略显凄楚失落，可她并没有表达过于强烈的哀怨之情。顾春对景物和人物的刻画真是恰到好处，既能唤起读者的美好想象，生起对词中女子的爱怜，同时这种淡淡的景物和淡淡的惆怅，更使得本词呈现出清雅别致的意境。

顾春还善于通过短小的篇幅表达无尽的意境，许多小令都属于字数有限而意蕴无穷的一类，比如《苍梧谣》。

[原文]

苍梧谣

夫子以十金易得古玉笛一支，且约同咏。先成《翠玉吟》一阕，骊珠已得，不敢复作慢词，谨赋《十六字令》，聊博一笑塞责。

听，黄鹤楼中三两声。仙人去，天地有馀青。

[译文]

听，那黄鹤楼中传出三两声悠扬的笛声。仙人乘着黄鹤飞远，但是那天地之间还留有一片清净，远天开阔，令人心神舒爽，而这正是这支古玉笛带给人的感受。

[赏析]

这首词，简直明白如话，活泼清新，但也能看出顾春在遣词用字和化用典故方面的深厚功底。女词人写道，黄鹤楼中传出"三两声"笛声就能使人心神舒爽，这是用夸张的手法，极言笛声之妙，却又不留斧凿的痕迹。

开头第一个"听"字，便吊足了人的胃口。听什么？原来是要听那

黄鹤楼中，用古玉笛吹奏的曲调。仙人已乘黄鹤去，可天地之间却留下了一片清凉舒爽。

寥寥十六个字，俊朗疏阔的境界由此展现。此词格调高远，毫无闺阁气息。明明是写玉笛吹奏出的乐曲，顾春反而从视觉上落笔，来抒发听了笛曲之后的感受。这笛曲，令天地都开阔起来，听笛曲的人真是有耳福了。

只不过是"三两声"笛曲，就能带给人如此俊阔的听觉享受。可以想见，若是安安静静地再听上几段，心情该是何等舒爽。顾春营造出了视觉上的开阔感，含蓄地表露出这笛声的美妙，如此动听以至于能够让天地万物都动容。

这个情境营造得真好！从这几首词看来，顾春写词造境时，语言风格多清丽超逸，与传统闺秀词截然不同，毫无女儿家的娇柔之气，反倒是一派明丽气象，以清新的文字，展露出一派天然淡雅。

秋瑾（近代民主革命志士）

秋瑾（1875—1907年），近代民主革命志士，女性革命先驱，女权倡导者，字璇卿，号竞雄，自称"鉴湖女侠"。她幼年便与兄长在家塾接受教育，尤好文史而颇能诗词，且学习武艺。其性情以豪侠著称，笔力以雄健闻名。秋瑾倡导女子自强自立，所办报刊倡言女性解放思想。她不顾丈夫反对，自费留学日本，以实际行为表达对封建礼制的蔑视。

1907年，安庆起义失败，秋瑾不幸被捕，后就义于绍兴轩亭口。

作为中国的首位女权运动人士，秋瑾的女性平等、独立意识和爱国精神，在诗词中多有体现。比如，比较早期的一首诗歌《咏燕》，便传达出她的女性独立意识。

[原文]

咏　燕

飞向花间两翅翔，燕儿何用苦奔忙？
谢王不是无茅屋，偏处卢家玳瑁梁！

[译文]

看那在花丛间飞来飞去如此奔忙的燕子，真不知道它们这样奔忙是为了什么。东晋的王谢两大家族虽然已经没落，可是依然有着可以躲避

风雨的茅屋，又何必学那嫁入富豪人家的莫愁，依附在别人的雕梁画栋上呢？

[赏析]

本诗的第三、四句，分别说的是两个典故，一个是东晋的王谢两大豪族，曾经权势煊赫，家中子弟也多是杰出人物，虽然两大家族没落了，但家风犹在，也不缺少避风避雨的茅屋；另一个典故，和莫愁女有关，传说洛阳有个美丽的姑娘叫莫愁，她十五六岁就嫁入一户姓卢的豪门人家。唐代诗人沈佺期在《独不见》一诗里写道："卢家少妇郁金堂，海燕双栖玳瑁梁。"这个"玳瑁梁"，指代的就是富贵人家。

这首诗大概写于秋瑾出嫁之前，从她诗中的语气来看，她对这门婚事并不上心。可是，即便秋瑾在当时来说是个思想进步人士，倡导女权，倡导女性自立自强，但有些事情，终究做不到由着自己的性情来决定。她与湘潭王家的婚事，本是由父母做主，心里即便不情愿，也只得听从。这就是那个时代的女性的悲哀，即便优秀如秋瑾，依然受着时代的局限。

在这首诗里，秋瑾借梁间燕子以及历史典故，幽曲地表达出自己的婚姻观。

诗歌第一、二句，秋瑾描画出花间燕子飞舞忙的图景。这倒勾起了我们的好奇心：小燕子匆匆忙忙地飞来飞去，这到底是为何事？其实，燕子们这匆忙劳碌的身影，与奔波的世人又有什么两样？ 燕子奔忙，是为了找个更好的栖身之地，而世人奔忙，何尝不是如此？

面对这门亲事，秋瑾也是深感迷茫的。两个人未曾见面，也不知对方性情如何，至于所谓的"三观"，更是摸不清楚。秋瑾只是知道她要嫁入的人家，经营着一家当铺，生活境况应该还是蛮不错的。可她对这些并不看重，她有自己的志向，并且她更担心的是，这种旧式婚姻会捆绑住自己。毕竟，她不愿意让自己的生命热情被传统的家庭生活给浇熄。所以，秋瑾对未来持茫然态度，她描画的这不辞辛苦的燕子，正是她迷茫的内心世界的写照。

富豪之家，诚然是生活无忧，但这也可能成为一种绑缚。尤其是如果未来的伴侣，不能理解自己，不能支持自己，那么此生岂不是要庸庸碌碌地度过？但是，秋瑾生活的那个时代里的女子，并没有多少人有开创事业的意识。因为她们的思想和心灵早已被所谓的礼教给禁锢得如同死灰一般。即便一些有才华女子期望自己能有朝一日成就一番事业，在当时人们看来，这就是一种不可理解也不能容忍的行为。

人人都说，嫁到一个富裕的人家，就是一辈子最大的幸福。可秋瑾却提出不同看法：假如自己独立生活，有茅屋安身，那也不错，何必一定要依附富贵人家呢？可见，她对自己的人生目标有着清醒的认识，同时，她也是个有着独立人格的女性。在那个时代里，她堪称是一个"异类"。虽然秋瑾写作这首诗的时候可能还没有接触太多的女性解放的思想，但已经显露出不甘囿于小家庭、渴望一番新天地的鲜明个性。

这首诗的内涵，非常耐人寻味，即便今日读来，依然对女性朋友有着启示性。很多女孩子，总以为最美满幸福的婚姻就是嫁给一个有钱的男人。可是，看看女诗人们是怎么说的？汉代的卓文君说"男儿重义气，何用钱刀为"；鱼玄机说"易求无价宝，难得有情郎"；到了秋瑾这里，她说得更直接，"谢王不是无茅屋，偏处卢家玳瑁梁"。秋瑾没有婚姻自由，所以只能把满心的烦恼与迷茫写在诗里。可是，现如今的姑娘们却有着充分的婚姻自由，我们在面对择偶问题时，岂不是应该考虑得更全面一些？生活在一百多年前的秋瑾，尚且不甘心被富贵生活（尤其是通过自己并不满意的婚姻得到的富贵生活）局限了自己，那么，生活在新时代的我们，理应有着更高远的眼界和更坦诚的内心选择。

此外，秋瑾还有一首七言律诗《秋海棠》，借秋海棠来表现自己顽强的生命意志，倡导女权并鼓励广大女性同胞要自强自立。

[原文]

秋海棠

栽植恩深雨露同，一丛浅淡一丛浓。

平生不借春光力，几度开来斗晚风？

[译文]

秋日里，海棠花纷纷盛放，颜色或浓或浅，杂糅在一起分外好看。可是，这浅色或深色的秋海棠，它们所接触到的外在环境却是一样的：一样的栽植，一样的阳光，一样的雨露。可见，在同样的外在条件下，能够开出不同深浅颜色的花，是因为每一丛海棠都有着不同的禀赋。秋海棠，在秋季盛放，自然无法得到春风的眷顾，但是，在寒冷的秋风中绽放的秋海棠，反而让人看到了一番傲骨和不俗，她们偏偏在这百花凋零的时节尽情盛开，还要在寒冷的晚风中斗艳呢。

[赏析]

这是秋瑾写的一首咏物诗。海棠花有着"花中贵妃"的美誉，她色彩娇艳、姿态雍容，吟咏海棠花的诗词历来不乏佳作名句。但是，秋瑾笔下的秋海棠，却另有一种味道。

秋瑾写的是秋海棠，但表现的是自己的性情。她没有写春日里娇艳的花朵，而是选择寒秋时节开放的秋海棠来吟咏，无非是托物言志，借秋海棠来表达自己的气节和风骨。

秋风如刀，秋雨冰冷，这些外在的不利条件，反而催开了秋海棠的风姿。她们摇曳在寒风中，挺拔而不失俏丽，柔美却也坚强。

秋海棠很冷傲，也很倔强，根本不屑于春风的眷顾和护持。就像那些铁骨柔情的女子，纵然内心柔软，可依然自立自强，不依靠谁，也不巴结谁。由此看来，秋瑾表达的也是她的理想人格：自立、自强，不依附他人，面对险恶环境也不屈服。秋瑾此诗，也可看作是女权之声。这首诗即便放在现代来读，依然有激励人心的意义。

想来有多少青春貌美的女孩子，只把自己对美好生活的愿景交托在别人的手上。女孩子如果缺少独立自强的内在品质，便在困境与挫折中难以挺立起来。人们只说女孩子要怎么坚强，要怎么努力，可是，秋瑾说得已经很清楚了：即便不依附于春风（借指他人的保护），女子依然能傲立于世。比起来外表上的明丽鲜艳，这种自立自强的生命意志才最值得赞美。

虽说，这首诗的立意并不新颖，但寓意鲜明，言辞激昂，在秋风、秋雨中磨砺出坚毅品性的秋海棠，也该成为我们追求的一种人格品质。

秋瑾常说："女子必当有学问，求自立，不当事事仰给男子。"这首《秋海棠》便是这种自立精神的集中写照。

除了提倡女权，倡导女性的独立自强和奋斗不息，救国图强也是秋瑾诗词中的一个主题，且看这首《如此江山》。

[原文]

如此江山

萧斋谢女吟秋赋，潇潇滴檐剩雨。知己难逢，年光似瞬，双鬓飘零如许。愁情怕诉，算日暮穷途，此身独苦。世界凄凉，可怜生个凄凉女。

曰："归也"，归何处？猛回头，祖国鼾眠如故。外侮侵陵，内容腐败，没个英雄作主。天乎太瞽！看如此江山，忍归胡虏？豆剖瓜分，都为吾故土。

[译文]

在这萧索的秋季，我在书斋里吟咏着南北朝时期的文人庾信所写的《愁赋》，此时的我，孤独而凄凉，窗外秋雨潇潇，从屋檐上低落下冰凉的雨水。在这异国他乡，想要遇到心意相投的知音真是很难，时光转瞬即逝，这些年来我飘零辗转，两鬓满是风霜。既然难遇知音，那么内心的忧愁和苦闷也就难以说起，虽然非常想一吐而快，可无奈，在诉说之前，先生起了几分胆怯。想来，已是日暮穷途之时，我独自一人承受着孤独和凄苦。身在异国，又难遇到知音，想着世界如此之大，却难以有个容身之处，这可真是凄凉，而想到自己此生的遭际，那就更觉得凄凉。

在这凄苦无助、日暮穷途的时候，我自然也希望有个栖身之处，可是，到底何处才是归处？如今，家庭破碎，国家危亡，猛然回头才发现，祖国依然在沉睡，而民众依然如此昏昧。外强入侵，朝廷腐败，在这个混乱的时代，也没有个英雄人物挺身而出，拯救国家和民众。苍天啊苍天，你怎么对世间的不公和疾苦视而不见！看我大好江山，怎么能被列强割占？这河山，竟然像豆荚一样被列强分裂，像切瓜一般被人侵占，祖国如此受人欺凌，壮丽河山任人宰割，可这些，都是我的故土啊。

[赏析]

"萧斋"是人们对寺庙、书房的称呼，秋瑾这里的"萧斋"透露着萧索凋零的意味。"谢女"指的是东晋著名才女谢道韫，这里是秋瑾以谢道韫来自况。首句点出地点、时间和事件，即秋瑾本人在书房倍感萧索，吟诵《秋赋》，秋雨潇潇，滴答滴答地从屋檐流下，更增添了秋日里的凄苦感受。秋瑾感叹着，自己真正的知心朋友还没有遇到，但大好年华转瞬即逝，如今更觉得自己身心苍凉。内心的愁苦很怕与人说起，因为别人根本不懂自己，所以想要诉说心事，反而生起一些胆怯。现在已经是日暮途穷的境地，我形单影只，越发觉得孤独郁闷。我在一个陌生的世界（写作此词时，秋瑾在日本留学），倍感凄凉，更愁苦的是，我身为一介女子，要独自面对许多问题，一想到这些现实问题就更觉得凄苦。

词的上阕，主要交代了秋瑾在日本留学时的某个秋雨天气里，内心的诸多感受。孤独、愁苦、凄凉，不仅因为她独自在一个陌生的地方，更因为想到家国的危难，内心不免感到难过，但由于没有知心朋友，这种难过和抑郁，也无法与人倾诉。

词的下阕，表达的是秋瑾对国家、民族命运的思考和担忧。

"曰：'归也'，归何处"，典出自《诗经·豳风·东山》里面的"我东曰归，我心西悲"。人在异乡，怎么会不思念故土？可是，在那个风雨飘摇的时代里，哪里才是归宿呢？当时的中国正遭受外强欺侮，国家却依然在沉睡，国内形势严峻，没有英雄人物能够拯救受苦的民众。苍天啊苍天，你为何对这悲惨的现实看不见？想祖国那大好山河，却拱手让给列强。辽阔的国土，像豆荚一样分开，像切瓜一样被分割。这些被列强瓜分的土地，那可是我的故国啊！

秋瑾是一个很孤独的人。她是个生活在旧时代却有着新思潮的女人。在历史上的绝大部分时代里，女人都不被允许过问国家大事，她们只被禁锢在家庭生活里，终其一生都局限在个人的小天地里。

秋瑾的孤独，还在于她难觅知音。身边或许不乏才学满腹之人，但秋瑾所谓的知己，并不仅仅是指这个。她以报国图强为奋斗目标，但在当时来看，这并不是女人应该考虑的事情。她振臂高呼：同胞们，觉醒吧，我们的大好山河都要被列强瓜分干净了！可是，回应者却寥寥无几，甚至还有人向她投来不友善的目光。

在日本留学期间，秋瑾看到祖国所处的国际地位，她深刻感觉到奋发图强的必要。可国人却依旧是在沉睡之中。她没有志同道合的人，就连丈夫都不能理解她的想法和举动。

秋瑾以谢道韫自况，不仅是因为赞叹她的诗才，更是敬佩她在孙恩之乱中，虽为一介妇人，仍能手刃贼人，保持着男儿都缺少的血性和刚烈。谢道韫的婚事，是由叔父做主，但谢道韫本人并不满意，她总是认为与王家的婚事并不般配。而秋瑾也持这样的看法。并且，秋瑾也对自己的婚事不满意。同为有才华、有血性的女子，怎能看得上昏庸无为的男人？可是，旧时代里的婚姻大事，又岂能由得女子自己做主？秋瑾这里不仅是感叹自己的命运，也不仅是惋惜谢道韫的婚事，更是在为旧时代的广大女性发声。

但是，秋瑾的孤苦凄凉并不局限于个人生活层面，她心头最大的疼痛来自对祖国未来命运的担忧。在这担忧里，也隐含着一丝愤怒。看起来，她是在怨恨老天爷，实际上，她怨恨的是浑浑噩噩的朝廷，只是她用一种很曲折的方式在抒发自己的愤懑不平。与其说她抱怨老天爷对人间不公的视而不见，不如说她在怨恨清王朝对眼前的局势看不明白。怨恨是没有任何用处的，要扭转祖国的悲剧命运，唯有靠着民众的努力。可是，却没有这样的英雄豪杰能够带领民众走向光明。

此词上阕，写了秋天里的凄风苦雨和绵绵心事，下阕转入更深层的思考。用《诗经·豳风·东山》里的典故抒发自己有家难回的苦楚，更加深了悲痛之情。更令秋瑾忧心的是，"酣眠"的不只是腐败的清王朝，还有国人。秋瑾如此疾呼，如此痛心，她那慷慨激昂的形象也如此清晰地呈现在我们眼前。

整首词读来，我们既能感觉到身在异国他乡的秋瑾内心的无助凄苦，更能感受到她忧国忧民的情怀。她渴望拥有知心朋友能够听自己诉说心事，能够与自己担负起救国图强的事业。可这样的人毕竟太少，不要说女子，即便是男儿，在当时也极为难得。

可是即便如此，秋瑾依然没有消沉，这首词风格遒劲、硬爽，读来令人倍觉斗志昂扬。

吕碧城（近三百年来最后一位女词人）

　　吕碧城（1883—1943年），安徽旌德县人。作为秋瑾的挚友，吕碧城同为中国近代女权主义和女子教育的倡导者，与秋瑾并称为"女子双侠"。同时，她还是中国第一位动物保护主义者、第一位女性撰稿者。她的诗词作品成就极高，被誉为"近三百年来最后一位女词人"，而她的经历更是充满传奇色彩。据传，她十二三岁的时候，母亲遭人劫持。吕碧城孤身一人、四处求援，几经波折才救出母亲。这件事，直接导致原本与吕家订了亲事的汪氏提出退婚要求。

　　青年时代的吕碧城一度对女子学校心向往之，但家道中落后，她们姊妹几个与母亲寄居在舅父家中，她的这个心愿并不能实现，而且守旧的舅父反而斥责她的想法是"不守妇道"。吕碧城自然对舅父的说教很是不满，同时她也决定不再过这种寄人篱下的生活。

　　在只身来到天津后，吕碧城因文采与胆识出众，得到《大公报》总经理英敛之的赏识，她受聘到《大公报》工作，成为中国第一名女编辑。她在《大公报》上发表的诗词得到众人赞许，她发表的大量阐述女子教育、倡导女权的文章，更是引起当时社会的广泛关注。

　　我们试看吕碧城青年时代的诗歌作品，便不难感受到她的豪迈风范，比如这首《书怀》。

[原文]

书　怀

眼看沧海竟成尘，寂锁荒陬百感频。
流俗待看除旧弊，深闺忧愿做新民。
江湖以外留余兴，脂粉丛中惜此身。
谁起平权倡独立？普天尺蠖待同伸。

[译文]

　　眼看时局动荡变化，整个国家就像沧海变成桑田一般，发生了剧变。而我呢，却身不由己，被禁锢在一个荒远的角落里，面对国家的变化，根本用不上力量。

　　已经延续几千年的陈旧习俗和弊端，应该得到改革，虽然我是一介女流，却也忧国忧民，愿意参与到时代洪流之中，做一个新时代的新国民。

　　在国事衰微之际，那些放逸游乐的事情多么不值一提，不过可有可无的乐趣而已；即便我身在闺阁之中，也应当珍惜青春年华，不应辜负此身。

　　如今已经到了时代转变的关头，女性的平等、自立、自尊这些新思潮应该被提倡，再看普天下的苦难民众，都应该砸碎枷锁，顶天立地生活。

[赏析]

　　虽然吕碧城晚年皈依佛门成了一名居士，但年轻时的她具有强烈的忧患意识和爱国思想，因为她自幼便受到儒家思想的熏陶，所以即便在那个压抑的时代里，她身为闺阁中人，依然为国家为民族奔走呼号。

与以往的知识分子不同的是，吕碧城深受西方文化中女性独立自强思想的影响，她在诗中先是描画出家国剧变的时代背景，然后她又说明自己受着禁锢和压抑，志向不得伸张、抱负无法施展。可是，即便"寂锁荒陬"，在现实生活中有诸多不自由，她也依然没有忘记利用一切可能的机会，参与到救国图强的运动中来。

且看本诗的颔联与颈联，都抒发了吕碧城的志向与抱负：参与社会改革、消除文化流弊，而对于女子的觉醒，更是不遗余力地倡导。此时期吕碧城的诗作，在倡言爱国图强的同时，更流露出一些叛逆精神，这种叛逆便是对女性权利的提倡、对女性自由精神和独立人格的提倡。这种声音在当时社会来说算是时代强音，许多知识女性受到吕碧城、秋瑾的影响，纷纷开始尝试着从闺阁中走出来，走进人群里，走上社会，走到时代洪流和剧变的社会当中。

有人评价吕碧城是20世纪女性解放运动的先行者，这不仅因为她本人以积极上进的姿态从事工作、进行深造，参与社会变革，更因为她游历欧美各国，时刻以"中国新时代的新女性"形象出现于世人面前。对于西方的文化和思想，吕碧城虽然受其影响，却并没有一味盲从。她确实在诗词中倡导女性的独立精神，更可贵的是，她的视角并没有局限于女性的解放，而是着眼于一切受到欺凌和压迫的民众的解放。

本诗的尾联，便集中体现出她的心声，最后一句读来格外激昂有力，实在是给人一种雷霆贯耳的冲击感。

在有了更为丰富的阅历之后，吕碧城的诗词风格与早期明显不同。境界更为高远而意蕴也更深广，少了一些呼号，而更多了几分悲悯，比如这首《琼楼》。

[原文]

琼 楼

琼楼秋思入高寒,看尽苍冥意已阑。
棋罢忘言谁胜负,梦余无迹认悲欢。
金轮转劫知难尽,碧海量愁未觉宽。
欲拟骚词赋天问,万灵凄恻绕吟坛。

[译文]

这华美壮观的高楼耸立在秋凉之中,虽然华美,却给人一种高处不胜寒的感觉。看这世事变化无常,我对政界的丑恶早已觉得厌烦。

世事无非如同棋局,我作为一个女人,根本无力改变当下纷乱喧嚣的政局,也就只能在一边旁观,管他最后谁胜谁负;繁华人间好似一场梦,梦醒之后便了无痕迹,看着这一场又一场的闹剧,我就保持着不执着于悲欢的心态。

佛家里有种说法,金轮王降生之后,便能消除世间的劫难,但是,人间的劫难重重不尽,怎能消除干净;想到这些,我内心的愁苦就如碧海那般深广,不论如何,也不能感觉到一丝宽慰。

有心想效仿屈原,写下《离骚》这样的诗篇,向上天发问,抒发对民众疾苦的忧思,此刻,却感觉到那些不幸逝去的生命,化作幽灵,围绕着我哭泣,情状凄惨万分。

[赏析]

在古诗词里,"琼楼"象征华美的建筑,比如,苏轼的那句"又恐琼楼玉宇"中的"琼楼"指的就是月宫。吕碧城此诗的题目虽然标为"琼楼",但实际暗示的是帝王居所,也可以理解为当时的总统府。

不过,本诗的重点描写对象并不是琼楼,诗人表达的是在看尽世事变化之后的万千感慨。

首句化用的是苏轼《念奴娇》中的名句,"我欲乘风归去,又恐琼楼玉宇,高处不胜寒",虽是起兴之句,可是别有寄托。吕碧城曾被袁世凯任命为总统府秘书,可谓是站在最接近政坛的位置,所以她会产生高处不胜寒这样的感慨。并且,她此时阅历较深,也看透了当时政界的一些事情,心中早已产生倦意:看尽了官场的种种现象,早已意兴阑珊,懒得留在其中了。首联说的便大抵如此。

只是,吕碧城再怎么具有强烈的家国意识,也难以掌控时局变化,面对官场上的纷争,更是深觉厌恶。下棋的时候忘记言语,那就只是等着看胜负好了;好梦一场却不记得梦中的踪迹,那索性就任它悲欢一场,也是不错的。言下之意是,任别人跳来蹦去地上演闹剧、喜剧或者悲剧,自己却保持着超然平和的心态。此处可见,吕碧城受佛教思想的影响已经很深了。所以,颔联读来颇有一种大梦已醒、万事皆空的感觉。

"金轮转劫"是一个佛学里的典故。据说,当金轮王出现的时候,必然会有金宝轮随着一同出现,这是为了帮助金轮王消除世间的劫难。可是,世间劫难无有尽时,这就好比自己内心的哀愁比大海还要宽广。

尾联中的"骚词"指的是屈原的名篇《离骚》,诗中的"天问"指的是《楚辞》里的《天问》。《离骚》和《天问》是屈原的代表作品,它们集中体现了屈原忧国忧民的情怀和高洁忠贞的品质,这两篇作品富有楚地的文化特色,充满了瑰丽诡谲的气象。吕碧城在诗中提到屈原的这两篇作品,实乃借以抒发自己的情怀,表达自己对世间众生的悲悯之情。且看"万灵"二字,便可想到吕碧城此时的悲悯情怀已经不再局限于女性、不再局限于本国的民众。她的心境已然比以往更广阔,她的目光也不再是停留于女性解放运动。在吕碧城看来,世间一切生灵,都应该得到保护,都应该安乐地生活。诗歌的最后一句,使整首诗的境界都得到了升华。

《琼楼》一诗,虽然情思凄婉,流露出佛家的"一切无常,万事皆空"的思想,但也体现出对一切生灵的关怀,尤其是把屈原的忧国忧民情感融于诗中,更是触动了读者的悲情。只是,在这悲情之中,始终饱含着吕碧城的另一种情绪,即面对人间永远不断的劫难,她除了痛心,还有一些无奈。

作为中国近代女性进步人士、女性解放运动者,吕碧城青年时代便已富盛名,她的才学、胆识和气质在当时均属出众。可吕碧城中年以后皈依佛门,终身未嫁。有人认为她少年时代生活多舛,早已对爱情、婚姻心灰意懒。但在吕碧城的诗词作品里,并不缺少描写恋情的佳作,比如《浣溪沙·残雪皑皑晓日红》,便是抒发情爱愁绪的代表作品:

[原文]

浣溪沙·残雪皑皑晓日红

残雪皑皑晓日红,寒山颜色旧时同。断魂何处问飞蓬?
地转天旋千万劫,人间只此一回逢。当时何似莫匆匆。

[译文]

清晨时分,一轮红日冉冉升起,红色的阳光照射在皑皑白雪上,这寒山上的风物景色,依然充满了美感,与原来的时候并没有什么不同,但我如此却觉得自己如同飞蓬一般,没有依靠,这样的感伤情绪触发了我的悲叹。

就在我情绪低落的时候，忽然之间，竟然遇到一位仪容出众、风度不凡的异性，这样的邂逅，怕是在人间也只有这么一次吧，但这仅仅一面，又是何其匆匆，他的身影消失在山色之中，我便再也寻不到了，如此珍贵的机缘，自己竟然没有把握住，真是相遇匆匆，离散也匆匆。

[赏析]

此词上阕描写的是吕碧城旅行中见到的景物：皑皑残雪，初露的曙光，红白颜色对比分明，甚是夺人眼目。这里所说的"寒山"并不是"寒山寺"，吕碧城在词注里说，这个"寒山"位于济南一带。壮美的山色与白雪红日相映衬，这景色与往昔并没有什么不同。也就是说，自然景物，气象万千，它们存在的时间比人这一生的生命要更长久，所以她发出下一句感叹：此刻自己如此伤感，就像飘飞不定的蓬草一般。人的生命诚然短暂，可女子的青春更是转瞬即逝。即便如吕碧城这样坚强自信、胸怀开阔，终究也会感叹起那易老的红颜。这可不是矫情，而是由眼前所见触发心中所思。

追求吕碧城的人并不在少数。但吕碧城对于择偶一事却有着与常人不同的看法。她认为选择伴侣，不在于对方的资产和门第，而是要看两人是否才学相当、心意相通。用咱们现在的话来说，这姑娘看的不是你有几套房，你有没有豪车，如果你和她才学不相称、思想不匹配，你就是再怎么有钱，人家也不会和你在一起。

虽然吕碧城清高，可毕竟有清高的资本，不论是旧体诗词还是新潮文章，她的立意和文笔在当时已属上乘。况且，吕碧城倡导女性独立、自由，追求男女之间的平等，她断然不会考虑思想守旧的男士。而在那个时代，思想如吕碧城者，才学如吕碧城者，实在太少。

这也是为什么她在和友人的谈话中发出"难得相当伴侣"的感慨。

女人优秀不是错，错的是，能配得上她的优秀的男子太少。

可是，吕碧城到底还是遇到了一个让自己心动的人。且看本词下阕：正当自己寂寞独行，欣赏雪景时，却偶然遇到一个身影，这一刻，他的气质仪容闪进自己的眼中。这种感觉，仿佛触电一般，所以，吕碧城才说"地转天旋千万劫"，就是这场短暂的邂逅，让她觉得很是倾慕对方，顿时感觉天旋地转一般，这人啊，简直就是自己的劫数！

可是，他的身影出现的时间太短，然后就走入人群，再也寻不见了。这让吕碧城很是惆怅。人间只有这一次的遇见，可最终错过了或许美好的机缘。这种偶然，下次也许不会再有，良缘终究与自己擦身而过。吕碧城只有悔恨地说："当时何必那样匆匆忙忙。"

可是，错过的终究不会再来，除了在词里抒发怅惘和忧愁，还能怎样呢？

吕碧城说，生平可称许的男子不多。但这次偶然的遇见，却吹起了她内心的涟漪。可是，这涟漪尚未平息，那人便已离去。相遇的意义，或许就在于给我们提供了一次可称为美好的回忆。只是，这回忆总带着些酸楚的气息。

这首《浣溪沙》中用到的典故颇多。如"断魂"与"飞蓬"，分别出自杜牧《清明》一诗中的"清明时节雨纷纷，路上行人欲断魂"和《商君书》中的"今夫飞蓬，遇飘风而行千里，乘风之势也。"下阕的"人间只此一回逢"则出自秦观《鹊桥仙》中的名句"金风玉露一相逢"。"当时何似莫匆匆"则借用了姜夔的《浣溪沙》一词中的"梦寻千驿意难通，当时何似莫匆匆。"此外，词中还用了佛学里的名词"千万劫"，吕碧城用它来说明时间的久远。

词的上阕，吕碧城连写"残雪""寒山""断魂"，通过勾画出眼前的景物来表达自己孤寂凄凉的心境。而后，又用存在时间较长的自然景象与人之一生来进行对比，更显得此生形单影只，寂寞孤独。词的上阕，极凄婉，极哀凄。而词的下阕则释放出极为强烈的情感。这情感里先是一片惊喜，继而是仰慕，然后又跌落到迷茫和失望之中。短短三句，情感起伏跌宕，深情一片，读来令人且叹且怨。

吕碧城此词的笔法非常简洁洗练，余韵无穷，人生中的遗憾与悲哀皆从词中体现出来，尤其是上阕、下阕之间的情感转换，不仅急，而且快，并且更让人感受到此次相遇之突然、之匆匆，因其相遇得匆忙，才顺理成章地错过，此中情绪的转换，让人感受到强烈的悲哀。而吕碧城在词中抒发的遗憾与怅惘，绵绵不断，颇值得回味，同时也给我们留下一些警示：青春易逝，良人难得，如果遇到，尽量别错过。